ars vivendi
Krimi

Susanne Reiche studierte in Erlangen Biologie, war vierzehn Jahre lang beim Nürnberger Umweltamt im Bereich Umweltplanung tätig und arbeitet heute als Schriftstellerin. 2014 gewann sie mit ihrer Geschichte »Der Tod des Baulöwen« den Publikumspreis des Fränkischen Krimipreises. 2016 erschien ihr erster Krimi »Fränkisches Chili« um den Nürnberger Kommissar Kastner, 2017 folgte »Fränkisches Sushi«, 2018 »Fränkische Tapas«, 2020 »Fränkisches Pesto«.

www.susanne-reiche.de

Susanne Reiche

Fränkisches Chili

Kriminalroman

ars vivendi

Die Handlung und die Personen dieses Romans sind frei erfunden.
Jede Ähnlichkeit mit lebenden oder toten Personen wäre rein zufällig.

Originalausgabe

6. Auflage 2022

www.arsvivendi.com

Lektorat: Stephan Naguschewski
Umschlaggestaltung: FYFF, Nürnberg
Motivauswahl: ars vivendi
Coverfoto: © plainpicture / Frauke Schumann
Druck: CPI buchbücher.de GmbH, Birkach
Gedruckt auf holzfreiem Werkdruckpapier
der Papierfabrik Arctic Paper

MIX
Papier aus verantwortungsvollen Quellen
FSC www.fsc.org
FSC® C083411

Printed in Germany

ISBN 978-3-86913-630-1

Fränkisches Chili

Prolog

Ein großer Schatten zog über die blaugrün glänzenden Lauchstangen.

Dumitru legte den Kopf in den Nacken und sah dem Heißluftballon nach. »Habt ihr alle keine Arbeit?«, murmelte er. Schon seit halb acht lief das so. Gute Thermik heute. Die Ballons gingen hinter Heffners Gurkenglashaus auf wie die Morgensonne und kurz darauf hinter Lehmanns Tomatengewächshaus wieder unter. In seinem ersten Jahr beim Biobauern Meisner hatte er noch lächelnd nach oben gegrüßt. »Nix winke, arbeite!«, hatte es daraufhin geheißen, und mittlerweile gingen ihm die Tagediebe selbst auf die Nerven. Natürlich, es war Sonntag; aber das Unkraut ging nicht zur Kirche, und er demnach auch nicht.

Er wischte sich den Schweiß von der Stirn und senkte die Hacke wieder in die festgebackene Erde. Florin, der Neue, der in der Reihe neben ihm hackte, als gäbe es etwas zu gewinnen, nickte ihm über die Lauchstangen hinweg zu.

»Scheiße trocken«, sagte er.

Dumitru seufzte. Florins Wortschatz war in Rumänisch wie in Deutsch gleichermaßen schlicht. Natürlich war es trocken, seit Wochen kein Regen, über dreißig Grad. Der Bauer hatte Bewässerungsrohre auf dem Acker installiert, aber das Wasser versickerte ratzfatz im fränkischen Sand. Ja, wenn man in den Glashäusern arbeiten könnte! Immer vierundzwanzig Grad, wie auf den Kanarischen Inseln. Die Pflanzen rankten graziös an Schnüren aus aufgeschnittenen Plastiksäcken, Wasser und Nährstoffe gab es ganz nach deren Gusto. Aber natürlich hackte da niemand Unkraut, da saß nur einer im Kontrollzentrum vor bunten Leuchtdioden, und wenn etwas schiefging, kam ein Techniker und prüfte die Sensoren.

Der Schatten des nächsten Ballons glitt über den Boden, Sparkassenwerbung. Etwas glänzte hell auf, und Dumitru stocherte mit der Hacke. Meist waren es Glasscherben oder Schokoriegelpapier, aber manchmal fand er auch Münzen oder Glasperlen, die er seinen Töchtern am Ende der Saison mit nach Rumänien brachte. Was auch immer, er war für jede Abwechslung dankbar. Florin behauptete, das stundenlange Hacken sei meditativ, aber er selbst war Magister der Philosophie und fühlte sich von seiner Tätigkeit intellektuell eher unterfordert. Die Hacke machte ein klingendes Geräusch, und Dumitru beugte sich hinunter, kratzte mit dem Fingernagel in der harten Erde.

Dann wurde er blass.

»Was ist?« Florin beugte sich neugierig hinüber. Seit Dumitru ein Fünfpfennigstück aus dem Dritten Reich für zweihundert Euro auf eBay versteigert hatte, interessierte auch Florin sich für glänzende Dinge auf dem Acker.

Trittbrettfahrer.

»Scheiße«, sagte Florin fröhlich. »Das sind Zähne.« Auch er stocherte nun mit seiner Hacke im Boden herum, dann schlug er Dumitru anerkennend auf die Schulter, so als hätte der das verschollene Bernsteinzimmer entdeckt.

»Das ist eine Scheißleiche, Mann«, sagte er bewundernd. »Du hast eine Scheißleiche gefunden!«

A Million and one Reasons*

Im Vorraum saß eine teuer ausstaffierte Schönheit auf der abgeschabten Holzbank. Sie hielt den Rücken sehr gerade, so als wolle sie dem ehrwürdigen Möbel keine Intimität mit ihrem Körper gestatten.

»Lass die nicht wieder so lang warten«, riet Felix Wernreuther. »Die kennt den Wirtschaftsreferenten.«

Kastner hob nur kurz den Blick von der Tastatur. Der Bericht über die blutige Schlägerei vor dem Club *Planet* im Stadtteil Klingenhof beanspruchte seine ganze Konzentration. Zweifingersystem. *Ich bin Kriminalkommissar, keine Sekretärin*, war seine stereotype Antwort, wenn der Chef ihm beim jährlichen Mitarbeitergespräch eine Schulung ans Herz legte. Der war inzwischen von dieser Antwort leidlich angepisst, aber Kastner konnte stur sein, wenn er wollte.

Die Frau interpretierte Kastners Blick als Aufforderung; ihre hochhackigen Schuhe klackerten energisch über die gesprungenen Bodenfliesen.

»Herr Kästner? Man hat mir gesagt, ich solle mich bei weiteren Fragen an Sie als den zuständigen Ermittler wenden …«

»Kastner«, sagte er. »Wenn Sie bitte noch kurz warten würden? Ich habe gleich Zeit für Sie.«

Die Frau hob die gezupften Augenbrauen, als hätte er sie gebeten, auf einem Bein zu stehen. »Das ist ja wohl

* Lena Meyer-Landrut, Good News, 2011.

Behördenschikane«, stellte sie fest. »Meine Zeit ist kostbar. Es geht um einhundertsiebzehn Arbeitsplätze.«

Kastner nickte resigniert. Er war schwierige Klientel gewohnt: Leute, die ihm Schläge androhten, Betrunkene, die auf den Fußboden kotzten; und er sah jeden Tag mehr Elend, als ihm guttat: Frauen mit Hämatomen im Gesicht, drogensüchtige Kinder, alte Frauen, denen man die letzten Ersparnisse aus dem Marmeladenglas gestohlen hatte. Er war als Ermittler angestellt, aber er hätte genug Arbeit für mehrere Sozialpädagogen, Putzfrauen, Dolmetscher und nicht zuletzt auch eine Sekretärin gehabt. Aber so war das Leben. Richtig auf die Nerven gingen ihm jedoch Leute, die den Wirtschaftsreferenten kannten und damit nicht hinter dem Berg hielten.

»Wir bearbeiten Ihre Vermisstenanzeige mit höchster Priorität, und sobald es etwas Neues über den Verbleib Ihres Mannes gibt, werden wir Sie natürlich sofort benachrichtigen, Frau ... äh, Wollreis«, sagte er. Der Name der Wohnbaufirma Wollreis AG war in Nürnberg stadtbekannt, aber er wollte keine übertriebene Demut zeigen.

Beate Wollreis kniff die Augen zusammen und beugte sich über den Tresen. Eine lange Perlenkette löste sich von ihrem verschwitzten Dekolleté und pendelte sacht vor Kastners Augen hin und her. »Höchste Priorität!«, sagte sie verächtlich. »Ist das Ihr Verständnis von Humor? Sie schieben hier Aktenstapel hin und her, während ich jeden Tag um meine Existenz kämpfe!«

Kastners Mitleid hielt sich in Grenzen. Wollreis hatte über Jahrzehnte im wahrsten Sinne des Wortes Dreck zu Gold gemacht. Seine *Modernen Stadtvillen in grüner Lage* drängten sich in altehrwürdige Villengebiete, sprengten die Beschaulichkeit kleiner Reihenhaussiedlungen und wucherten am

Ortsrand in die knappen Ackerflächen. Nach Kastners ganz privater Meinung verschandelten sie die Stadt; eine Stadt, deren alte Bausubstanz zuerst vom Nazigrößenwahn missbraucht, dann von den Bomben der Alliierten zerstört und danach von den zeitgeistigen Bausünden der folgenden Epochen munter weiter verunstaltet worden war.

Aber es empfahl sich nicht, diese Meinung im beruflichen Umfeld zu äußern. Er war schließlich Beamter.

»Eine Todeserklärung wird in der Regel frühestens nach einem Jahr ...«, fing Kastner an, aber Frau Wollreis fiel ihm ins Wort.

»Herr Klaas, der Wirtschaftsreferent, hält in diesem besonderen Fall eine Ausnahme für denkbar«, teilte sie ihm mit. »Eine Ansicht, die der Oberbürgermeister im Übrigen teilt. Die Firma braucht Planungssicherheit.«

Kastner schöpfte Zuversicht.

»Dafür sind wir leider nicht zuständig, Frau ... Wollreis. Todeserklärungen sind Sache des Amtsgerichts.«

»Ich weiß, Herr Kästner. Aber Hermann, also, Herr Kümmert, der Rechtsreferent, hat mir geraten, eine Expertise der ermittelnden Polizei einzuholen. Eine Erklärung, dass vernünftige Zweifel am Tod meines Mannes ausgeschlossen sind.«

Eine Expertise! Das waren mindestens drei DIN-A4-Seiten ... Kastner schloss für einen Moment die Augen.

Aber es kam noch schlimmer.

***

»Meine Fresse«, sagte Wernreuther, als er den Streifenwagen auf dem staubigen Feldweg im Knoblauchsland zum Stehen brachte. Kastner nickte und wuchtete sich aus dem

Auto. Sofort begann er zu schwitzen – dieser Sommer erwies sich bisher als trocken und heiß. Die ganze Kriegsopfersiedlung schien sich um einen Lauchacker zwischen hohen Gewächshäusern versammelt zu haben, dazu halb Wetzendorf und ein paar Höfleser. Die Leute taten so, als wären sie zufällig vorbeigekommen, was angesichts der abgeschiedenen Lage des Fundorts wenig überzeugend wirkte.

Kastner wies Wernreuther an, die Gaffer nach Hause zu schicken. Er arbeitete nicht gern unter Beobachtung. Der Feldarbeiter, der die Leiche gefunden hatte, stand neben einem Krankenwagen und war recht blass im Gesicht. Kastner sprach kurz mit ihm, dann stapfte er in das Lauchfeld. Hinter einem hitzeschlaffen Plastikband bot sich das Tableau einer archäologischen Grabung: Drei Beamte in Schutzanzügen kratzten mit kleinen Kellen in der Erde, ein kräftiger Mann mittleren Alters gab Anweisungen. Als er Kastner sah, kam er ihm entgegen und stellte sich vor.

Kastner schüttelte die dargebotene Hand. Der Name sagte ihm nichts.

»Dietz? Sind Sie neu bei der Spurensicherung?«

Dietz winkte lachend ab. »Ich bin der Stadtarchäologe. So eine Fundsituation fällt wohl aus dem Rahmen, da hat man mich um Beistand gebeten.«

Kastner nickte. Er zog sein Jackett aus und fächelte sich Luft zu.

»Sicher sind Sie eh der richtige Mann hier, Herr Dietz. Das sind doch vermutlich sehr alte Knochen, die der Pflug an die Oberfläche ...«

Zu Kastners Bedauern schüttelte der Archäologe den Kopf. »Leider nein. Natürlich gibt es hier Bodendenkmäler, Bestattungen aus der Bronzezeit. Wenn der Wollreis eine Baugrube aushebt oder die Stadt eine Straße baut, retten wir, was zu retten ist. Aber dieser Tote liegt hier höchstens vier Wochen – ein Mann mittleren Alters mit sehr teuren Schuhen. Schicke Anzughose, aber kein Jackett. Wollen Sie sich das nicht einmal ansehen?«

»Danke«, sagte Kastner und hob abwehrend die Hand. Er war keiner, der sich vom Anblick einer Leiche tiefere Erkenntnisse erhoffte. Wenn sich am Sonntagabend der *Tatort*-Kommissar über das Opfer beugte und seinem Assistenten das qua Eingebung empfangene Täterprofil in den Notizblock diktierte, ging er in der Regel zum Kühlschrank und holte sich noch ein Bier.

So ein Quatsch, pflegte er zu brummen, was seine Lebensgefährtin gern mit einem ironischen *Du musst es ja wissen* konterte.

Mord war in Nürnberg nicht an der Tagesordnung. Es gab die üblichen Drogentoten, hie und da eine Messerstecherei, und gelegentlich barg man Ertrunkene aus den trüben Fluten der Pegnitz. Eine verscharrte Leiche war für Kastner ein absolutes Novum.

Dietz' Blick streifte indiskret die Schweißflecke im Achselbereich von Kastners rosa Hemd, und er zog sein Jackett wieder an. Dann musterte er die Umgebung. Im Südosten erhob sich als *städtebauliche Dominante* das Berufsförderungswerk, das der Nürnberger Burg zumindest aus dieser Perspektive den Rang als Wahrzeichen der Stadt ablief. Gewächshäuser und Maschinenhallen mit Solarkollektoren versperrten den Blick zum Horizont; die bescheidenen Reste dörflicher Strukturen standen wie arme Verwandte neben weiß verputzten Einfamilienhäusern mit säulengetragenen Balkonen – auch hier war Wollreis präsent.

Mittleren Alters. Sehr teure Schuhe.

War nicht Wollreis' Wagen nach seinem Verschwinden am 11. Juni bei einer Baustelle seiner Firma in Thon gefunden worden – zu Fuß gut zwanzig Minuten von hier?

»Scheiße«, sagte Kastner.

***

Die Witwe Wollreis trug passenderweise schon Schwarz, als sie ihm die Tür öffnete.

»Ich wusste es!«, seufzte sie in ein monogrammbesticktes Taschentuch. Dann rief sie das Hausmädchen und bot Kastner Kaffee an. Während er vorsichtig zwei Löffel Zucker in der fingerhutgroßen Espressotasse verrührte, führte sie im Nebenzimmer Telefongespräche mit ihrer Bank, dem Geschäftsführer der Baufirma und ihrer Vorgängerin, die sie korrekterweise mit »Frau Wollreis« ansprach. In dieser Reihenfolge.

Er stellte die üblichen Fragen.

Nach Einschätzung der Witwe war ihr toter Gatte ein mustergültiger Ehemann, ein braver Steuerzahler, eine Stütze der Gesellschaft und ein sehr sozialer Arbeitgeber gewesen. Einen besonders trauernden Eindruck machte sie allerdings nicht. Dafür bot sie ihm aus freien Stücken für den Tag, an dem ihr Mann verschwunden war, überprüfbare Alibis mit gut beleumundeten Zeugen an.

Er notierte *Liebhaber??*.

»Sie sehen also, wie kurzsichtig Ihre bürokratische Verweigerungshaltung wegen der Expertise letztendlich war, Herr Kästner«, beschied die Witwe ihn zum Abschied und sah dabei äußerst zufrieden aus.

Kastner nickte.

Der Tag war so heiß und wolkenlos wie die Tage zuvor. Kastner verließ Erlenstegen mit der Linie 8 in Richtung Innenstadt. Am Hauptbahnhof stieg er aus und kaufte sich eine Butterbreze und eine Mohnschnecke, die er rasch hintereinander im Stehen verzehrte. In der Rathauskantine gab es donnerstags Currywurst, und in der Polizeidirektion hätte er sein verschwitztes Hemd wechseln können, aber er hatte keine Lust, Wernreuther oder seinem Chef zu begegnen und ihre Fragen zu beantworten.

Am Nachmittag führte er eine erste Recherche im Umfeld des Toten durch, sprach mit Angestellten und Verwandten, telefonierte mit Geschäftspartnern. Daraus ergaben sich durchaus Mordmotive: faule Kredite, ein Schwarzgeldkonto, Verdacht auf Bestechung und Vorteilsnahme, einige abgelegte Geliebte, eine Erbschaftsstreitigkeit, dubiose Grundstücksgeschäfte, Verleumdungsklagen ... Das Übliche eben. Kastner kaute eine Weile darauf herum.

Um 17:30 Uhr machte er Feierabend.

***

»Wollreis? Der Baulöwe? Wollreis AG?«

Kastner nickte und riss das Küchenfenster auf. Die Gerichtsmedizin hatte bestätigt, dass es sich bei dem *Rätselhaften Leichenfund im Knoblauchsland*, wie die Abendzeitung reißerisch getitelt hatte, tatsächlich um Wollreis' sterbliche Überreste handelte. Zahnprofil. *Keine vernünftigen Zweifel.*

»Na das ist ja ein Ding. Wollreis«, sagte Mirjam. Sie hatte früher einmal im Stadtplanungsamt gearbeitet und kannte Wollreis.

Kastner fächelte sich Luft zu – in der Innenstadt kühlte es nachts kaum ab. Herrn und Frau Ylmaz' Umrisse trugen im erleuchteten Küchenfenster eine Meinungsverschiedenheit aus. Die Studenten darüber hörten Rammstein, etwas mit *Tod* und *Asche*. Fräulein Meier – sie legte Wert auf diese Anrede – aus der Vierunddreißig goss ihre lichtmangelkranken Geranien und winkte ihm freundlich zu.

»Da wünsche ich schon mal viel Spaß bei den Ermittlungen«, feixte Mirjam. »Ich kenne einige Leute, die nur deshalb auf seine Beerdigung gehen würden, um sicher zu sein, dass wirklich zwei Meter Erde draufkommen.«

Kastner holte sich eine Halbe Landbier aus dem Kühlschrank und füllte gemächlich sein Glas. Seiner Ansicht nach war es Sünde, fränkisches Bier aus der Flasche zu trinken, ohne den bernsteinfarbenen Glanz des Getränkes zu würdigen. *Versnobt* nannte Mirjam das. Sie nannte es auch *effiziente Kommunikation*, wenn sie ohne Punkt und Komma redete, und er hatte sich über die Jahre daran gewöhnt. Sie hatten sich im Friedhofsamt kennengelernt, als er wegen eines Falles von Störung der Totenruhe auf dem Johannisfriedhof ermittelt hatte. Vor drei Jahren waren sie zusammengezogen.

»Vielleicht war's seine Frau?«, überlegte Mirjam und zog an ihrer Zigarette. »Die dritte Frau Wollreis – oder doch schon die vierte? Er wollte sie durch eine jüngere, repräsentativere Dame ersetzen. Ehevertrag. Eben noch Ferrari, jetzt schon Hartz IV. Wäre ein Grund, oder?«

Kastner wiegte den Kopf. Soweit er wusste, fuhr Frau Wollreis keinen Ferrari, sondern einen dieser unförmigen Geländewagen, der weithin signalisierte, dass sein Besitzer über eine geräumige Garage verfügte und nicht gezwungen war, sich in der Innenstadt einen Parkplatz suchen zu müssen. Das mögliche Motiv blieb natürlich dennoch bestehen, da hatte Mirjam schon recht.

»Es kann aber auch ein enttäuschter Käufer gewesen sein«, fuhr seine Lebensgefährtin fort und schenkte sich Rotwein nach. Mirjam stellte in ihrer häuslichen Gemeinschaft die Toskana-Fraktion. »Braver Familienvater, eine Frau, zwei Kinder, irrwitzig hoher Kredit. Das *Traumhaus* entpuppt sich als Betonbutze, nach Jahren ist noch immer die Straße nicht geteert, kein Gehweg, kein Spielplatz, keine Grünfläche, schlechte Anbindung an den ÖPNV – dafür jahrelang Baulärm.« Mirjam drückte ihre Kippe in den Aschenbecher und steckte sich eine neue an. »Da fragt sich der gute Mann, warum er dafür eine Dreiviertelmillion berappt hat. Nachdem die Katze überfahren wird, kommt er ins Grübeln, was die ›grüne Lage‹ betrifft. Und als er seinen Kredit nicht mehr bedienen kann, verliert er komplett die Nerven.«

Kastner schloss das Fenster wieder. Von einem kühlen Luftzug konnte keine Rede sein, dafür roch es intensiv nach gebratenen Zwiebeln. Er lebte gerne in der Südstadt, aber es hatte auch seine Härten.

»Oder ein Grundstücksbesitzer. Du weißt schon: schnell noch billig gekauft, bevor der Bebauungsplan aufgestellt wird und das Grundstück das Zehnfache wert ist. Wollreis hatte ja da die passenden Kontakte.«

Mirjam aschte ab. Dann lächelte sie. »Am Ende, Kastner, war es einer von uns. Ein kleiner, aufrechter Sachbearbeiter, vielleicht vom Naturschutz. Hat sich das jahrelang angeschaut, wie der Wollreis gemacht hat, was er will, Biotop hin, Artenschutz her, und dann hat er sich nen Hammer genommen und der Arroganz ein Ende gesetzt. Peng – und aus.«

Kastner nickte und trank den letzten Schluck von seinem Bier. Wie die Ermittler sonntags beim *Tatort* steuerte Mirjam immer gleich auf das in ihren Augen Wesentliche zu – das Motiv. Er jedoch fragte sich, warum jemand eine Leiche auf dem intensiv bewirtschafteten Acker einer Halbmillionenstadt ablegte. Und wo Wollreis bis August gewesen war.

Er gähnte und warf einen Blick auf die große Uhr zwischen den Ikea-Hängeschränken, die besser in eine Bahnhofshalle gepasst hätte als in eine kleine Küche mit blau geblümter Tapete. Es war schon halb eins.

»Ich geh ins Bett, Hase. Kommst du mit?«

»Ich komm gleich nach«, murmelte sie und zog noch eine Marlboro aus der Schachtel.

Kastner drückte ihr einen unbeholfenen Kuss auf die nackte Schulter. Sie erschien ihm angespannt in letzter Zeit. Vor einem halben Jahr hatte sie das Friedhofsamt verlassen, um halbtags beim *Service öffentlicher Raum*, kurz SÖR, zu arbeiten. Intern nannte man diese Dienststelle den *rosa Elefanten*, oder *das Retortenbaby*, wie Mirjam sich ausdrückte, da Zuständigkeiten zusammengewürfelt worden waren, die von der Sache her kaum Gemeinsamkeiten hatten. *Die Politik ruft, wir folgen*, pflegte sie resigniert zu sagen, und Kastner war immer wieder gerührt von diesem »Wir« aus dem Munde von jemandem, der offensichtlich seine Schwierigkeiten mit den strukturellen Defiziten der Verwaltung hatte.

Während er sich in dem winzigen Badezimmer die Zähne putzte, betrachtete er sein fleischiges Gesicht im Spiegel.

Ich sollte mehr Sport treiben, dachte er.

Another Day In Paradise*

»Todesursache?«, wollte Kastner wissen.

»Schwierig«, erwiderte Wernreuther.

Kastner zählte bis zehn, dann hob er fragend die Augenbrauen.

»Na ja, es sieht wohl nicht nach Gewalteinwirkung aus. Man muss die Gewebeuntersuchung abwarten.«

Kastner nickte. Kein Hammer also.

»Interessant ist, dass der Tod bereits Mitte Juni eingetreten ist. Also unmittelbar, nachdem Wollreis verschwunden ist. Die ... also die ... Zersetzung? Verwesung? Also die hat allerdings erst Mitte August eingesetzt.«

»Bitte?«, sagte Kastner.

Wernreuther strich sich das Haar aus der hohen Stirn und machte ein wichtiges Gesicht. »Die Gerichtsmedizinerin sagt ...« Er blätterte in der Akte, die vor ihm auf dem Schreibtisch lag. »Also, sie sagt, dass die Leiche irgendwie frisch gehalten wurde, ehe sie auf dem Acker, nun ja, zu liegen kam.«

»Frisch gehalten?«

Wernreuther zuckte etwas beleidigt die Achseln und hielt ihm den Bericht hin.

»Ich glaub es dir ja, Felix. Ich wunder mich bloß. Hat die Spurensicherung sonst irgendwas Interessantes am Fundort der Leiche entdeckt?«

»Das kommt darauf an, was du interessant nennst.« Wernreuther legte den Bericht der Gerichtsmedizinerin

* Phil Collins, But Seriously, 1989.

zurück auf seinen Schreibtisch und holte einen Pappkarton in der Größe einer Schuhschachtel darunter hervor. Obenauf lag eine Liste, die er Punkt für Punkt vorlas, während er kleine Plastiktütchen aus dem Karton zog und demonstrativ in die Höhe hielt.

»Drei Kippen der Marke Marlboro. Da es so lange nicht geregnet hat, ist schwer zu sagen, seit wann die da lagen. Verschiedene Scherben von Senftöpfchen und Ofenkacheln aus dem späten Mittelalter.« Wernreuther grinste. »Bei der Altersbestimmung hat sich dieser Herr Dietz hervorgetan. Martina Götz von der Spusi sagt, die Scherben hätten ihn weit mehr interessiert als die Leiche. Die war ihm vermutlich nicht alt genug!«

Kastner räusperte sich.

»Jaja«, sagte Wernreuther. »Ich fand's lustig. Ferner einen Fußabdruck von einem Gummistiefel der Größe 45, aus einer Zeit, zu der es noch geregnet haben muss. Der war von der Hitze inzwischen wie in Beton gemeißelt, sagt Martina. Sie hat einen Abguss davon gemacht.« Wernreuther machte eine Pause und kramte in dem Karton. »Ja wo ist denn ... Ach, hier. Beim Graben kamen diverse Knochensplitter zum Vorschein. Dabei handelt es sich um Überreste von Hase und Hund. Ein Schweinezahn war auch dabei. Aber bevor du jetzt an einen satanistischen Ritualmord denkst, Kastner: Der Archäologe meint, das wär ganz normal. Die Bauern haben anscheinend früher den Inhalt ihrer Abfallgruben als Dünger auf den Acker gefahren.«

»Was ist mit den Kippen? Kann man davon noch DNA gewinnen?«

»Vermutlich schon. Die von irgendeinem Feldarbeiter oder Bauern, nehme ich an. Aber wenn du meinst ...«

»Ich meine«, sagte Kastner. Er machte sich keine großen Hoffnungen, dass der genetische Fingerabdruck mit dem eines Schwerverbrechers aus der Datenbank übereinstimmte, aber warum etwas unversucht lassen?

»Sonst noch was?«

»Wollreis trug seine Armbanduhr und seinen Ehering. Geldbeutel und Handy hatte er in der Hosentasche, das Handy war ausgeschaltet. Und er war vorschriftsmäßig bekleidet. Unterwäsche, Hemd, Hose, Socken, Schuhe. Alles nicht bei Woolworth gekauft. Er trug allerdings kein Jackett.«

Kastner nickte. Das hatte der Archäologe bereits erwähnt. Nach Wollreis' Verschwinden hatte man Angehörige und Angestellte befragt, und ein Hausmädchen hatte Stein und Bein geschworen, dass er das Haus an dem fraglichen Morgen in einem beigen Jackett verlassen habe. Am 11. Juni war es laut seiner Akte nicht übermäßig warm gewesen, zwölf Grad bei bedecktem Himmel und böigem Ostwind.

Wo hatte Wollreis das Jackett gelassen?

»Also Raubmord war es jedenfalls nicht«, sagte Wernreuther gerade. Er schichtete die Tütchen wieder in den Karton. »In seiner schweinsledernen Börse waren 500 Euro und mehrere Kreditkarten.«

»Lass mir doch den Geldbeutel bitte gleich da, wenn die Spusi schon mit ihm fertig ist.«

»Freilich. Nur Wollreis' eigene Fingerabdrücke drauf, sagt Martina. Nicht mal die seiner Frau ...« Wernreuther fummelte den Geldbeutel aus der Tüte und reichte ihn Kastner.

»Danke. Und vielleicht könntest du dich gleich um die DNA-Analyse kümmern?«

Wernreuther machte ein Gesicht wie ein Kleinkind, dem man gesagt hatte, es müsse erst sein Zimmer aufräumen, bevor es Sandmännchen schauen durfte. »Wenn's sein muss.«

»Es muss«, sagte Kastner. Er wartete, bis Wernreuther aus der Tür war, dann öffnete er die Geldbörse.

***

Gegen Mittag ließ Kastner sich von Wernreuther in Wetzendorf absetzen. Er wollte mit dem Arbeiter sprechen, der Wollreis' Leiche gefunden hatte, und mit dem Bauern, dem der Acker gehörte. Von Mirjam wusste er, dass der Biobauer jeden Freitag einen Hofverkauf betrieb. An die große Glocke schien der das aber nicht hängen zu wollen: Das alte Sandsteingebäude lag verlassen da, kein Schild wies darauf hin, dass man hier etwas kaufen konnte. Im Schatten einer Kastanie lag hechelnd ein riesiger, zottiger Hund. Vielleicht ein Neufundländer. Kastner, der das Holztor schon ein Stück weit geöffnet hatte, zog es rasch wieder zu, als der Hund interessiert den Kopf hob.

»Hallo? Ist jemand da?«

Es verging geraume Zeit, bis eine ältere Frau aus einem der Schuppen kam. Sie trug eine blaue Kittelschürze und hatte ihr graublondes Haar zu einem Dutt gebunden; zwei schwarze Plastikeimer, aus denen bei jedem Schritt Wasser schwappte, zogen ihr die Arme lang. Sie sah aus, als wäre sie aus der Zeit gefallen. Offensichtlich war sie nicht wegen Kastner gekommen, denn sie schlurfte, ohne ihn eines Blickes zu würdigen, über das Steinpflaster aufs Haus zu.

»Hallo? Entschuldigen Sie bitte, aber ich möchte mit Herrn Meisner sprechen. Ist er da?«

Die Frau wandte sich um, kniff die Augen gegen die

Sonne zusammen und musterte Kastner ebenso interessiert und wortlos wie der Hund.

»Herr Meisner«, rief Kastner, etwas lauter als vorher. »Ist er zu sprechen?«

»Wos schreiersn äsu«, grummelte die Frau und schüttelte missbilligend den Kopf. »Kummers hald rei. Braungmer ä Gmäis? Der dud nix.« Ohne die Eimer abzustellen, schlurfte sie zurück zu dem Schuppen.

Kastner war des Nürnberger Idioms an sich durchaus mächtig. Als behüteter Sprössling eines Bankangestellten und einer Hausfrau hatte er den katholischen Kindergarten in Mögeldorf besucht, war in Schweinau in die Grundschule und später in Gibitzenhof aufs Gymnasium gegangen. Seit er bei der Polizei war, lebte er in Steinbühl. Aber hier stieß er an seine Grenzen. Selbst unter den Eingeborenen gab es Dialekt – und es gab Dialekt.

Er wischte sich den Schweiß von der Stirn und öffnete vorsichtig das Tor. Der Hund deutete ein Schwanzwedeln an, ehe er den Kopf ermattet wieder auf seine mächtigen Pfoten sinken ließ.

»Än Borrie häddmer, odder ä Blaugraud? Dä Salood is vädorrd ba derä Hidz«, sagte die Frau, ohne Kastner anzusehen. »Un wennsmer däi Dier aafhaldn dädn ...« Sie hob die beiden Eimer um je zwei Zentimeter an, um den Grund für diese fränkische Bitte klarzustellen.

»Mein Name ist Kastner«, sagte Kastner, während er mit vorgetäuschter Souveränität an dem Hund vorbei über den Hof ging. »Ich bin von der Kriminalpolizei. Ich würde gern mit dem Bauern sprechen, dem Herrn Meisner.« Galant hielt er der Frau die Schuppentüre auf.

»No soongsis hald glei. Weecher derer Leich, odder? No, dou braungmer ja dann nedd in Schubfn nei.« Sie maß ihn mit einem vorwurfsvollen Blick und machte, die Henkel der Eimer immer noch fest in den Händen, wieder kehrt. »Dä Bauer is drinner, deä dringgd sein Kaffee. Also wenns ä Gmäis brauchd häddn …« Sie zuckte die Achseln.

Kastner schüttelte entschuldigend den Kopf und deutete auf das Haus. »Kann ich da einfach …«

Die Alte seufzte. »Gengers miid.«

Bauer Meisner saß in einer Küche, die offensichtlich in den 1970er-Jahren zuletzt modernisiert worden war, an einem beigen Resopaltisch und trank Filterkaffee mit Kondensmilch. Er war nicht mehr der Jüngste, Ende sechzig, schätzte Kastner, und er sah müde aus; aber sein Körper wirkte sehnig und zäh, und aus dem ledrigen Gesicht strahlten muntere, blaue Augen.

»In Borrie – in Borrie hommer Midde Mai nei. Oofang Mai hobbi dou in Winderroggn nunderbflüüchd«, erklärte er. »Beim Bflüüng häddsnern gombledd zerleechd, in doudn Moo, derwall konnerdou nunedd dougwäin sei.«

»Aha«, sagte Kastner und zückte sein schwarzes Notizbuch. »Wenn ich Sie also recht verstehe, Herr Meisner, wurde der Acker im Mai gepflügt?«

Meisner dachte kurz nach, dann nickte er. »Wissns, des is fei nedd eimbfach, lingsärechds des Huuchglous, däi broduziern wäi die Daifi. Obber is gäihd hald ballnämmer anders, wall äjeeds Joahr däi Oobauflächn schrumbfd. Dou, schauers, ieberoll werd neibaud.« Der Bauer wies mit weit ausholender Geste aus seinem Küchenfenster ins Unbestimmte. »Volk ohne Raum, hommer alles scho ghabbd, odder?«

Kastner, der eigentlich nur »Volk ohne Raum« verstanden hatte, nickte sehr zurückhaltend.

»Im Mai, also«, konstatierte er.

»Freili, im Mai, hobbidochgsachd«, bestätigte der Bauer. Kastner notierte *Mai.*

Das Gespräch mit dem Arbeiter, einem gewissen Dumitru, ergab nichts Neues. Der Bauer hatte seine Landarbeiter in einem Nebengebäude untergebracht, wo sie in Stockbetten schliefen wie Klosterzöglinge. Der Raum machte einen kahlen, aber relativ aufgeräumten Eindruck; was natürlich auch daran liegen konnte, dass die Männer außer ein paar Kleidern und Zeitschriften wenig persönliche Habe besaßen. Dumitru saß in einer staubigen Latzhose an einem kleinen Holztisch und vesperte Brot, Käse und Rettich. Er sah immer noch blass aus. In gutem Deutsch mit leicht fränkischem Zungenschlag versicherte er, dass er den Lauchacker in diesem Jahr schon mehrfach gehackt und gejätet habe, ohne dass ihm eine Leiche oder irgendetwas Ungewöhnliches aufgefallen wäre. »Wenn ich dran denk, dass der da vielleicht schon die ganze Zeit war, da wird's mir immer noch schlecht«, meinte er.

Sein Kollege, der auf der oberen Etage eines Stockbetts lümmelte und in einer Zeitschrift mit leicht bekleideten Damen blätterte, war weniger empfindlich.

»Das ist doch geile Scheiße mit der Leiche, hä? Eigentlich hab ich die ja entdeckt, der Dumitru hat da nur so schüchtern rumgestochert. Also wenn ich vielleicht ein Interview geben soll, so für die Zeitung oder fürs Fernsehen, das mach ich. Wenn's was dafür gibt natürlich, wir sind ja nicht zum Spaß hier!«

Kastner lächelte unverbindlich. »Da sind Sie bei mir an der falschen Adresse, Herr ...«

»Sagst du Florin«, bot der Mann an und streckte Kastner die Hand hin.

Als Kastner vorsichtig aus der Tür lugte, war von dem Hund nichts mehr zu sehen. Die Frau in der Kittelschürze hatte die schweren Eimer gegen eine gelbe Gießkanne eingetauscht und goss ein Blumenbeet zu Füßen einer nackten Vogelscheuche. Unter dem Wasserstrahl zerfielen braun vertrocknete Pflanzenreste zu Staub.

»Also dann auf Wiedersehen«, sagte Kastner, als er an ihr vorbeiging. Die Alte hob den Blick nicht von ihrer Tätigkeit.

»Machns fei is Dor zu, wenns gänger. Der Hund.«

»Freilich«, sagte Kastner. »Auch Ihnen noch einen schönen Tag!«

Während er zur Bushaltestelle ging, beschloss er, Mirjam nichts von seinen Ermittlungen beim Biobauern zu erzählen. *Und?*, würde sie fragen. *Hast du wenigstens Gemüse gekauft?*

In Wetzendorf gab es zwei Bushaltestellen: Ost und West. Meisners Hof lag genau in der Mitte. Kastner entschied sich – ohne politische Hintergedanken, allein deshalb, weil es näher an der Stadt lag – für Ost. Unterwegs sah er keinen Menschen, aber als er an der Haltestelle stand und den Aushangfahrplan mit der Uhrzeit auf seinem Handy verglich, kam ein Mädchen vorbei, das einen winzigen weißen Hund an der Leine hinter sich herzog. Sie mochte neun oder zehn sein; ein mageres Kind mit einem blonden Pferdeschwanz und runder Brille. »Sitz, Pupsie!«, forderte sie den Hund mehrfach auf, was dieser ignorierte. Pupsie hechelte, als stünde ihm ein Kreislaufkollaps unmittelbar bevor.

Ohne eine Miene zu verziehen, starrte das Mädchen ihn an. Eine Weile ignorierte er es, in der Hoffnung, es würde weitergehen.

»Sie wollen doch nicht etwa auf den Bus warten?«, fragte sie schließlich und zerrte Pupsie »bei Fuß«.

»Ja, ich sehe schon«, sagte Kastner, »der fährt um diese Zeit wohl nicht allzu oft.«

Das Gör kicherte. »Sie sind wohl nicht von hier? Am frühen Nachmittag fährt der praktisch gar nicht. Wenn er oft fährt, fährt er alle zwanzig Minuten. Da können Sie bis Thon auch laufen, wenn Sie nicht fußkrank sind.« Sie sprach lupenreines Hochdeutsch, war also offensichtlich zugezogen, und stellte sich als Mara und ihren Hund – ein *Mädchen*, wie sie ihm erklärte – als Pupsie vor.

Nachdenklich musterte sie seine Figur.

»Wenn ich das richtig sehe, Mara, kommt der nächste in vierzig Minuten«, sagte Kastner, um einer Bemerkung über seine Fitness zuvorzukommen.

Mara drängte sich zwischen ihn und den Busfahrplan, strangulierte dabei beinahe die japsende Pupsie, sah auf ihre Armbanduhr und tippte mit dem Finger auf den Fahrplan.

»Exakt«, sagte sie.

»Ja, dann ...« Kastner wollte sich vor dem energischen Kind keine Blöße geben. »Dann kann ich ja auch laufen.«

Mara nickte. »Wenn ich wo hinmuss, fährt mich meine Mama. Aber Sie werden wohl laufen müssen ...«

Das Mädchen wich nicht von der Stelle, bis Kastner außer Sicht war. Notgedrungen lief er also an der Ringbahn entlang bis nach Thon. Er schaffte es in zwanzig Minuten, aber die Füße taten ihm danach richtig weh, und er hechelte wie Pupsie.

***

Mirjam stand im Flur und telefonierte, als Kastner nach Hause kam. »Na klar«, sagte sie. »Genau. Ich bin ganz deiner Meinung. Das kann er nicht machen. Freilich. Nein sicher. Ganz unmöglich. Wer glaubt er denn eigentlich, wer er ist. Du solltest dir das wirklich nicht gefallen lassen.« Gaby Seiffert war eine ehemalige Studienkollegin von Mirjam, die vor zwei Jahren nach Berlin gezogen war. Seit Kastner sie kannte, zog sie regelmäßig Nieten aus dem Topf der Beziehungslotterie, und Mirjams Rolle war die des Kummerkastens. Gaby kam zwei- oder dreimal im Jahr mit verheulten Augen nach Nürnberg, schlief im Wohnzimmer auf Kastners Sofa und konnte selbst Mirjam unter den Tisch trinken.

»Schöne Grüße«, sagte er im Vorbeigehen.

Er inspizierte Herd und Backofen. Nichts.

Etwas enttäuscht holte er sich ein Landbier aus dem Kühlschrank, setzte sich an den Küchentisch und legte seufzend die Beine hoch. So musste sich ein Marathonläufer im Ziel fühlen.

»Freilich«, hörte er Mirjam draußen sagen. »Du kannst jederzeit zu uns kommen. Kein Thema. Also dann ... Tschüss, Schnecke. Halt die Ohren steif!«

Abgesehen von dem schiefen Bild einer Schnecke mit Ohren fand Kastner Mirjams Kosenamen für Gaby insgesamt unpassend. Die Frau maß eins fünfundachtzig, trug ein Zungenpiercing und war am ganzen Körper tätowiert.

»He, Kastner«, sagte Mirjam zur Begrüßung. »Jetzt hab ich vergessen, die Grüße zu sagen. Wie wär's übrigens, wenn du mal die Spülmaschine ausräumst?«

Kastner nickte. Mirjam war eine Meisterin darin, den Bogen vom Allgemeinen zum Banalen zu schlagen, und sie hatte recht. Er war mehr als dran mit Spülmaschine ausräumen.

»Ich hab Presssack und Stadtwurst gekauft für heut Abend. Und nen Kasten Bier. Du könntest auch mal wieder was kochen, ich bin ja hier nicht die Hausfrau oder was.«

Kastner räumte die Weingläser in den Hängeschrank und verkniff sich die Bemerkung, dass sie seinetwegen nicht jeden Abend zu kochen brauche. Das hatte er einmal gesagt, und Mirjam war eine ganze Woche darauf herumgeritten. *Da kannst du auch sagen, wegen dir bräuchte ich das Klo nicht zu putzen,* hatte sie gesagt. *Der Punkt ist aber doch, dass man ein Klo nun mal putzen muss, wenn man nicht in einer total versifften Hütte hausen will. Das ist ja super, Kastner, du ziehst dir hier Lasagne und Spinatpfannkuchen rein und tust dann so, als würde ich das zu meinem privaten Vergnügen kochen ...* Sie hatte sich richtig in Rage geredet, und schließlich hatte er zugegeben, dass er froh war, nicht jeden Abend Käsebrot essen zu müssen. Bevor er mit Mirjam zusammengezogen war, hatte er sich abends von Tiefkühlpizza und Tütensuppen ernährt, und er sehnte sich nicht danach zurück.

»Du hast recht, Hase«, sagte er deshalb diplomatisch und versuchte sich an George Clooneys Augenaufschlag. »Ich bin eine Niete. Zu nichts zu gebrauchen. Totalausfall. Ich gelobe Besserung und hoffe, dass du mir noch eine Chance gibst.«

Sie starrte ihn an.

»Um Gottes willen, Kastner. Versuchst du etwa, *charmant* zu sein?«

Keiner spürt es so wie du*

Der Samstag verging mit einem Großeinkauf im Supermarkt und einem längeren Aufenthalt in einem Bau- und Gartenmarkt. Mirjam war der Ansicht, dass ein Zwischenboden über der Eingangstür all ihre Stauraumprobleme lösen würde. Zur Wohnung gehörte zwar ein geräumiges Kellerabteil, aber die Luft da unten war modrig und feucht. *Was auch immer ich da reinstelle, Kastner, kann ich nach einem halben Jahr zum Recyclinghof fahren*, hatte sie gesagt.

Im Baumarkt zog sie eine detaillierte Liste aus der Handtasche, riss sie in der Mitte auseinander und drückte ihm die untere Hälfte in die Hand. »Vielleicht suchst du schon mal die Schrauben zusammen. Ich stell mich beim Holzzuschnitt an, das kann länger dauern …«

Der Baumarkt war ein Tempel, eine Kathedrale der Neuzeit, auf Säulen errichtet; und die Gläubigen drängelten sich um die dargebotenen Devotionalien des Konsums. Kastner schob sich durch die Massen, vorbei an Gartenwerkzeug, Teppichen, lebenden Tieren und Lampen von beeindruckender Hässlichkeit. Der Baumarkt verfügte über eine Klimaanlage, aber er schwitzte trotzdem. Eher zufällig fand er schließlich die Regalreihe, in der das Gesuchte zu vermuten war. Kastner war nicht naiv, er wusste, dass es verschiedene Arten von Schrauben gab. Er konnte solche mit flachem Kopf von welchen mit rundem unterscheiden, und ihm war bewusst, dass Schrauben unterschiedlich lang und dick

* Baumarktwerbung.

sind. Während er Mirjams Angaben auf dem Zettel mit dem Kleingedruckten auf den Regalen verglich, geriet er dennoch in eine Art Raum-Zeit-Kontinuum, in einen Zustand der Losgelöstheit. Bald war er weniger daran interessiert, die richtigen Schrauben zu finden, als daran, das System zu durchschauen, nach dem die Waren in dem Regal geordnet worden waren. Dass man im Kassenbereich Süßigkeiten aufstellte, leuchtete ihm ein. Aber wer würde wohl schnell noch ein paar Schlossschrauben in seinen Einkaufswagen legen, nur weil sie so verlockend zwischen den Wandhaken aus Messingimitat und den Gewindeschrauben mit Zwölfer-Mutter hingen, die er eigentlich brauchte?

Als Mirjam mit einem Holzbrett und zwei kurzen Leisten unter dem Arm um die Ecke bog, hielt er ihr stolz zwei Plastikpäckchen entgegen. Mirjam warf nur einen Blick darauf, dann lächelte sie. »Gute Arbeit, Kastner. Allerdings würde Kreuzschlitz besser zu unserem Schraubenzieher passen. Und die anderen Schrauben?«

Ehe er sich eine passende Erwiderung zurechtlegen konnte – davon, dass die Schrauben zu einem bestimmten Schraubenzieher passen sollten, hatte schließlich nichts auf der Liste gestanden –, ging Mirjam mit ihrem Zettel zu einem Verkäufer.

Nach weniger als drei Minuten standen sie an der Kasse.

»Vierundachtzig Euro und zwanzig Cent«, sagte die Kassiererin. Sie war höchstens achtzehn, aber geschminkt wie ein Filmstar. Ihre Kiefer bearbeiteten stetig einen Kaugummi.

»Bitte?«, sagte Kastner.

»Vierundachtzig Euro und …«

»Das hab ich schon verstanden«, sagte Kastner. »Aber es sind doch nur ein paar Schrauben und ein Holzbrett!«

»Es sind ein Holzbrett, *zwei Leisten* und ein paar Schrauben, und zwar für genau vierundachtzig Euro zwanzig«, sagte die junge Frau ungerührt. »Können Sie sich das leisten oder nicht? Wir zwingen niemanden dazu, hier einzukaufen. Die Leute in der Schlange hinter Ihnen würden aber genau das gerne tun …«

***

Abends lud er Mirjam zum Griechen ein. Die *Platnersanlage* lag in der Nordstadt, direkt am Friedrich-Ebert-Platz. Das war von Steinbühl aus nicht der nächste Weg, aber Mirjam, die als Studentin in einer Frauen-WG in der Rieterstraße gleich um die Ecke gewohnt hatte, schwor auf die Lammkoteletts hier. Im Biergarten war es laut, er lag direkt an der Bucher Straße, aber die großen Bäume sorgten für eine angenehme Kühle.

Kastner verdrückte eine üppig mit Fleisch belegte Hermesplatte und sprach dem geharzten Weißwein zu – es war ausgeschlossen, in irgendeinem griechischen Lokal gutes Bier zu bekommen. Mirjam trank zu ihren Lammkoteletts einige Schoppen Imiglykos.

»Prost, Kastner«, sagte sie und hob ihr Glas. Sie war schon etwas angeschickert, aber das durfte sein. Sie waren mit der Straßenbahn da.

Kastner stieß mit ihr an.

»Man ist fast froh, wenn es dunkel wird bei der Hitze.« Sie seufzte zufrieden, wischte sich etwas Zaziki aus dem Mundwinkel und knüllte ihre Serviette zusammen. Dann zündete sie sich eine Marlboro an und sog den Rauch tief in ihre Lunge. »Man sollte im Winter überhaupt nicht mehr essen gehen. Dieses unwürdige Vor-der-Tür-Rauchen nimmt einem jede Freude. Was haben die militanten Nichtraucher eigentlich gegen ein gepflegtes Raucherzimmer einzuwenden?«

Es war eine rhetorische Frage, die keine Antwort erforderte.

»Nun sag schon, Kastner. Was macht dein Fall?«

Er gab ihr einen kurzen Überblick über die Ereignisse vom Freitag. Den Besuch beim Bauern verschwieg er allerdings aus den bekannten Gründen.

»Und was hast du in der *schweinsledernen Geldbörse* gefunden?«

»Natürlich das Geld und die Kreditkarten, wie Wernreuther gesagt hat. Und was Männer halt sonst noch so in ihrem Geldbeutel haben ...«

Mirjam zog die Augenbrauen hoch und grinste. »Und was *haben* Männer sonst noch so in ihrem Geldbeutel?«

»Tankstellenquittungen. Visitenkarten von Kunden, Handwerkern und Politikern. Einen Merkzettel mit dem nächsten Zahnarzttermin.« Kastner machte Mirjam zuliebe eine Kunstpause. »Und natürlich ein Foto ihrer Geliebten.«

»Ach«, sagte Mirjam. »Wollreis hatte eine Geliebte. Warum überrascht mich das jetzt nicht?«

»Sie heißt Jeanette. Jeanette de Bruyn. Der Name stand hinten auf dem Foto. Eine Blondine mit sehr kurzer Nase.«

»Wusstest du, dass Nasen im Alter länger werden, Kastner? Deshalb lassen diese getunten Tussis sie sich abschneiden vom Schönheitschirurgen ihres Vertrauens. Damit sie jünger aussehen.«

»Jeanette sieht ohnehin nicht einen Tag älter aus als dreißig«, sagte Kastner.

»Ach. Wie alt war Wollreis schnell noch mal?«

»Achtundfünfzig.«

»Was für ein widerlicher Lustgreis«, sagte Mirjam und zündete sich noch eine an.

Jannis räumte die leeren Teller ab und fragte nach ihren Wünschen. Kastner schüttelte den Kopf, Mirjam bestellte noch einen Imiglykos und seufzte dem Mann nach.

»Er hat mich nach meinen Wünschen gefragt! Da würde mir schon was einfallen ... Ist das nicht ein Schnuckelchen?«

Jannis war ein netter Kerl, eher mittelgroß, eher mittelschlank und eher unauffällig aussehend. Obwohl er versucht hatte, es zu verstehen, wusste Kastner noch immer nicht, welche Art Männer Frauen als »Schnuckelchen«, »Trüffelchen« oder »Sahnehäubchen« bezeichneten. Welche Gemeinsamkeiten hatte Jannis mit George Clooney, Johnny Depp und Robbie Williams? Es musste wohl etwas mit den inneren Werten zu tun haben.

»Ich muss mal«, sagte er und schob Mirjam seinen Geldbeutel über den Tisch. »Vielleicht kannst du gleich zahlen, wenn Jannis zurückkommt.«

»Aber natürlich.«

Sie musterte seinen Geldbeutel mit neuem Interesse.

Hit the Road Jack*

Die Hitze hielt unvermindert an. Über der Südstadt lag stickiger Dunst, die Luft flirrte über den Dächern der geparkten Autos. Während Kastner noch unter der Dusche stand, hörte er Mirjam schon in der Küche werkeln. Sie pfiff ein buntes Medley aus Ella Fitzgerald *(Summertime)*, Scorpions *(Wind of Change)* und Ray Charles *(Hit the Road Jack)*. Zu seinem Leidwesen war Mirjam Frühaufsteherin und schon vor der ersten Tasse Kaffee in der Lage, korrekte Sätze zu formulieren – wenn man von der Interpunktion einmal absah.

»Es gibt frische Brötchen, Kastner!«, rief sie ins Badezimmer, und der anklagende Unterton entging ihm nicht. Mirjam vibrierte am Wochenende vor Energie, und alles, was Kastner tat, ging ihr zu langsam. Er nahm sich fest vor, am nächsten Sonntag vor ihr aufzustehen und um die Ecke zum Sonntagsbäcker zu gehen. Ohne sich abzutrocknen, stieg er aus der Duschwanne, quetschte den letzten Rest Zahnpasta aus der Tube und seufzte. Er ahnte, was der Tag noch bringen würde.

»Die Eier sind fertig!«, sagte Mirjam und schob energisch die Badezimmertür auf, was nicht ganz einfach war, wenn Kastner vor dem Wachbecken stand. »Was hältst du davon, wenn wir heute mal eine Runde schwimmen gehen? Diese Hitze ist eigentlich nur im Wasser zu ertragen und ein bisschen Bewegung kann dir auch nicht schaden.« Ihr Blick glitt, nicht unfreundlich, über seine füllige Statur.

---

* Ray Charles, 1961.

»Mhmpf«, machte Kastner. Er hatte den Mund voller Zahncreme.

»Na, trink du erst mal deinen Kaffee«, sagte Mirjam versöhnlich und zog sich diskret zurück. Diese großherzigen Gesten waren einer der Gründe, aus denen er sie liebte. Sein persönlicher Traumsonntag sah folgendermaßen aus: lange ausschlafen, ein bisschen gemütlicher Sex, in Ruhe frühstücken, dann ein Spaziergang ins *Palais Schaumburg*, wo man im schattigen Biergarten ein annehmbares Schäufele verzehren konnte. Nach drei, vier Halben eines guten fränkischen Kellerbiers konnte man dann über einen entspannten Couchabend mit *Tatort* nachdenken. Aber Mirjam wollte am Sonntag immer *etwas unternehmen*, und darunter verstand sie Dinge wie *ein bisschen* Bewegung, *anregende* Sozialkontakte oder den Besuch kultureller Veranstaltungen – am besten alles zusammen.

Als Kastner sich an den Frühstückstisch setzte und sein Ei elegant mit dem Messer köpfte – ein *barbarischer Akt, der auf eine nachlässige Erziehung und unterdrückte Aggressionen schließen ließ*, wie Mirjam ihm ein- oder zweimal erklärt hatte, wusste er, dass er sich heute in seine unvorteilhafte Badehose zwängen und mit Mirjam in ihrem alten Toyota ohne Klimaanlage an den überfüllten Birkensee fahren musste. Zwischen plärrenden Kindern und mumienbraunen Anhängern der Freikörperkultur würde er sein blau gestreiftes Handtuch auf eine zeckenverseuchte Wiese legen und *Jaja, ich komm gleich rein* rufen, wenn Mirjam ihm aus der Algenbrühe zuwinken würde.

»Was ist, Kastner, schmeckt dir der Kaffee nicht«, sagte Mirjam. Es war keine Frage, deshalb gab er auch keine Antwort.

Liebe ist*

Wernreuther hatte für den Montag vier Personen zur Befragung in die Direktion gebeten. Notgedrungen trug Kastner sein Jackett und eine Krawatte, ein dezentes Design mit braunen Dürerhasen auf blassrosa Grund.

Er war kein Freund formeller Befragungen. Nach seiner Erfahrung waren Menschen in ihrem gewohnten Umfeld entspannter und auskunftsfreudiger. Wer vorgeladen wurde, fühlte sich rasch in die Defensive gedrängt, selbst wenn er ein völlig unbescholtener Bürger war. Aber der Chef hatte darauf bestanden, dass *ordentlich ermittelt* wurde, und dazu gehörte seiner Ansicht nach, dass Kastner nicht immer *alleine irgendwo herumstreunte.*

Und eben die Einbestellung von Verdächtigen und möglichen Zeugen.

Für die Einbestellten gab es keine Kleiderordnung, und der in der Erbschaftsangelegenheit übervorteilte Vetter erschien, passend zur Großwetterlage, in Shorts und ärmellosem T-Shirt. Über der Schulter trug er eine Umhängetasche aus Jute, eine Pilotensonnenbrille rundete das Bild ab.

Der Mann war fünfundvierzig, ein mäßig erfolgreicher Immobilienmakler und alleinstehend, das wusste Kastner aus der Akte. Mit den nach unten weisenden Mundwinkeln erinnerte er an eine abgemagerte Angela Merkel. Er war sichtlich nervös.

---

* Nena, Willst du mit mir gehn, 2005.

»Guten Morgen, Herr Trautmann«, begann Kastner vertrauensbildend und schüttelte eine knochige, feuchte Hand. »Ich hoffe, dieses Gespräch bringt Sie nicht in terminliche Schwierigkeiten.«

Der Vetter lächelte gequält und schob seinen Porscheschlüssel auf Kastners Schreibtisch hin und her.

»Sie sind der Sohn des älteren Bruders von Herrn Wollreis' Vater, nicht wahr?« Kastner vermied das Wort »unehelich«, er wollte kein Salz in mögliche Wunden streuen. Er hatte den komplizierten Satz gestern am Birkensee geübt, während Mirjam Eis holen gewesen war. *Was deklamierst du da, Kastner? Ist das so etwas wie der Kelch mit dem Elch und der Fächer mit dem Becher?*, hatte Mirjam amüsiert gefragt, als sie mit zwei Waffeltüten Nusseis zurückgekommen war.

Trautmanns Mundwinkel zogen sich noch ein Stück weiter nach unten, dann nickte er und bat um ein Glas Wasser.

»Ja, was für eine furchtbare Hitze.« Kastner stellte eine Flasche Mineralwasser und ein Glas auf den Tisch. Dann holte er aus der Schublade die Akte Wollreis und blätterte ein wenig darin. Längeres Schweigen machte manche Zeugen gesprächig. Trautmann gehörte nicht zu diesen, er schwieg beharrlich. Kastner entschied sich daher für einen Frontalangriff.

»Herr Trautmann, ich muss Sie fragen, wo Sie am 11. Juni dieses Jahres waren, in etwa zwischen 14:00 und 18:00 Uhr. Das ist Routine, Sie verstehen?«

»Das ist lange her«, stellte Trautmann fest und tat, als müsse er nachdenken.

Kastner nickte geduldig.

»Der 11. Juni – das war ein Dienstag, nicht wahr? Da hatte ich einen geschäftlichen Termin, wenn ich mich recht erinnere, eine Objektbesichtigung in Schniegling. Ich bin Immobilienmakler, wie Sie vielleicht wissen.« Er nickte zu der Akte auf Kastners Schreibtisch hinüber, dann zog er ein Notebook aus der Umhängetasche und tippte auf einige Tasten. »Da haben wir's ja«, sagte er zufrieden und hielt Kastner den elektronischen Terminkalender vors Gesicht.

Kastner studierte das Display. *14:30 bis 15:30, Norastraße 38, Fam. Glaser, Hr. Newram.*

Das war interessant. Schniegling war nur einen Steinwurf von Wetzendorf entfernt, über den Frauentaler Weg war man mit einem Porsche in zwei Minuten am Fundort der Leiche, ohne auch nur abbiegen zu müssen. Oder in vier Minuten bei der Baustelle in Thon, auf der man Wollreis zuletzt gesehen hatte. Er beglückwünschte Trautmann zu seinem guten Gedächtnis. »Ein Geschäftstermin, das können Ihre Kunden ja sicher bestätigen.«

»Aber gewiss.« Trautmanns Miene schwankte zwischen Selbstzufriedenheit und Misstrauen. »Na dann hätten wir das ja geklärt«, sagte er, verstaute sein Notebook wieder in der Jutetasche und machte Anstalten, sich zu erheben.

»Freilich«, sagte Kastner. »Wenn Sie mir bitte noch sagen könnten, was Sie danach gemacht haben – also von 15:30 bis 18:00 Uhr?«

»Ja zum Teufel«, fuhr Trautmann auf. »Was machen Sie denn nach der Arbeit? Ich bin nach Hause gegangen, hab mir einen Schluck Kognak gegönnt und irgendwas im Fernsehen angesehen ... Es ist ja wohl noch nicht genug, dass man mich nach dem Tod meines Großvaters mit einem Butterbrot abgespeist hat, nur weil ich die Frucht eines Fehltrittes bin, nein, jetzt will man mir auch noch einen Mord anhängen! Da steckt doch Beate dahinter, diese geldgeile Ziege. Die würde ihre eigene Mutter nackt auf dem Flohmarkt verkaufen, wenn sie dadurch verhindern könnte, dass die Verwandten etwas vom Geld ihres Mannes kriegen ...«

Kastner, der weder um halb vier schon Feierabend hatte *noch* nach der Arbeit einen Kognak trank, wartete, bis Trautmann seinem Unmut Luft gemacht hatte. Dann stellte er eine letzte Frage, obwohl er sich die Antwort denken konnte.

»Gibt es einen Zeugen dafür, wann Sie nach Hause gekommen sind? War jemand bei Ihnen?«

Trautmanns Gesicht wurde rot vor Wut. »Nein. Ich bin alleinstehend. War es das jetzt?«

»Ja, sicher«, sagte Kastner freundlich. »Vielen Dank, dass Sie sich die Zeit genommen haben. Wie gesagt: reine Routine. Einen schönen Tag noch, Herr Trautmann.«

***

Jeanette de Bruyn hatte atemberaubende Beine. Ihr Gesicht war auf fade Weise attraktiv und für Kastners Geschmack zu stark geschminkt. Sie sei in der Unterhaltungsbranche tätig, ließ sie wissen, und verzog die pinkfarbenen Lippen zu einem Lächeln, als sie Kastners Krawatte bemerkte. »Ganz reizend«, sagte sie. »Ich bewundere mutige Männer.«

Sie war unüberhörbar niederländischer Abstammung.

Das unerwartete Lob machte Kastner verlegen. »Ja, das ist – ein Geschenk meiner Lebensgefährtin. Warum wir Sie hergebeten haben, Frau de Bruyn ...«

»Aber Herr Kastner! Sie dürfen mich nicht für dumm halten, nur weil ich blond bin.« Sie lachte herzlich und schlug die atemberaubenden Beine übereinander. Um eine ihrer schlanken Fesseln klimperte ein Goldkettchen mit funkelnden Steinen, das vermutlich nicht bei Bijou Brigitte gekauft worden war. »Es ist ja kein großes Geheimnis, dass ich mit Günther Wollreis recht gut befreundet war. Und nun, da er – wie sagt man? – zu Tode gekommen ist, haben Sie sicher einige Fragen. Ich helfe Ihnen natürlich gerne, aber ich fürchte, ich kann nicht viel beitragen zur Lösung Ihres Falles. Ich habe Günther schon lange nicht mehr gesehen.«

Der charmante Akzent machte die aufgebrezelte Frau beinahe liebenswert. Kastner schmunzelte und zückte sein Notizbuch. »Wann genau haben Sie denn Herrn Wollreis zum letzten Mal gesprochen, Frau de Bruyn?«

»Sagen Sie doch bitte Jeanette«, bat sie. »Sonst fühle ich mich gar nicht angesprochen. Alle Freunde nennen mich Jeanette.«

Noch ehe Kastner sich schlüssig wurde, ob er ein Freund von Jeanette sein wollte, sprach sie weiter. »Das ist schon über ein halbes Jahr her. Da haben wir uns zu einem kleinen Abschiedsabendessen getroffen. Und das war es dann. Wie das halt so geht, Herr Kastner: Man lernt sich bei Bekannten kennen, unterhält sich angeregt, entdeckt gemeinsame Interessen, und nach einer Weile verliert man sich dann wieder aus den Augen.«

»Aha«, sagte Kastner. »Gemeinsame Interessen wie zum Beispiel ...?«

»Reisen in ferne Länder«, sagte Jeanette unschuldig. »Gehobene Küche. Champagner. Glamouröse Galas. Sportwagen. Designermode. Parfums von Guerlain. Diese Liste ließe sich erweitern, Günther war ein vielseitig interessierter Mann.«

»Frau de Bruyn ...«

»Jeanette!«

Kastner seufzte. Er hielt es für eine Unart, wildfremde Menschen mit dem Vornamen anzusprechen. Eine Unart, die so überflüssig war wie die amerikanischen

Vorabendserien, der sie entstammte. Allein wegen ihres reizenden Akzents würde er diesmal eine Ausnahme machen.

»Jeanette, also. Ich möchte nicht indiskret sein, Jeanette, aber ich muss Sie fragen, ob Sie mit Herrn Wollreis ein Verhältnis hatten?«

»Aber Herr Kastner! Natürlich hatten wir ein *Verhältnis.* Was für ein bezaubernder, altmodischer Ausdruck!« Jeanettes blaue Augen strahlten ihn an. »Günther hat mich gefickt, und dafür habe ich einen BMW X4 bekommen. Eine Zeit lang war er sehr großzügig und sehr charmant. Aber nachdem seine Frau die Kontoauszüge geprüft hatte, hat er sich verändert. Zu seinen – oder vielmehr: zu meinen Ungunsten. Plötzlich war von Liebe die Rede. Sie verstehen schon: Liebe sucht nicht. Liebe fragt nicht. Und vor allem natürlich: Liebe will nicht.«

Kastner war irritiert. Wovon sprach die Frau?

»Sie wollen sagen, Herr Wollreis wollte sich nicht mehr so großzügig zeigen, und dann haben Sie ...«

»Natürlich«, nickte Jeanette. »Ich habe dann recht bald einen netten Bekannten von Günther kennengelernt, auf einer Matinee.«

»Natürlich«, sagte Kastner. Er würde Mirjam abends fragen, was eine Matinee war.

Während Jeanette zur Tür hinausstöckelte, ließ er den Kugelschreiber unschlüssig über dem Notizbuch kreisen. Dass sie Wollreis' Geliebte gewesen war, hatte er ja bereits gewusst. Dass sie dafür einen BMW X4 bekommen hatte, war neu, aber wenig überraschend. Zu welchen Erkenntnissen hatte ihn diese Befragung also geführt?

Er schrieb schließlich *Liebe fragt nicht (?)* in sein Notizbuch, dann sah er auf die Wanduhr, die in Übereinstimmung mit seinem Magen 11:30 Uhr anzeigte. Er fand Wernreuther allein im Keller, wo er stirnrunzelnd über einer staubigen Akte saß. Das Archiv war ein trost- und fensterloser Raum, aber wenigstens war es hier kühl. Wernreuther hatte sich tief über die Akte gebeugt und machte sich mit einem blauen Kugelschreiber Notizen, dabei hielt er die Hand davor wie ein Schüler, der befürchtet, jemand wolle bei ihm abschreiben.

Kastner klopfte an den Rahmen der Tür. »Kommst du mit in die Kantine, Felix? Ich hab jetzt richtig Hunger.«

Wernreuther legte die Akte zurück in einen der Metallschränke und nickte geistesabwesend. »Cordon bleu und Pommes«, sagte er. »Also, für dich. Ich nehme das vegetarische Couscous.«

Wernreuther wusste stets, was in der Rathauskantine auf dem Speiseplan stand. Und was Kastner essen würde. Ohnehin gab er sich gerne den Anschein, alles zu wissen.

»Heißt es nicht *der* Couscous?«, fragte Kastner deshalb.

Nur um Wernreuther ein bisschen zu ärgern.

Als sie aus der Tür traten, schlug ihnen die Hitze wie eine Wand entgegen.

***

Vor der nächsten Zeugenbefragung kochte sich Kastner eine große Kanne Kaffee. Er fühlte eine gewisse Schwere.

Wollreis' engster Mitarbeiter, Igor Koschnik, war ein kleiner, quirliger Mann mit eisblauen Augen. Nach Wollreis' Verschwinden hatte er für dessen Frau die Geschäftsführung der Firma übernommen. Trotz der Hitze trug er einen dunkelgrauen Anzug und lief wie ein Tiger im Käfig den Flur auf und ab, als Kastner vom Mittagessen zurückkam. Die angebotene Tasse Kaffee nahm er dankend an, warf vier Stück Zucker hinein und wippte mit dem Fuß, während er auf die erste Frage wartete.

»Ich hoffe, Sie haben es nicht allzu eilig, Herr Koschnik. Das hier kann schon ein paar Minuten dauern ...«

»Aber nein, kein Problem. Die kommen auch mal ohne mich zurecht. Aber so eine offizielle Vorladung kann einen schon nervös machen.«

Kastner versicherte, dass es keinerlei Grund zur Beunruhigung gebe, und bat den Mann, von seiner Zusammenarbeit mit Wollreis zu erzählen.

Koschnik sah ihn fragend an.

»Erzählen Sie einfach«, sagte Kastner. »Wie war Herr Wollreis als Chef? Welche Projekte hat er aktuell verfolgt? Was für ein Mensch war er? Hatte er mit irgendjemand – einem Angestellten oder einem Kunden – besondere Probleme?«

»Also das ist ein weites Feld«, sagte Koschnik und begann wieder mit dem Fuß zu wippen. »Mir würde kaum jemand einfallen, mit dem er keine Probleme hatte. Man soll den Toten ja nicht schlecht nachreden, aber Wollreis war im Umgang mit anderen nicht gerade ein einfacher Mensch. Er war überheblich, stur und cholerisch, um es klar zu sagen, und wie er seine Projekte eingefädelt und finanziert hat, war nicht immer ganz koscher. Nichts Illegales«, beeilte sich Koschnik zu versichern. »Also zumindest nichts, von dem ich wüsste ...«

Kastner nickte ihm beruhigend zu. Herr Koschnik war ein Zeuge ganz nach seinem Geschmack, er wollte ihn auf keinen Fall verunsichern.

»Noch eine Tasse Kaffee?«

Koschnik nickte. »Er hat in der Firma ein straffes Regiment geführt, hat sich überall eingemischt, wollte über alles informiert sein. Und er war schwer zufriedenzustellen. Ich kann Ihnen einige hoch qualifizierte Mitarbeiter nennen, die sich das nicht gefallen ließen und zur Konkurrenz gegangen sind. Über die hat er dann bei jeder Gelegenheit übel hergezogen, hat sie als illoyale Verräter und Spione beschimpft ... Wie ich schon sagte, kein einfacher Mensch.«

Kastner beschloss, sich die Namen dieser Mitarbeiter nach dem Gespräch in der Tat nennen zu lassen. Er schob Herrn Koschnik die Zuckerdose hin und nickte aufmunternd.

»Das ist sehr interessant. Ich habe nicht oft Zeugen, die eine so gute Beobachtungsgabe besitzen. Sie haben gesagt, es sei nicht ganz korrekt gewesen, wie er seine Projekte akquiriert hat?«

»Na ja«, sagte Koschnik und wippte wieder mit dem Fuß. »Er hatte natürlich Beziehungen. Alte Schulfreunde, die inzwischen politische Mandatsträger oder hochrangige Verwaltungsbeamte sind. Vereinskollegen auch – er war seit zwanzig Jahren in verschiedenen Vereinen aktiv, genau bin ich da jetzt überfragt. Jagd und Heimatpflege, glaub ich, und irgendwas mit moderner Architektur. Nicht, dass das wirkliche Freunde gewesen wären. Da ging es wohl mehr um gegenseitige Gefälligkeiten. Darin war er sehr geschickt: eine Einladung hier, ein Geschenk da, dann wieder eine wichtige Information ... Und wenn dann der Zeitpunkt kam, an dem sie etwas für ihn tun sollten, war er knallhart. Knallhart.« Koschnik schüttelte traurig den Kopf.

»Wissen Sie auch etwas über Herrn Wollreis' Privatleben?«

»Um Gottes willen, nein!«, rief Koschnik, etwas zu schnell und zu laut. »Dafür hab ich mich nun wirklich nicht interessiert. Nur so viel: Ich musste in den zwanzig Jahren, die ich in der Firma bin, drei verschiedene Damen mit ›Frau Wollreis‹ ansprechen. Seine erste Ehe war kinderlos, da hat man noch gedacht, es liegt vielleicht daran. Aber die zweite hat er dann mit den Kindern sitzen lassen, also lag's vielleicht doch an was anderem. Und Beate war, glaub ich, auch schon überfällig. Einmal kam ich in sein Büro, als er telefoniert hat, und da habe ich etwas aufgeschnappt – ohne Absicht natürlich. Ich bin ja keiner, der lauscht.«

»Natürlich nicht«, sagte Kastner.

»Er hat gesagt: ›Ich werde nicht mit ihr über eine Scheidung sprechen, solange sie noch eine Vollmacht über mein Konto hat.‹ Und dann hat er noch etwas Unschönes über Beate gesagt.«

Kastner hob fragend die Augenbrauen.

»Er hat sie eine berechnende Krähe genannt.«

Kastner notierte *Scheidung/Kontovollmacht*. Ohne den Blick zu heben, fragte er: »Sie und Frau Wollreis duzen sich?«

»Äh ... ja. Wir kennen uns ja schon lange.«

***

Beate Wollreis kam eine halbe Stunde später als vereinbart.

»Sie entschuldigen, ich hatte zu tun.«

Kastner musterte sie stumm. Sie erwiderte seinen Blick ungerührt. Nach etwa drei Minuten unterbrach sie das Schweigen: »Herr Kästner, warum lassen wir diese pubertären Spielchen nicht einfach? Ich bin Geschäftsfrau, da kann es mit den Terminen schon mal knapp rausgehen. Sie haben noch Fragen?«

Kastner nickte. »So ist es, Frau Wollreis. Wussten Sie, dass Ihr Mann eine Geliebte hatte?«

Sie lächelte kalt. »Eine nur? Das überrascht mich.«

»Er hatte also mehrere? War Ihre Ehe nicht gut?«

»Ich muss mir Ihre Frechheiten nicht gefallen lassen, Kästner«, sagte Beate Wollreis kalt. »Kann es sein, dass Sie mir den Erfolg missgönnen? Sind Sie neidisch auf jeden, der mehr verdient als Sie? Wie dem auch sei, es ist Ihr Problem, nicht meines. Ich bin freiwillig hier, aber ich bleibe nicht eine Sekunde länger, wenn Sie Ihren unverschämten Ton nicht mäßigen.«

Kastner atmete tief ein und wieder aus. Die Witwe ging ihm zunehmend auf die Nerven. »Damit wir uns verstehen, Frau Wollreis: Ich versuche, das Verbrechen aufzuklären, dem Ihr Ehemann zum Opfer gefallen ist. Gibt es einen bestimmten Grund, warum Sie dabei so ungern kooperieren? Es tut mir sehr leid, wenn Sie meinen Ton als respektlos empfinden oder meine Fragen als indiskret, aber für mich ist das eine ganz normale Zeugenbefragung. Und mein Name ist Kastner. *Kastner*. Nicht Kästner. Wollen Sie jetzt den Rechtsreferenten anrufen oder können wir weitermachen?«

Frau Wollreis lächelte freudlos. »Aber natürlich können wir weitermachen, Herr ... Kastner. Mir ist ja durchaus daran gelegen, dass Sie den Mord an meinem Mann aufklären. Ich habe nur so ein Gefühl, dass Sie in die ganz falsche Richtung ermitteln. Und eines sollten Sie wissen: Großer Stress löst eine quälende Migräne bei mir aus.« Sie legte veranschaulichend die Fingerspitzen an ihre Schläfen. »Eine Befragung kommt dann leider gar nicht mehr infrage. Ein

Attest meines Hausarztes, Prof. Dr. Arnold, kann ich jederzeit vorlegen.«

Kastner hatte gute Lust, sie vor die Tür zu setzen. Aber damit hätte er ihr vermutlich einen Gefallen getan.

»Ich verstehe. Vielleicht wären Sie jetzt so freundlich, meine Fragen zu beantworten, Frau Wollreis?«

Auch das restliche Gespräch verlief unbefriedigend. Erneut wollte sie von Feinden ihres Mannes nichts wissen, allenfalls habe es Neider oder Konkurrenten gegeben – was bei einem so erfolgreichen Geschäftsmann ja nur natürlich sei. Sie zählte einige der Neider auf, darunter den übervorteilten Vetter, den sie als *raffgierig und unverschämt* bezeichnete. Der Inhaber einer kürzlich in Insolvenz gegangenen Baufirma, der ebenfalls Projekte in der gehobenen Preisklasse entwickelt hatte, habe ihren Mann einmal telefonisch beschimpft. Sie zierte sich, als es um den genauen Wortlaut ging. »Der Mann war ein Prolet«, sagte sie, beinahe entschuldigend.

Er hatte Wollreis ein *hinterhältiges Arschloch* genannt.

Ihre Ehe sei ausgezeichnet gewesen, nur *gelegentlich* sei es zu Meinungsverschiedenheiten gekommen, weil ihr Mann *von irgendwelchen billigen Schlampen ausgenommen* worden sei. »Für einen erfolgreichen Geschäftsmann war er in dieser Hinsicht ein bisschen naiv. Er stand gerne im Mittelpunkt und ließ sich bewundern, und manche Frauen nutzen so etwas leider aus.«

Wie sie selbst ihren Mann kennengelernt habe?

»Ich habe nach dem Studium in seiner Firma gearbeitet, zunächst nur als Aushilfe. Er war mit meiner Arbeit sehr zufrieden, und zum Beruflichen kam dann eben auch Privates.« Die damalige Ehe ihres Mannes – mit der zweiten Frau Wollreis – sei schon lange am Ende gewesen. »Hedwig war eher so ein Hausmütterchen, sie hatte kaum intellektuelle Ansprüche; und Günther war ein Mann mit vielen Interessen.«

Kastner nickte, das hatte er heute schon gehört.

»Hat Ihr Mann jemals davon gesprochen, sich von Ihnen scheiden lassen zu wollen?«

Beate Wollreis verzog keine Miene. »Aber natürlich nicht. Seine kurzen Affären mit diesen billigen Flittchen hatten mit unserer Ehe nicht das Geringste zu tun.«

Kastner biss sich auf die Zunge. Beinahe hätte er gefragt, ob sie einen BMW X4 tatsächlich für billig hielt, aber er wollte sich nicht wieder Sozialneid vorwerfen lassen.

»Hatten *Sie* jemals eine Affäre?«, fragte er stattdessen, was aber auch nicht gut ankam.

»Jetzt reicht es, Kästner. Ich muss jetzt dringend zu einem Termin, bitte wenden Sie sich an meinen Anwalt, wenn Sie noch weitere Fragen haben.« Sie zog ein Visitenkärtchen aus ihrer Prada-Handtasche und legte es so vor Kastner auf den Tisch, dass er es lesen konnte.

Dr. Ulf G. Ludwig
Notar
Fachanwalt für Steuer- und Strafrecht
Stadtratsmitglied

stand da in Book Antiqua. Darunter waren mehrere Telefonnummern gelistet, unter denen man vermutlich eine Kanzleiangestellte erreichte, über die man einen Termin vereinbaren konnte.

Das hast du wirklich toll gemacht, Kastner, dachte Kastner.

Eigentlich hatte er mit der Witwe noch über ihr Alibi sprechen wollen.

* * *

»Also sauber ist die nicht«, sagte Mirjam, während sie Salat auf Kastners Teller häufte. Sie meinte die Witwe. »Die ist doch kalt wie Hundeschnauze. Erinnerst du dich an die Gessl-Sache mit der Tamara und dem vorgetäuschten Raubüberfall? Mehr Tomaten?«

Kastner schüttelte den Kopf. Er wollte nicht mehr Tomaten. Genau genommen hätte er eine Tellersülze mit Bratkartoffeln bevorzugt, aber da meistens Mirjam kochte, stand ihm Kritik nicht zu. Tamara, natürlich erinnerte er sich an Tamara. Die Sache war den Boulevard rauf und runter gegangen. Recht fesche Person, die Tamara, aber diese Einschätzung äußerte er tunlichst nicht. Das Freundlichste, was Mirjam je über Tamara Gessl gesagt hatte, war *Botox-Opfer* gewesen.

»Wasser und Chemie«, sagte sie. »Ist wahrscheinlich auf einer Nährlösung herangewachsen.« Sie schaufelte sich eine Gabel Salat in den Mund. Erst ihr nächster Satz verdeutlichte, dass sie nicht mehr von Tamara Gessl sprach: »Wenn die Sachen beim ebl bloß nicht so scheiße teuer wären …«

Flexible Themenwechsel waren ihre Stärke. Er selbst hätte auch dann nicht in dem Biosupermarkt eingekauft, wenn es dort etwas umsonst gegeben hätte. Im Kreise ernährungsbewusster Hausfrauen, die sich über die Vorzüge von bei Vollmond in der Handmühle gemahlenem Vollkornmehl austauschten, fühlte er sich entschieden fehl am Platz. Von dem graugrünen Schimmer, den die glücklichen Wurstwaren in der ebl-Vitrine ausstrahlten, ganz zu schweigen.

»Aber das ist ja alles kein Wunder«, erklärte Mirjam gerade. »Wenn du dir mal anschaust, was die in den letzten zwanzig Jahren alles zugebaut haben im Knoblauchsland. Wenn die Fläche knapp ist, wird eben intensiviert. Aus so einem Glaspalast holst du locker die fünffache Menge an Gemüse heraus. Da verkaufst du halt dem Wollreis den Acker und baust dir von dem Geld ein schönes Gewächshaus mit allem Pipapo.« Sie spülte sich den Mund mit Rotwein aus. »Woran ist er denn nun gestorben?«

»Der Wollreis? Vergiftet.«

Mirjam verschluckte sich. »Meine Güte. Das ist typisch Frau, Kastner! Lucrezia Borgia. Marie D'Aubray. Gesche Gottfried – mit was?«

»Hm, da haben sie ganz schön die Reagenzgläser geschüttelt, in der Rechtsmedizin. Seine letzte Mahlzeit war ein Chili con Carne, und es war mit einem Pflanzengift gewürzt.« Kastner versuchte sich an den Namen zu erinnern. »Eisenhut heißt das wohl.«

Mirjam pfiff durch die Zähne. »Aconitum. Clever«, sagte sie. »Eine der giftigsten Pflanzen Europas. Enthält Alkaloide. Wächst in jedem Vorgarten.«

Mirjam ging in ihrer Freizeit mit der Naturhistorischen Gesellschaft auf Kräuter- und Arzneipflanzenexkursionen, sie hatte Wörter wie *Aegopodium podagraria* parat, die Kastner nicht einmal aussprechen konnte.

»Und?«, wollte sie wissen. »Stand der Teller auf dem heimischen Abendbrottisch, oder war er fremdessen?«

»Seine Frau will von einem Chili nichts wissen. Ob du es glaubst oder nicht, sie hat die Haushälterin eine Liste der Speisenfolgen ausdrucken lassen, vom letzten halben Jahr. Da stand kein Chili drauf ...«

»Ach so«, sagte Mirjam und kicherte. »Wie blöd von mir.

Die ernähren sich wahrscheinlich von Lachsschaumsüppchen mit Kerbelmousse und auf Buchenholz gerösteten Mandelstiften. Aber mal unter uns – so eine Liste kann ich dir auch ausdrucken, wenn ich so viel Zeit habe, mich darauf vorzubereiten.«

Sie griff nach dem Salzstreuer. »Schmeckt nach nichts«, sagte sie. »Den Salat mein ich. Eisenhut schmeckt recht scharf, von daher war er in dem Chili gut aufgehoben. Ist die Witwe zufällig Biologin?«

»Nein«, sagte Kastner. »Sie hat Architektur studiert.«

»Ach was!«, feixte Mirjam. »Davon hat das Stadtbild aber leider nicht profitiert.«

Per Anhalter durch die Galaxis*

»Was macht eigentlich die DNA-Analyse?«

Wernreuther verdrehte die Augen. »Ganz wie ich es vermutet habe: Einer von Meisners Feldarbeitern hat die Kippen geraucht. Die DNA-Analyse war demnach für die Katz.«

Kastner ließ sich davon nicht entmutigen. »Dann bitte das Alibi der schwarzen Witwe, die Handyverbindungen und die Kontodaten, Felix. So schnell es geht. Ich fahr heut mal ins Umweltamt. Ich habe gehört, dass Wollreis' Bauprojekte gelegentlich mit dem Naturschutz kollidiert sind – vielleicht liegt da ja ein Motiv. Und bei der Gelegenheit spreche ich gleich mal mit jemandem, der sich mit Giftpflanzen auskennt.«

Wernreuther kratzte sich am Kinn. »Ins Umweltamt – liebe Güte. Na wenn du meinst. Hast du mitbekommen, dass dieser Fall überregionale Aufmerksamkeit erregt? Der Oberbürgermeister hat sich beim Chef schon nach dem Stand der Ermittlungen erkundigt!«

Kastner nickte. Dass sich der OBM für seine Ermittlungen interessierte, war eine ganz neue Erfahrung für ihn. Seine Freude darüber hielt sich in Grenzen. Der letzte Nürnberger Fall, der überregionale Aufmerksamkeit erregt hatte, waren die NSU-Morde gewesen. In den Jahren 2000 bis 2005 waren in Nürnberg drei türkischstämmige Kleinhändler erschossen worden. Aber da war er nicht lange zuständig gewesen – *organisierte Kriminalität und internationaler*

---

* Douglas Adams, 1979.

Drogenhandel, hatte sein Chef gesagt, *das ist eine Nummer zu groß für Sie, Kastner, da gibt es eine Sonderkommission*. Und so war es dann auch gewesen. Die SoKo Halbmond und später die SoKo Bosporus hatten unbeirrt nach Verbindungen der Opfer zu einer vermuteten »Türken-Mafia« gesucht; ein grober, ein *sehr* grober Fehler, wie sich viele Jahre später herausgestellt hatte.

»... kann für uns alle sehr unangenehm werden«, schloss Wernreuther gerade seine Rede.

»Jaja«, sagte Kastner ohne Überzeugung. Die Oberen schienen davon auszugehen, dass man unter Druck besser oder schneller ermitteln konnte. Und dass es wichtigere und weniger wichtige Morde gab – wichtigere und weniger wichtige Opfer, um genau zu sein. Kastner war anderer Ansicht.

Aber da sich niemand für seine Sicht der Dinge interessierte, hielt er lieber den Mund.

***

Das Umweltamt war in Langwasser untergebracht, fernab von der restlichen Verwaltung. Kastner fragte sich, ob dahinter eine bestimmte Absicht stand. Der *Eurocom Businesspark* war offensichtlich auf dem Reißbrett entstanden, gesichtslose Hochhäuser mit teilverspiegelten Fassaden drängten sich um einen ovalen Platz, den Mirjam *alibibegrünt* nennen würde – kleinkronige Bäume und pflegeleichte Stauden und Gräser, die mit der dünnen Erdschicht über der Tiefgarage zurechtkamen. Über die ganze Anlage zog sich eine breite Wasserrinne. Zumindest nahm Kastner an, dass es eine Wasserrinne war, denn es gab zwar verschiedene Staustufen, über die das Wasser plätschern konnte, sowie Auffanggitter für Laub und Plastikbecher – allerdings kein Wasser.

Ein Grüppchen Anzugträger kreuzte seinen Weg und er fragte nach der Hausnummer 28. Die Herren zuckten mit den Achseln. »Das ist hier etwas speziell mit den Hausnummern«, äußerte sich schließlich einer von ihnen, nachdem verschiedene Theorien diskutiert worden waren. »Liegt vermutlich an der ovalen Anordnung der Gebäude. Aber da vorne ist eine Tafel.« Er zeigte zu einem der Tiefgaragenaufgänge hinüber. Kastner dankte mit einem freundlichen Nicken.

In der vierten Klasse hatte Kastner in Heimatkunde ein Referat halten müssen – er hatte sich nicht vorgedrängt, als die Themen verteilt wurden, und schließlich war *Trabantenstadt Langwasser* für ihn übrig geblieben. Verwirrt über diesen astronomisch anmutenden Titel hatte er zu Hause seine Mutter befragt, die ihm erklärt hatte, dass Langwasser eben gleich einem Mond um einen größeren Planeten, also gewissermaßen Nürnberg, wenn schon nicht kreisen, so doch irgendwie, etwas abseits, aber durchaus zum System gehörend, na ja, eben irgendwie dranhängen würde. Es gebe auch Satellitenstädte, hatte sie hinzugefügt, aber die seien eher wie in sich geschlossene Systeme, also mit selbstständiger Infrastruktur. Da in Langwasser nur geschlafen und gearbeitet würde, hätte es den etwas niedrigeren Rang einer Trabantenstadt. Auf Deutsch gesagt, es sei dort ein bisschen wie auf dem Mond – keine Läden, keine Schulen, keine Restaurants. Kastner erinnerte sich an sein Entzücken, als er auf dem Stadtplan in Langwasser eine Straße namens *Planeten*ring entdeckt hatte.

Halbherzig hatte er noch in verschiedenen Zeitungsartikeln recherchiert, die sein Lehrer ihm in die Hand gedrückt hatte, aber bis auf den ergänzenden Hinweis, dass der Stadtteil nach einem Bach benannt war, der hindurchfloss, hatte sich sein Referat auf die Informationen seiner Mutter gestützt. Er hatte eine Drei minus bekommen, eine Bewertung, die er nach all den Jahren immer noch ungerecht fand.

Langwasser also. Mirjam bezeichnete den Stadtteil gelegentlich als Nazi-Zeltplatz, was sicher den jetzigen Einwohnern gegenüber politisch nicht korrekt war, aber einen gewissen historischen Bezug hatte: Während des Nationalsozialismus hatten hier die Teilnehmer der Reichsparteitage campiert.

Kastner maß im Geiste die Entfernung zu der Informationstafel. Dann erspähte er im Erdgeschoss eines Eckhauses eine Bäckerei, die deutlich näher lag, und beschloss, lieber dort nach dem Weg zu fragen. Bei einer kantigen blonden Person bestellte er einen Cappuccino to go und fragte nach dem Umweltamt.

»Umweltamt. Umweltamt«, sagte die Verkäuferin ratlos und wandte sich an ihre Kollegin. »Weißt du, ob das hier ist?«

Die Angesprochene zuckte die Achseln.

»Leider«, sagte die Blonde und stellte ihm den Pappbecher mit dem Cappuccino hin. »Zwei achtzig, bitte.«

Die Informationstafel visualisierte die Situation vor Ort anhand bunter Polygone. Kastner abstrahierte und interpolierte, dann steuerte er die ermittelten Koordinaten an.

Er fühlte sich unwohl auf dem kahlen Flur des Umweltamtes. Es gab kein Tageslicht, die Luft war abgestanden und gesättigt mit den Ausdünstungen vergilbter Kunststoffbüromöbel. Jemand hatte mit bunten Stecknadeln Zeitungsausschnitte an die weiß gestrichenen Gipskartonplatten gepinnt, vermutlich um die Tristesse zu mildern, aber die Schlagzeilen waren allesamt beunruhigend. *Lärm macht krank*, stand dort etwa, oder *Bald nicht mehr da: der Kiebitz.*

Er war froh, als die junge Biologin endlich Zeit für ihn hatte. In ihrem Büro rankte ein Gummibaum bis zur Decke, Akten und Bücher wucherten in einer gemütlichen Unordnung. Sie räumte zusammengerollte Pläne von einem Besucherstuhl, und Kastner nahm ihr Angebot, Platz zu nehmen, dankend an. Die Füße taten ihm weh. Wernreuther war zu einem Einsatz in Gostenhof gerufen worden, und er hatte daher die U-Bahn genommen.

Eine Fehlentscheidung. Schulbeginn. Stehplatz.

»Herr Wollreis …«, sagte die Biologin und rührte nachdenklich in ihrem Cappuccino. Sie war eine hübsche Person mit schulterlangem, aschblondem Haar und sehr wachen, blauen Augen. Lisa Förster sei für den Artenschutz zuständig, hatte der Amtsleiter ihm erklärt, und deshalb wohl zunächst die richtige Ansprechpartnerin, wenn es um mögliche Konflikte mit Bauträgern ginge. Wobei es, hatte er verbindlich lächelnd hinzugefügt, dem Umweltamt immer darum gehe, Probleme zur Zufriedenheit aller zu lösen.

»Um ehrlich zu sein, gab es schon mal Probleme mit seinen Vorhaben, aus naturschutzfachlicher Sicht. Aber da war er nicht der Einzige. Wir leben in einer Großstadt, und wenn gebaut wird, ist der Artenschutz betroffen.« Sie zuckte die Achseln. »Wiesenbrüter; Kiebitz, Rebhuhn, Lerche … Die letzten Äcker im Knoblauchsland sind nicht nur

Anbauflächen, sondern auch die Lebensräume seltener Tiere. Und die Stadt will wachsen.«

Kastner nickte, als wäre ihm das alles klar.

»Kannten Sie Herrn Wollreis persönlich, Frau Förster?«

Die junge Frau zögerte, und Kastner fragte sich, was es da zu zögern gab.

»Manchmal treffe ich Investoren oder Bauträger auf Bebauungsplanbesprechungen beim Stadtplanungsamt«, sagte sie schließlich, »aber nein, Wollreis habe ich dort noch nicht getroffen.«

»Gut. Noch eine letzte Frage: Wissen Sie, was Aconitum ist?«

»Das ist eine Pflanze, oder?«, gab sie zurück und lächelte entschuldigend. »Ich arbeite hier als Zoologin, mit Pflanzen kenne ich mich nicht so aus. Da müssen Sie mit meinem Kollegen sprechen, der ist Botaniker. Dr. Berthold, Zimmer 412.«

Dr. Berthold wusste sofort, was Aconitum ist. »Damit können Sie jemand umbringen«, sagte er freimütig. »Ein paar Blüten in den Tee, und Sayonara ...«

»Aha«, sagte Kastner.

Auch Dr. Berthold kannte Wollreis natürlich. Das eigentliche Problem seien aber nicht die Investoren oder Bauträger, meinte er. Das sei eine politische Frage. Die Stadt müsse die Prioritäten setzen und die Entwicklung steuern.

»Öffentliche Grünflächen kosten Geld«, erklärte er. »Und Geld ist bekanntlich knapp.« Flächen für den Artenschutz seien noch schwerer vermittelbar als Grünflächen, die interessierten nicht einmal den Bürger. Nur aufgrund gesetzlicher Regelungen gebe es überhaupt solche Flächen im Stadtgebiet. »Alle schimpfen über die Regelungswut der EU, aber wir sind ganz froh darüber. Seltene Tiere und Pflanzen interessieren nämlich niemanden, wenn es sich nicht gerade um Eisbären oder Tiger handelt – Sie verstehen, Herr Kommissar: plüschige Tiere in weit entfernten Ländern. Da wird dann an den WWF gespendet oder es werden Petitionen unterschrieben – aber mal ehrlich, Herr Kommissar: Setzen Sie sich für den Lebensraum der Blauflügeligen Ödlandschrecke ein?« Die politischen Entscheidungsträger der Stadt würden dies jedenfalls nicht tun, schon gar nicht, wenn die Alternative eine schicke Reihenhaussiedlung sei. Im Übrigen sei eben diese Stadt sein Arbeitgeber, und damit sei eigentlich alles gesagt. Falls er genauere Informationen zu Wollreis' Bauvorhaben benötige, solle er sich am besten direkt an das Stadtplanungsamt wenden: Dort werde die Bauleitplanung koordiniert.

Kastner notierte *Blauflügelige Ödlandschrecke (?)* und *Stadtplanungsamt (!)*, dann verabschiedete er sich. Im Hinblick auf sein Figurproblem überlegte er ernsthaft, nach unten die Treppe zu nehmen, aber dann entschied er sich doch für den Aufzug. Vierter Stock, immerhin.

Die Aufzugtür glitt mit einem freundlichen »Bling« zurück, und während Kastner unwillkürlich *Sie haben eine einfache Tür sehr glücklich gemacht* dachte, trat ihm aus dem Aufzug die Biologin entgegen. Sie war in Gedanken und zuckte zusammen, als sie ihn bemerkte. Er nickte ihr freundlich zu, aber sie senkte den Blick, als sie an ihm vorüberging.

Wieder an der trocken gefallenen Wasserrinne angekommen schaute Kastner auf seinem Handy nach der Uhrzeit. Es war halb eins. Da er wenig Lust verspürte, sich erneut mit Hunderten von Gesamtschülern der Bertolt-Brecht-Schule in dieselbe U-Bahn zu zwängen, ging er nach kurzer Überlegung zur Otto-Bärnreuther-Straße und stellte sich dort an die Bushaltestelle stadteinwärts. Nachdem er den Fahrplan studiert und den lebhaft fließenden Individualverkehr eine Weile beobachtet hatte, hob er den Daumen.

***

»Kastner! Wegen mir jetzt, oder was?«, fragte Mirjam, beinahe empört. »Ich sage ›Biologin‹ und du gehst los und suchst dir eine.«

Kastner zuckte die Achseln.

»Es war seine Frau«, beharrte Mirjam. Sie hatte eine grünlich schimmernde Gesichtsmaske aufgelegt und erinnerte ihn an die Wurstwaren in der ebl-Vitrine. »Sie hat ihn vergiftet, die Leiche zwei Monate im Keller versteckt und dann ab auf den Acker.«

Kastner wiegte den Kopf. »Das ergibt doch keinen Sinn, Hase. Warum wartet sie damit bis August? Entweder sie geht davon aus, dass man das Gift nicht entdeckt, dann kann sie gleich den Hausarzt rufen. Oder sie weiß um die Finessen der Rechtsmedizin, dann lässt sie ihn für immer im Keller und übt sich in Geduld.«

»Ach«, lächelte Mirjam. »Und eine Biologin weiß nicht um die *Finessen der Rechtsmedizin*?« Sie kramte in der Schublade nach dem Korkenzieher. »Die Witwe kam halt in finanzielle Schwierigkeiten und die Leiche musste aufs Tapet, damit sie einen Totenschein bekam.«

»Und warum legt sie sie dann nicht am Plärrer ab?«, fragte Kastner. »Warum vergräbt sie sie auf einem Acker im Knoblauchsland?«

Mirjam schenkte sich Wein ein und dachte nach.

»Du hast recht«, sagte sie schließlich mit gerunzelter Stirn. »Das ist ein Zeichen, Kastner. Der Baulöwe, verscharrt auf dem letzten schmalen Ackerstreifen zwischen den Gewächshäusern. Ein Rätsel. Eine Herausforderung. Vielleicht der Beginn einer Serie?«

Mirjams Miene war undurchschaubar, aber Kastner kannte sie lange genug.

»Sehr witzig, Hase«, sagte er.

Der ewige Gärtner*

Kastner hatte das Gefühl, auf der Stelle zu treten. In der Hoffnung, die Hitze so ein wenig zu mindern, schloss er die Rollos vor seinen Bürofenstern. Dann ging er in die Kaffeeküche, leerte den gesamten Inhalt des Eiswürfelbehälters in ein Wasserglas und füllte es bis zum Rand mit Leitungswasser. Der alte AEG-Kühlschrank *lief nur noch auf drei Töpfen*, wie Wernreuther sich ausdrückte, und vor Ablauf von vierundzwanzig Stunden würde es kein neues Eis geben. Er schlich sich zurück in sein Büro, sah die Post durch und blätterte in der Akte Wollreis, auf der Suche nach einem vielversprechenden Ansatzpunkt.

Dr. Ulf G. Ludwig hatte Kastner auf Nachfrage Angaben zum Alibi seiner Mandantin zukommen lassen: die Bestätigung eines Zahnarztes, der an Frau Wollreis am 11. Juni von 13:30 bis 14:30 eine Wurzelbehandlung durchgeführt hatte, die Bestätigung des Hausmädchens, dass ihre Arbeitgeberin um 15:10 Uhr nach Hause gekommen war und sich mit einem Eisbeutel ins Bett gelegt hatte – *die Herrin war unpässlich und hat sich in ihre Gemächer zurückgezogen*, übersetzte Kastner. Um 17:00 Uhr hatte Frau Wollreis die Villa wieder verlassen, um sich im *Essigbrätlein* mit einer Freundin zu treffen. Diese, eine gewisse Ursula von Wertheim, gab an, dass Beate Wollreis um 18:15 Uhr in dem Restaurant eingetroffen sei und wegen ihrer Zahnschmerzen nur eine Suppe gegessen habe. »Frau Wollreis hatte Schwierigkeiten, in der

---

* John le Carré, 2001.

Innenstadt einen Parkplatz zu finden«, schrieb Dr. Ludwig, was die lange Zeitspanne zwischen ihrem Aufbruch in Erlenstegen und ihrer Ankunft im *Essigbrätlein* »mit zufriedenstellender Plausibilität« erkläre. Somit, schloss der Anwalt, lägen keinerlei Verdachtsmomente gegen seine Mandantin vor, und er verbitte sich in ihrem Namen jegliche weitere Anschuldigungen, da sie sonst eine Klage wegen rufschädigender Äußerungen in Erwägung ziehen würde.

Kastner machte zwei Löcher in das Schriftstück und heftete es in den Aktenordner. Inwieweit er die vorgetragene Plausibilität zufriedenstellend fand, würde der Anwalt schon ihm überlassen müssen. Seiner Ansicht nach wies das Alibi Lücken auf, innerhalb derer ein Mord zwar schwierig, aber nicht unmöglich gewesen wäre.

Schon gar nicht, wenn man einen Helfer gehabt hatte.

Seine Recherchen bezüglich eines Liebhabers der Witwe gestalteten sich allerdings bislang zäh. Jeder aus Wollreis' Bekanntenkreis, den er nach einer Affäre fragte, schüttelte schmallippig den Kopf.

Das könnten sie sich *gar nicht* vorstellen, sagten die Herren sinngemäß, Wollreis sei zwar deutlich älter gewesen als seine Frau, aber *was wäre sie ohne ihn schon gewesen*? Die Damen gaben sich gleich ganz empört, so als hätte Kastner ihre eigene Integrität infrage gestellt. Offenbar gab es in den bessergestellten Kreisen klare Regeln, wer fremdgehen durfte und wer nicht, ganz im Sinne von *Wer zahlt, schafft an*. Kastner war nicht so blauäugig, diese Lebenslügen für bare Münze zu nehmen; vielmehr ging er davon aus, dass die Damen – sofern nicht sie es waren, die auf dem Geld saßen – lediglich gezwungen waren, diskreter vorzugehen.

Selbst Wollreis' Angestellte hielten sich zu diesem Thema bedeckt – aus wohl nachvollziehbaren Gründen hätten sie keinen Einblick in das Bett der Frau ihres Chefs, und sie wollten gewiss auch keinen haben. Es gebe Gerüchte, dass der Wollreis selbst wenig hätte anbrennen lassen, aber seine Frau – nein, da wisse man nichts.

Die Witwe erwies sich als harte Nuss.

***

»Sind Sie wahnsinnig, Kastner? Eine Hausdurchsuchung? Ein *Leichenhund*?«

Kastner nickte.

Die Ohrenfarbe seines Chefs wechselte von hell- zu dunkelrot. Carsten Wismeth war kein schlechter Vorgesetzter. Er ließ seine Leute in Ruhe arbeiten, verfügte normalerweise über einen ausgeglichenen Charakter und war nicht dumm. Wenn er sich jedoch zwischen einer etwas heiklen Ermittlung und der *Außenwirkung seiner Behörde* entscheiden musste, setzte er nach Kastners Ansicht gerne die falschen Prioritäten.

»Diese Frau kann uns die Hölle heißmachen. Sie isst mit dem Rechtsreferenten zu Mittag. Ihr Anwalt hat ein Schreiben vorgelegt, das an Deutlichkeit nichts zu wünschen übrig lässt. Und Sie wollen ...« Wismeth sank in seinen lederbezogenen Chefsessel und schüttelte den Kopf. »Haben Sie denn keine anderen Spuren? Was ist mit dem Vetter?«

»Natürlich haben wir auch andere Spuren«, sagte Kastner, obwohl er wusste, dass es seiner Sache nicht dienlich sein würde. Es war jedoch die Wahrheit. »Mir scheint eine Hausdurchsuchung trotzdem der richtige Schritt in diesem Stadium. Falls wir dort irgendetwas finden, ersparen wir uns jede Menge Arbeit. Und wenn wir nichts finden, stehen wir nicht schlechter da als jetzt. Also – ermittlungstechnisch«, fügte er hinzu.

Wismeth seufzte, nahm die Brille ab und rieb sich die Augen. »Ermittlungstechnisch mag das zutreffen, Kastner. Aber in jeder anderen Hinsicht würden wir dastehen wie ein Haufen Narren. *Ich* würde dastehen wie ein Narr. Die Wollreis würde mich in kleine Stücke reißen lassen.« Er setzte die Brille wieder auf, schloss für einen Moment die Augen und setzte dann sein »Es hat seinen Grund, dass ich hier der Chef bin«-Gesicht auf. Energisch schlug er mit der flachen Hand auf den Tisch.

»Bringen Sie mir was, *irgendetwas*, das diesen Schritt rechtfertigt. Der Staatsanwalt wird sonst dafür sorgen, dass wir beide nach Fürth versetzt werden.«

***

Kastner fuhr erneut nach Erlenstegen und befragte das Hausmädchen. Ivana Sobolew, eine dünne Brünette Mitte zwanzig, war von ihrem Arbeitgeber ordnungsgemäß angemeldet worden. Sie arbeitete achtunddreißig Stunden die Woche im Wollreis'schen Haushalt, koordinierte die Arbeit eines Gärtners, einer Köchin und mehrerer Putzhilfen und stand nach eigener Aussage »insbesondere für die Wünsche der gnädigen Frau« zur Verfügung.

Sie hielt eine kleine Pferdeskulptur und ein Silberputztuch in den Händen, als sie Kastner die Tür öffnete.

»Frau Wollreis ist leider nicht zu Hause«, sagte sie.

»Guten Tag, Frau Sobolew. Das macht nichts, ich bin nicht wegen Frau Wollreis gekommen. Ich hätte vielmehr noch einige Fragen an Sie.«

Ivanas Mundwinkel gingen nach unten. »Aber ich habe schon alles erzählt! Ihr Kollege hat mich schon damals befragt, als der Herr Wollreis verschwunden ist.«

»Das ist richtig«, sagte Kastner und lächelte beruhigend. »Aber damals bestand zumindest theoretisch die Möglichkeit, dass Herr Wollreis sich einfach eine Art Auszeit genommen hat. Nun wissen wir, dass er ermordet wurde.«

Widerstrebend bat Ivana ihn herein. »Die gnädige Frau ist nicht gut auf Sie zu sprechen«, sagte sie und stellte die Skulptur auf eine Anrichte.

Kastner nickte. »Wir gehen das, was am 11. Juni passiert ist, jetzt einfach noch einmal Schritt für Schritt durch«, sagte er. »Nur, damit wir nichts übersehen. Herr Wollreis hat das Haus um 9:30 Uhr verlassen ...«

»Fünf vor halb zehn«, fiel sie ihm ins Wort und zerknüllte das Silberputztuch zwischen ihren Fingern. »Es war fünf vor halb zehn. Er hat im Esszimmer gefrühstückt, zwei Rühreier mit Speck. Dazu hat er einen Latte macchiato getrunken und zwei Gläser Orangensaft – den musste die Köchin jeden Morgen frisch für ihn auspressen.«

»Aha«, sagte Kastner. »Wo war Frau Wollreis zu diesem Zeitpunkt?«

»Die gnädige Frau war noch oben im Bad. Es dauert morgens immer ein bisschen, bis sie sich unter die Leute traut.«

»Hat er sich von ihr verabschiedet, als er ging?«

»Nein. Sie war ja immer noch im Bad. Er hat auf die Uhr gesehen und gesagt: ›Es ist ja schon zehn vor halb, ich muss jetzt los.‹ Also hab ich ihm das Jackett und die Aktentasche gebracht, er hat noch einmal kontrolliert, ob alle Unterlagen für den Tag drin sind, dann hat er das Jackett angezogen und den Autoschlüssel aus der Anrichte genommen. In der Garage hat er noch irgendwas am Wagen gemacht, und fünf vor halb zehn ist er aus der Einfahrt gefahren. Das hab ich alles schon so oft erzählt ...«

»Natürlich, Frau Sobolew. Hat sich Herr Wollreis an diesem Tag irgendwie anders verhalten als sonst? War er besonders aufgeregt oder beunruhigt?«

»Beunruhigt – nein. Er war sogar sehr gut gelaunt. Hat sich bedankt und gelächelt, als Mechthild ihm die Eier brachte. Das war allerdings schon ungewöhnlich, normalerweise hält er sich die Zeitung vors Gesicht ... *hielt* er sich die Zeitung vors Gesicht.«

»Können Sie sich das erklären, dass er an diesem Morgen so gut gelaunt war? Ich meine – ist vielleicht am Abend vorher irgendetwas Besonderes gewesen? Hatte er Besuch? War er mit seiner Frau aus? Oh, Entschuldigung. Das wissen Sie ja vielleicht gar nicht, Sie werden ja auch irgendwann mal Feierabend haben ...«

Ivana schüttelte den Kopf. »Ich habe hier eine kleine Einliegerwohnung im Souterrain. Das ist wie früher, Herr Kastner, wenn die Herrschaften am Abend noch einen kleinen Imbiss wollen, können sie bis neun bei mir klingeln. Zum Ausgleich habe ich eine lange Mittagspause. An dem Abend war er in seinem Arbeitszimmer. Wenn er nicht ausgegangen ist oder ferngesehen hat, war er meistens in seinem Arbeitszimmer. Hat telefoniert oder saß am Computer. Er hatte immer viel Arbeit ... Um neun hat er sich noch einen temperierten Chianti von mir bringen lassen.«

Kastner nickte und zog sein Notizbuch aus der Hosentasche.

»Einen temperierten Chianti also. Und wie war Frau Wollreis' Laune, als sie dann morgens aus dem Bad kam?«

»Wie immer«, sagte Ivana.

Kastner hob fragend die Augenbrauen. Das Thema war

dem Hausmädchen offensichtlich unangenehm, es kaute an den Fingernägeln.

»Die gnädige Frau hat selten gute Laune. Sie dürfen nicht sagen, dass ich das gesagt habe – ich bekomme sonst Schwierigkeiten.«

»Alles, was Sie hier sagen, bleibt ganz unter uns. Ich will mir nur ein Bild machen.«

Ivana wand sich noch ein wenig. »Sie nimmt Tabletten«, sagte sie schließlich. »Stimmungsaufheller. Hilft aber nicht viel ... Wollen Sie einen Kaffee? Bitte entschuldigen Sie, dass ich nicht eher gefragt habe.«

Kastner bedankte sich für das Angebot und begleitete Ivana in die Küche, wo er sich einen Cappuccino machen ließ, während er über das Gehörte nachdachte. Ivana bediente routiniert eine chromglänzende Maschine, die auch in einem Wiener Kaffeehaus hätte stehen können.

»Gehört das zu Ihren – Aufgaben hier im Haus? Kaffee kochen?« In Konversation war Kastner eher unbeholfen, aber Ivana lächelte freundlich.

»Manchmal«, sagte sie und ließ aus einem keuchenden Röhrchen Milchschaum in die Tasse fließen. »Eigentlich macht das die Mechthild, aber die hat heute Vormittag frei. Trotzdem habe ich hier immer genug zu tun. *Die Arbeit rennt nicht in den Wald*, sagen wir in Russland ...«

Der Cappuccino war ausgezeichnet. »Darf ich Sie etwas Persönliches fragen? Mochten Sie Herrn Wollreis? War er ein guter Arbeitgeber?«

Ivana lachte hell auf, dann wurde sie ernst. »Niemand mochte Herrn Wollreis«, sagte sie. »Aber ich bin nicht hier, um einen schönen Tag zu haben. Ich verdiene hier mein Geld. Es wird Sie nicht interessieren, aber ich habe einen fünfjährigen Jungen, Jurij. Sein Vater ist zurück nach

Russland. Ich habe nichts gelernt, und ich bin froh, dass ich hier arbeiten kann und Jurij bei mir wohnen darf.«

»Geht Jurij in den Kindergarten?«

Sie nickte. »Ja, das ist eine gute Sache. So kann ich für ihn sorgen. Aber wir haben nicht viel Zeit zusammen ...«

»Das ist sicher kein einfaches Leben, Frau Sobolew.« Ivanas Freimütigkeit machte Kastner verlegen. Er löffelte den Milchschaum aus dem Cappuccino. »Warum mochten Sie Herrn Wollreis nicht?«

»Er hat mich behandelt wie ein Möbelstück«, sagte Ivana. »Manchmal war Jurij krank und ich habe darum gebeten, früher aufhören zu dürfen. Oder einen Tag freizubekommen. Aber das hat ihn nicht interessiert. *Du kannst dir ja etwas anderes suchen, wenn es dir hier nicht passt,* hat er gesagt. Und *sie* war nicht besser.«

»Es gibt Gerüchte, dass Herr Wollreis ... Nun ja, dass er Frauen nachgestellt hat. Hat er jemals versucht ...?« Kastner wusste beim besten Willen nicht, wie er diese Frage stellen sollte. Aber Ivana verstand ihn trotzdem. Sie lächelte.

»Nur ein einziges Mal, als ich hier neu war. Das ist jetzt vier Jahre her. Er hat ... Nein, das wollen Sie nicht wissen. Ich habe damit gedroht, seiner Frau alles zu sagen, und danach hat er mich in Ruhe gelassen. Wirklich in Ruhe gelassen. Sonst wäre ich nicht geblieben. Aber ich weiß, dass er ein Apartment hatte, in diesem Hochhaus am Wöhrder See. Ich war ein paarmal zum Saubermachen dort. Seine Frau durfte davon nichts wissen, und das hab ich mir bezahlen lassen.« Sie zuckte entschuldigend die Achseln.

»Und dort hat er sich mit Frauen getroffen?«

»Das nehme ich doch an«, sagte Ivana. »Warum sollte ein Mann sonst ein Apartment haben, von dem seine Frau nichts wissen darf?«

Kastner fiel auch kein anderer Grund ein. Er stellte seine Tasse auf die marmorne Arbeitsplatte neben der Spüle. »Hatte Frau Wollreis auch gelegentlich – eine Affäre?«

Ivana biss wieder auf ihren Fingernägeln herum und senkte den Blick. »Davon weiß ich nichts«, sagte sie.

»Wir sprechen hier ganz vertraulich«, versicherte Kastner. »Frau Wollreis wird davon nichts erfahren. Ein alter Schulfreund vielleicht, der öfter angerufen hat? Ein Bekannter, mit dem sie sich gelegentlich zum Essen verabredet hat?«

»Wenn Frau Wollreis mir kündigt, komme ich ernstlich in Schwierigkeiten«, sagte Ivana und stellte Kastners Tasse in die Spülmaschine. »Ich habe doch nichts gelernt.«

Kastner wartete geduldig, aber er wartete umsonst. Ivana war nicht bereit, sich zu diesem Thema zu äußern. Er verabschiedete sich schließlich von ihr und bat darum, sich noch im Garten umsehen zu dürfen. Das überraschte sie.

»Im Garten? Sie interessieren sich für Gärten? Sie sehen nicht aus wie jemand, der sich für Gärten interessiert.«

Kastner hatte dem nichts entgegenzusetzen. Er konnte zwischen Bäumen und Blumen unterscheiden, und das genügte ihm in der Regel. Allerdings hatte er aus gegebenem Anlass in einem botanischen Lexikon den Habitus von Eisenhut nachgeschlagen, und er war sich sicher, dass er ihn erkennen würde, wenn er ihn vor sich sah.

Ivana ließ den Gärtner kommen, einen Herrn Dürsle, der schwäbische Mundart sprach.

»Dia hennd so a scheens Gärdle un sitzed emmer im Häusle«, sagte Herr Dürsle, der eine grüne Latzhose und trotz der Hitze Gummistiefel trug, bedauernd. Er führte Kastner über eine größere Fläche »beschda englischa

Rasä« zu etwas, das er Rabatten nannte; dort drängten sich Rosen und anderes Grünzeug. Kastner hörte seinen enthusiastischen Erläuterungen über Rosensorten und Wasserverbrauch halbherzig zu.

»Welche Schuhgröße haben Sie, Herr Dürsle?«

Der Gärtner unterbrach eine Ausführung über englische Landschaftsgärten und starrte ihn an.

»Ihre Schuhgröße?«, wiederholte Kastner.

»I hann Femfervierzga«, sagte Herr Dürsle zögernd.

»Gibt es in diesem Garten eine Pflanze namens Eisenhut?«

»Freilich henn mir au an Aisahuud.« Dürsle führte ihn über einen mit Naturstein belegten Weg in eine etwas abgelegene Ecke. »Des isch'r«, sagte er und deutete auf ein bräunliches Gekrümel, das sich kaum über den Erdboden erhob. »Den hann i zwischenai an radikala Rüggschnidd gäba. Der isch remondierend.«

Kastner beugte sich über die faserigen Pflanzenreste. Mit der Abbildung im *Lexikon der Blütenpflanzen Europas* hatte das wenig gemein. Aber wenn er »an radikala Rüggschnidd« richtig interpretierte, musste das kein K.-o.-Kriterium sein.

»Ich muss Sie leider um Ihre Gummistiefel bitten, Herr Dürsle«, sagte Kastner. »Für einen Abgleich.«

»Mei Gummischhdiefle? Des isch arg«, erwiderte der Gärtner.

***

»Der Mörder ist immer der Gärtner ...« Mirjam intonierte ohne Melodie, obwohl es dazu ein Lied von Reinhard Mey gab. »Hast du die Gummistiefel von den Landarbeitern auch mitgenommen? Und die vom Bauern? Im Ernst, Kastner – ein Gummistiefelabdruck auf einem Acker? Soll das eine heiße Spur sein?«

Sie holte ihm ein Bier aus dem Kühlschrank und nahm ihrer Bemerkung damit etwas Schärfe. Kastner hatte entgegen seinen sonstigen Gewohnheiten kalt geduscht – also zumindest hatte er lauwarm geduscht – und rubbelte sein schütteres Haupthaar mit einem Frotteehandtuch trocken. Blau karierte Boxershorts saßen leger auf seinen Hüften und verkündeten, dass ihm nach einem gemütlichen Abend zu Hause war.

»Danke«, sagte er.

»Die lässt sich doch nicht mit einem schwäbischen Gärtner ein«, fuhr Mirjam fort. »Die hat ganz andere Ambitionen.« Sie seufzte tief und öffnete eine Flasche Beaujolais.

»Und du? Hast du auch andere Ambitionen?« Es war ihm so herausgerutscht. Mirjam nahm ihr Weinglas von gestern aus der Spüle, wusch es mit Leitungswasser aus und füllte es bis zum Rand. Dann sah sie ihn scharf an.

»Was soll das jetzt?«

»Entschuldige«, sagte Kastner. »Es tut mir leid.«

»Und was genau tut dir leid?«

»Ich wollte nicht – das war eine blöde Bemerkung.« Er stocherte mit dem Zeigefinger im Schaum seines Kellerbieres. »Du bist immer so unter Strom. Als wärst du – unzufrieden. Und da frag ich mich halt, ob du vielleicht mit mir unzufrieden ...«

Mirjam nickte versonnen und zündete sich eine Zigarette an. Dann zuckte sie die Achseln. »Bei uns ist grad die Hölle los. Eine Besprechung jagt die andere und alle hacken auf uns rum. Die Presse hat sich mal wieder auf uns eingeschossen. Das ist alles so absurd, Kastner. Der Stadtrat legt Richtwerte fest, welcher Grünflächenanteil pro Bebauungsplan ausgewiesen werden muss, aber kein einziger Bebauungsplan hält sich dran. Sobald der Investor aufjault, weil er nicht alles bis auf den letzten Quadratmeter bebauen kann, macht die Politik einen Rückzieher. Der Wirtschaftsreferent spricht mit dem Bürgermeister, der Bürgermeister mit dem Leiter der Stadtplanung, und die armen Sachbearbeiter müssen sich dann die Gründe ausdenken, aus denen auch diesmal die Richtwerte leider nicht eingehalten werden können. Unser Grünflächenbudget ist ein Witz und deshalb vertritt unsere Leitung die Ansicht, dass statt öffentlichen nur noch private Grünflächen ausgewiesen werden können. Das ist zwar irgendwie konsequent, aber leider stehen die privaten Grünflächen dann oft nur auf dem Papier. Darüber regt sich aber niemand auf. Den öffentlichen Aufschrei gibt's, wenn irgendwo ein morscher Baum gefällt wird. Oder wenn im Winter das Streusalz ausgeht und dem Bürger die Luxuskarosse von der Fahrbahn rutscht.« Mirjam fuhr sich durch die Haare. »Das ist ein Narrenschiff, Kastner. Und die Ratten haben es schon längst verlassen ...«

Er wusste nicht recht, was er dazu sagen sollte, ohne dass es banal oder abgedroschen geklungen hätte. Stattdessen machte er einen Vorschlag. »Was hältst du davon, wenn wir heute Abend ins Kino gehen und danach irgendwo eine Pizza essen?«

Mirjam hob den Blick von ihrem Weinglas und musterte seine Boxershorts. »Die hattest du schon, als wir uns kennengelernt haben«, sagte sie. »Das ist jetzt auch schon wieder vier, fünf Jahre her und die waren damals schon nicht mehr neu.« Sie zwinkerte ihm zu. »Mach dir wegen uns keine Sorgen, Kastner. Es gibt Schlimmere als dich. Alles in allem bist du gar nicht so verkehrt. Was hältst du davon, wenn wir uns eine Tiefkühlpizza in den Backofen schieben und dazu einen aufgewärmten *Tatort* in irgendeinem Regionalprogramm anschauen?«

Kastner seufzte gerührt.

Dust in the Wind*

Dürsles Gummistiefel hatten am Fundort der Leiche keinen Abdruck hinterlassen. Wernreuther überreichte ihm das Ergebnis des Abgleichs mit großer Geste in einem Umschlag und behauptete dazu, Kastner sei zum Casting für *Germany's Next Topmodel* eingeladen. Seine Streifenwagenkollegin Claudia, die er mit diesem Witz wohl beeindrucken wollte, zog nur müde die Augenbrauen hoch. Zur Strafe schickte Kastner ihn nach Wetzendorf, um die Gummistiefel des Biobauern und seiner Klosterzöglinge in Augenschein zu nehmen.

Dann rief er Ivana an, fragte nach dem Befinden ihres Sohnes Jurij und den Kellergewölben des Wollreis'schen Anwesens.

»An dem Abend, bevor Herr Wollreis verschwand, als er nach einem temperierten Chianti verlangt hat, was haben Sie da genau getan, Frau Sobolew?«

Ivana lachte. »Sie stellen recht komische Fragen, Herr Kastner. Also, ich bin in den Weinkeller gegangen, habe den gewünschten Jahrgang herausgesucht und die Flasche in die Küche getragen. Ich habe die Flasche geöffnet, einen halben Liter Wein in die mundgeblasene Bleikristallkaraffe aus Bodenmais dekantiert und zwanzig Minuten atmen lassen. In der Zeit habe ich schnell nach Jurij gesehen, ob er auch schläft. Dann habe ich die Karaffe zusammen mit

* Kansas, Point Of Know Return, 1977.

einem Weinglas auf das Tablett gestellt und ein paar Oliven in einem Schälchen dazugetan.« Ivana kicherte. »Wollen Sie das wirklich alles wissen? Anschließend bin ich die Treppe hochgegangen, habe an die Tür von Herrn Wollreis' Arbeitszimmer geklopft und das Tablett auf den Beistelltisch gestellt. Er hatte genaue Vorstellungen, wie das zu sein hatte: kein *Herein; Bitte sehr, Ihr Wein; Danke*; ich sollte das Tablett einfach abstellen und wieder gehen. Er wurde nicht gern gestört.«

»Was hat er gemacht, als Sie in das Zimmer kamen?«

»Er saß am Computer. Ich glaube, er hat seine Mails gelesen. ›Na also‹, hat er gesagt, ›dich krieg ich auch noch.‹ Nicht zu mir, zu seinem PC.«

»Wie groß ist der Keller? Gibt es außer dem Weinkeller noch andere Räume?«

»Der Keller ist so groß wie die Villa«, sagte Ivana. »Also so groß wie die Grundfläche. Eben der Weinkeller, dann noch ein Wäschekeller, ein Fahrradkeller, der Heizraum, ein Raum mit Zugang von außen, wo der Gärtner sein Werkzeug hat, und dann gibt es noch einen ehemaligen Kartoffelkeller, in dem lauter Gerümpel steht. Da geht eigentlich nie jemand rein. Da gibt es fette schwarze Spinnen, so groß wie meine Hand. Jurij hat sich beim Spielen einmal hineingeschlichen, und dann ist ihm eine Spinne ins Gesicht gesprungen – das hat er jedenfalls behauptet – und er hat wie am Spieß gebrüllt. Die gnädige Frau war sehr wütend. Dass wir hier wohnen dürften, bedeute noch lange nicht, dass Jurij in ihren Sachen wühlen könne. Sie mag keine Kinder.«

»War das bevor oder nachdem Herr Wollreis verschwunden ist?«, fragte Kastner interessiert.

Ivana überlegte. »Da war er schon weg«, sagte sie schließlich. »Eine oder zwei Wochen?«

»Eine letzte Frage, Frau Sobolew: Sind die Kellerräume beheizt?«

»Beheizt? Nein. Der Wäschekeller ist neben dem Heizungsraum, da ist es warm. Und der Raum des Gärtners hat im Sommer eine angenehme Temperatur, weil die Sonne durch das Fenster scheint. Aber die anderen Räume sind immer – wie sagt man? – schweinekalt.«

Kastner bedankte sich, wünschte Ivana einen schönen Tag und legte auf.

Schweinekalt also.

***

Zum Stadtplanungsamt ging Kastner zu Fuß. Bis in die Lorenzer Straße war es nicht weit, und er kaufte sich unterwegs ein *schweinekaltes* Spezi aus dem Kühlschrank eines Imbissstandes und eine Breze mit Camembert – wer arbeitet, soll auch essen.

Ein weitläufiges Treppenhaus erschloss die fünf Stockwerke des Gebäudes, eine wahre Showtreppe, aber Kastner nahm den klapprigen Aufzug. Der stöhnte und ruckelte ihn in den dritten Stock, in dem die Abteilung Bauleitplanung untergebracht war. Kastner fragte im Sekretariat nach dem Abteilungsleiter, und während die Sekretärin mit rauchiger Stimme Bemerkungen über die Hitzewelle machte und in ihrem Outlook die heutigen Termine ihres Chefs recherchierte, dachte er darüber nach, ob es angebracht war, mit einem Aufzug Mitleid zu haben, als wäre er ein herrenloser Hund oder ein ausgezehrter Obdachloser.

»Na da haben Sie ja großes Glück«, sagte die Frau schließlich und führte ihn über den Flur zu einer Bürotür, an die sie mit spitzen Knöcheln klopfte. »Herr Bassenfredt ist ein viel beschäftigter Mann.«

Das schien zuzutreffen. Peer Bassenfredt saß konzentriert vor einem quadratmetergroßen Plan und machte sich handschriftliche Notizen, als Kastner das Büro betrat. Auf die Frage, ob er einen Augenblick Zeit habe, seufzte er ironisch, aber er bot Kastner einen Stuhl an und setzte sich zu ihm an den Besuchertisch. Der Mann war jung und leger gekleidet, er trug Jeans und ein schwarzes T-Shirt. Alles in allem wirkte er nicht wie ein Büroangestellter, eher wie jemand, der seit Wochen auf einer Trekkingtour ist: sehnig, braun gebrannt und mit einem rotblonden Dreitagebart. In die Lachfältchen um seine blauen Augen hatte sich eine tiefe Erschöpfung gegraben, dennoch war sein Blick hellwach. »Wie kann ich Ihnen helfen? Leider hab ich nicht viel Zeit, in zehn Minuten muss ich auf eine Besprechung. Ich würde mich vermutlich lieber mit Ihnen unterhalten, aber – das lässt sich leider nicht verschieben.«

Kastner stellte sich vor und erläuterte den Grund seines Besuchs. Er bat Herrn Bassenfredt um einen kurzen Überblick, wo Wollreis gerade Bauvorhaben betrieb und ob es dabei irgendwelche Schwierigkeiten gäbe. Er wolle ihn nicht lange aufhalten, versicherte er.

Bassenfredt lächelte amüsiert. »Das ist freundlich, Herr Kastner, aber Ihnen in zehn Minuten einen Überblick über Wollreis' Bauvorhaben zu geben, ist schlechterdings unmöglich. Vielleicht darf ich einen Vorschlag machen: Ich erstelle eine Liste mit den aktuellen Bauvorhaben und lasse sie Ihnen zukommen. Und wenn Sie dann noch Fragen haben, machen wir zeitnah einen Termin aus. Sie suchen vermutlich nach einem Motiv?«

»Ein grobes Bild von Herrn Wollreis' Lebenssituation würde mir fürs Erste genügen«, sagte Kastner. »Und dazu gehört eben auch das berufliche Umfeld. Er war wohl nicht bei jedem beliebt.«

»Nicht bei jedem beliebt«, wiederholte Bassenfredt, ohne Zustimmung oder Widerspruch erkennen zu lassen. Dann sah er auf die Uhr. »Um Beliebtheit geht es natürlich nicht in Wollreis' Metier. Der Mann wusste, was er wollte, und er hat ein Heer erstklassiger Anwälte befehligt, die jede Lücke im Baugesetzbuch kennen. Unter uns gesagt, seine Pläne waren städtebaulich nicht immer brillant, aber wenn der Baureferent dazu nickt, dann wird das halt so gebaut. So, jetzt muss ich aber wirklich los. Ich muss rüber ins Baumeisterhaus ... Hat mich gefreut, Sie kennenzulernen, Herr Kastner. Schicken Sie mir einfach einen Terminvorschlag über Outlook.«

Er schüttelte Kastner zum Abschied freundlich die Hand, dann stutzte er. »Sagen Sie – sind Sie am Ende der Kastner, mit dem die Mirjam zusammengezogen ist? Die Kollegin aus der Abteilung 1, die erst ins Friedhofsamt und dann zu Sör gewechselt hat?«

Kastner nickte.

»Ja dann sagen Sie doch einen schönen Gruß von mir! Also, tschüss, Herr Kastner!«

Mit Rücksicht auf den gebrechlichen Aufzug ging Kastner die Showtreppe hinunter. Jetzt erinnerte er sich, dass Mirjam ihm gelegentlich von Bassenfredt vorgeschwärmt hatte, als sie noch bei der Stadtplanung gewesen war. Wie Jannis und Johnny Depp fiel Bassenfredt in die Kategorie Schnuckelchen.

Als er wieder auf der Straße stand, fragte er einen Passanten nach der Uhrzeit. Es war halb elf. Unschlüssig, was er als Nächstes tun sollte, steuerte er zunächst die Ostermayr-Passage an, überlegte es sich dann aber anders und ging ins *Café Lorenz.* Unter den Sonnenschirmen drängten sich die Leute, als wäre es Samstag. Er bahnte sich einen Weg durch Kinderwägen und abgestellte Einkaufstüten und fand schließlich einen freien Platz am Tisch zweier älterer Frauen, die trotz der frühen Stunde Prosecco tranken. »Aber bitte, junger Mann, setzen Sie sich!«, sagte eine der Damen, eine resolute Person mit blond gefärbtem Kurzhaarschnitt und knallrotem Lippenstift. Kastner unterließ es, sie darauf hinzuweisen, dass er zweiundvierzig war. Alter war eben immer relativ. Die andere Frau, eine hagere Brünette mit kantigen Zügen, war von seinem Erscheinen offenbar weniger entzückt. Ihre Mundwinkel sackten nach unten, als Kastner dankend Platz nahm und sich einen Cappuccino bestellte.

Während die Damen in rascher Folge Informationen über die *wenig überraschende* Krebserkrankung eines gewissen Hirschel (vermutlich ein Raucher), das uneheliche Kind einer gewissen Lara (eine *Schulabbrecherin*) und die Scheidung einer gewissen Anneliese *(wie blauäugig kann man denn sein?)* austauschten, ging Kastner in Gedanken seinen Fall durch.

Wollreis hatte das Haus am 11. Juni um 9:30 Uhr verlassen, war um 9:50 Uhr in seiner Firma erschienen, hatte dort erneut Kaffee getrunken, in seinem Büro Unterlagen durchgesehen und drei von der Sekretärin vermittelte Telefonate geführt. Von 13:00 bis 14:00 Uhr hatte er zusammen mit Koschnik an einer Besprechung im Stadtplanungsamt teilgenommen und danach, ebenfalls mit Koschnik, im *Bratwursthäusle* ein spätes Mittagessen eingenommen (Wollreis hatte ein Eisbein mit Sauerkraut verzehrt und dazu zwei Hefeweizen getrunken). Dann hatte er sich von Koschnik verabschiedet und war zu der Baustelle in Thon gefahren, wo er einen Bauleiter zur Schnecke machte und zwei Handwerker beschimpfte. Um 16:00 Uhr hatten Bauleiter und Handwerker entnervt Feierabend gemacht. Und danach hatte ihn, bis zum Fund seiner Leiche, niemand mehr gesehen.

Außer seinem Mörder natürlich. Oder seiner Mörder*in*.

War er ihm (oder *ihr?*) auf der Baustelle begegnet? War er dort ermordet worden oder war er (noch lebend) zu jemandem ins Auto gestiegen? Lag das Motiv für die Tat an diesem 11. Juni oder weit in der Vergangenheit? Wie wahrscheinlich war es, dass sich ein so korpulenter Mann wie Wollreis (*fett,* hörte er Mirjam sagen. *Der Mann war nicht korpulent, er war fett!*) zu Fuß von der Baustelle entfernt hatte? Und – warum? Wohin?

Jemand hatte ihn umgebracht und dann seine Leiche kalt gelagert.

Schweinekalt, dachte Kastner.

Er holte sein Notizbuch aus der Hosentasche und notierte *Schweinekalt (!).*

Die Blondine sah ihm interessiert über die Schulter. »Na das ist ja aufregend«, sagte sie. »Sind Sie etwa Detektiv? So eine Art Philip Marlowe? Ich hoffe, wir haben uns nicht verdächtig gemacht!« Sie lachte röhrend.

Kastner lächelte verbindlich und verlangte nach der Rechnung.

***

»Saxn di, wos homman eizälä wieda«, sagte der Bauleiter unwirsch, dann besann er sich auf Höflichkeit und Status.

»Entschuldigung, aber wir haben heut ein richtiges Gwurl auf der Baustelle. Also jede Menge Hektik. Wie kann ich helfen?« Walter Moosbacher trug einen hellbeigen Sommeranzug, ein Hemd in Terra di Siena und eine anthrazitfarbene Krawatte, vorschriftsmäßig kombiniert mit einem orangefarbenen Bauhelm. An seinem Gürtel blinkte ein Handy. Mit einer Geste bat er um Entschuldigung und wechselte über das kabellose Headset einige Worte mit einem Arbeiter. Kastner musterte die Baustelle. Vier halb nackte Männer arbeiteten auf dem Gerüst, sie setzten gerade einen Fensterrahmen in die dafür vorgesehene Laibung. Seit Wollreis' Verschwinden waren die Familienhäuser beträchtlich in die Höhe gewachsen. Ob die Umgebung dadurch gewonnen hatte, wollte Kastner nicht beurteilen. Eine große Tafel – *Baustellenkommunikation* hieß das im Fachjargon – zeigte ballspielende Kinder und zufrieden lächelnde Paare. *Hier entsteht Ihr Traumhaus in ruhiger, zentraler Lage*, wurde behauptet; auf dem Computerbild war alles üppig begrünt.

»Also, bitte?«, sagte Moosbacher.

Mit dezentem Oberpfälzer Zungenschlag bestätigte der Bauleiter zunächst, was in der Akte stand. Wollreis sei am 11. Juni, wie immer, streitlustig gewesen; er habe den Baufortschritt, die Baustellenorganisation und die Ausgestaltung eines Erkers bemängelt. Zu Unrecht natürlich.

»Deshalb gibt es ja den Plan«, sagte der Bauleiter beschwörend und hielt demonstrativ ein Stück Papier in die Höhe. »Da schau ich drauf, und dann bau ich das. Wenn natürlich schon der Plan falsch ist, dann stimmt das Gebäude hinterher halt auch nicht.« Dies sei aber nicht sein Problem – schon gar nicht sein Fehler! –, sondern eben das des Plans. Beziehungsweise das des Planers aus Wollreis'

Firma. Und darüber sei er sich mit Wollreis an ebendiesem 11. Juni in die Haare geraten – nicht zum ersten Mal.

»Aber doch zum letzten Mal, Herr Moosbacher …«

Moosbacher war ganz empörte Unschuld. »Na also, Herr Kommissar! Wenn ich jeden Säftl umbringen tät, der mir hier auf der Baustelle damisch kommt, tät ich bald allein dastehen. Und ausgerechnet meinen Auftraggeber, das wär doch mehr als dumm.«

Kastners Hinweis, dass die Baustelle ja wohl auch ohne Wollreis ganz gut weiterlief, kommentierte Moosbacher mit einem Achselzucken. Der Koschnik, der jetzt die Geschäfte leite, sei ein ganz fähiger Mann, aber der Zeitplan sei hinüber; und obwohl er dafür nichts könne – manchmal gebe es eben Lieferschwierigkeiten –, werde ihm Wollreis' Frau sicher deshalb das Honorar kürzen. Sie sei *ein schlimmerer Drachen* als ihr Mann, *Pfütze oder Traufe, Not oder Elend*, es halte sich zumindest die Waage.

Ja, Wollreis sei noch da gewesen, als er am 11. Juni, kurz nach den Handwerkern, um 16:00 Uhr Feierabend gemacht habe. Warum auch immer. Er wisse es nicht.

»Er stand da vorne und hat telefoniert.« Moosbacher zeigte auf eine Stelle neben dem Baukran, wo ein einsamer, vertrockneter Baum zwischen Zementsäcken und Gerüstteilen eingekeilt war. Offensichtlich hatte er einem Lastwagen im Weg gestanden, denn aus seiner Rinde war ein großes Stück herausgerissen. Kastner fragte sich, warum man den Baum nicht gleich gefällt hatte, so wie all die anderen. Vielleicht war es eine Auflage der Naturschutzbehörde gewesen?

Moosbacher bestätigte die Vermutung. »Ja, ob Sie's glauben oder nicht, das soll ein erhaltenswerter Baum sein. Der nervt mich schon, seit wir hier angefangen haben. Eine ›biologische Baubegleitung‹ wollten uns die Umweltschützer da ans Bein binden, als hätte man auf einer Baustelle keine anderen Sorgen. Aber das hat der Wollreis abgebügelt. Und jetzt muss der Baum sowieso gefällt werden, der ist ja hin. Das hätte man auch schneller haben können …«

Ja, er sei der Letzte gewesen, der die Baustelle verlassen habe – außer Wollreis sei niemand mehr hier gewesen. Ihm sei nichts Besonderes aufgefallen – außer vielleicht, dass Wollreis gut gelaunt war, er habe ein Liedchen gepfiffen. Moosbacher versuchte sich an einer Interpretation.

»Dust in the Wind?«, riet Kastner. »Kansas?«

Moosbacher verzog die Mundwinkel.

Mit der Amischeiße kenne er sich nun wirklich nicht aus.

***

In der Rathauskantine gab es Eier in Senfsauce. Kastner nahm Nudeln dazu, obwohl die Kantinenangestellte bei dieser Bestellung den Mund verzog. Außerdem stellte er zwei Gläser mit Schokopudding auf sein Tablett.

Wernreuther winkte ihm von seinem Tisch aus zu.

»Hier sind wir!«, rief er und stibitzte vom Nebentisch einen Stuhl für Kastner.

»Danke. Mahlzeit.«

»Mahlzeit!«

Claudia saß auch mit am Tisch, sie erzählte von der Einschulung ihres Jüngsten. »Ganz tapfer«, sagte sie gerade. »Wenn sie in die Grundschule kommen, sind sie noch richtig stolz auf sich.«

»Und? Wie kommst du mit dem Fall Wollreis voran?« Wernreuther platzte schier vor Neugier. In der Kantine über Berufliches zu sprechen, galt indes als unfein. Claudia verzog den Mund.

»Der Sohn meines Vetters, Max, hat am ersten Schultag nach dem Frühstück gekotzt, so aufgeregt war er«, sagte Kastner zu Claudia. »Und danach hat er gesagt: ›Stell dir vor, Mama: Man muss da den Gameboy ausschalten!‹«

»Hast du mit dem Stadtplaner gesprochen?« Wernreuther gab nicht so schnell auf.

»Jannik hat gesagt, da wären lauter Assos gewesen. Die hätten die Lehrerin gar nicht ausreden lassen und dauernd Lärm gemacht ...«, sagte Claudia.

Kastner seufzte gerührt. »Das ist doch schön, Claudia, dass es auch in der jüngsten Generation noch feinfühlige Menschen gibt.« Dann legte er die Stirn in Falten. »›Assos‹ ist aber natürlich auch kein sehr netter Ausdruck für die Mitschüler.«

Claudia nickte und pulte sich einen Essensrest aus den Zähnen. »Das hab ich ihm auch gesagt. Aber da hat er mich ganz verständnislos angesehen. ›Wie soll ich die Assos denn sonst nennen?‹, hat er gefragt – und da ist mir spontan nichts eingefallen. Eine Idee?«

Wernreuther kratzte konsterniert seine Senfsauce zusammen.

»Hm ...«, sagte Kastner. »›Sozial auffällig‹? Oder ›rücksichtslos‹?«

»Na ja«, sagte Claudia. »Irgendwie hat Jannik ja recht. Scheiße stinkt, auch wenn man sie Verdauungsendprodukt nennt.«

Wernreuther stand auf und nahm sein Tablett. »Eure Themen beim Essen sind wirklich das Letzte.«

Kastner nickte entschuldigend. Claudia verzog den Mund, als Wernreuther mit einem *Ich geh schon mal los, ich muss noch was besorgen* ... abzog.

»Zimperlich wie ein Mädchen«, sagte sie. »He, du hast zwei Desserts, Kastner! Krieg ich eins ab?«

***

Der Nachmittag begann zu Kastners Freude mit einem großen Eiskaffee, den eine Kollegin aus der Abteilung gemacht hatte. »Heute hab ich die Eiswürfel den ganzen Vormittag bewacht«, sagte sie vorwurfsvoll, als sie die Gläser verteilte. »Irgendein Asso hat das Fach neulich komplett leer geräumt.«

Kastner gelobte innerlich Besserung und bedankte sich besonders herzlich bei der Kollegin. Nach einem kurzen Blick in seinen analogen Posteingang zog er sich mit dem Eiskaffee in sein Büro zurück und nahm sich Wollreis' Handyverbindungen vor.

Die Kontodaten lagen noch nicht vor. Frau Wollreis sträubte sich mittels ihres Anwalts dagegen, dass auch Auskünfte über das gemeinsame Privatkonto erteilt wurden. Die Handydaten waren einfacher zu bekommen gewesen, und Kastner überflog die von Wernreuther vorsortierte Liste.

Wollreis hatte am 11. Juni acht Gespräche mit dem Mobiltelefon geführt. Dreimal hatte er Koschnik angerufen, einmal Koschnik seinen Chef. Kastner machte im Geiste Häkchen hinter die Listeneinträge, er hatte mit Koschnik bereits darüber gesprochen. Wollreis habe gelegentlich »Kontrollanrufe« bei ihm gemacht, um ihn »auf Trab zu halten«, hatte Koschnik erklärt. Es war um Terminvereinbarungen mit Baufirmen und ein Treffen mit dem Baureferenten gegangen. Koschnik seinerseits hatte eine Rückfrage wegen der Ausschreibung einer Sanitärinstallation gehabt.

Um 14:30 Uhr hatte Wollreis mit seiner Frau telefoniert. Nach Wernreuthers Recherche hatte er sie gebeten, eine Verabredung mit einem befreundeten Ehepaar für den Abend abzusagen, weil er *terminlich eng* sei. Auch Koschnik hatte dieses Telefonat bestätigt, es war während des gemeinsamen Mittagessens im *Bratwursthäusle* geführt worden.

Kastner runzelte die Stirn. In Wollreis' Outlook-Kalender war nach der Baustellenbesichtigung in Thon kein weiterer Termin eingetragen. Hatte er den Termin nur vorgeschoben, um sich vor einer unliebsamen Abendveranstaltung zu drücken? Oder hatte er eine spontane, private Verabredung gehabt? Üblicherweise hatte Wollreis auch seine privaten Termine im Outlook gespeichert, sogar seine Treffen mit Jeanette.

Er griff nach dem Telefon und rief in Wollreis' Firma an. Ob der Chef gelegentlich auch einen analogen Kalender benutzt habe? Ein Notizbuch? Die Sekretärin war mit dieser Frage überfordert, sie verband Kastner weiter. Er musste drei weiteren Mitarbeitern erklären, was ein Taschenkalender war, ehe man ihn mit Koschnik verband. »Nicht dass ich wüsste«, sagte Koschnik. »Wer hat heutzutage schon noch einen Taschenkalender? Vielleicht hat er im privaten Bereich einen benutzt, aber hier sicher nicht. Nein, auch kein Notizbuch. Ich habe Herrn Wollreis noch nie etwas mit der Hand schreiben sehen.«

Kastner bedankte sich und wählte Ivanas Nummer.

Das Hausmädchen schien ihn in ihr Herz geschlossen zu haben, und Kastner hörte sich gerührt an, dass Jurij zum Geburtstag den Hamster bekommen hatte, den er sich so gewünscht hatte.

»Die Frau Wollreis darf das aber nicht wissen«, sagte Ivana. »Sie verabscheut Tiere.«

Kastner fragte nach einem Notizbuch.

»Er hatte so ein kleines Büchlein, das man mit einem Gummizug verschließen konnte«, sagte Ivana sofort. »Weinrotes Leder, Spiralbindung. Ich hab das auf seinem Schreibtisch liegen sehen, beim Aufräumen.«

Er nahm sich vor, Ivana demnächst einen Blumenstrauß schicken zu lassen, und fragte, ob sie ihn mit der *gnädigen Frau* verbinden könne.

»Lieber Herr Jesus!« Ivana schien ihre Aufgeschlossenheit nun doch zu bedauern. »Wenn Sie ihr sagen, dass Sie das von mir wissen ...«

»... dann wird Ihnen gekündigt«, beendete Kastner den Satz. »Keine Sorge, Frau Sobolew, ich werde so diskret wie möglich vorgehen.«

Es knackte und tutete ein paarmal in der Leitung, dann war Ivana wieder am Apparat. »Es tut mir leid, Herr Kastner, aber Frau Wollreis will nicht mit Ihnen sprechen. Sie sagt, Sie sollen sich an ihren Anwalt wenden.«

Nachdem er aufgelegt hatte, zählte Kastner langsam bis zehn. Dann zog er seinen rechten Slipper aus und warf ihn mit Wucht gegen die Wand.

»Was machst du da, Kastner?« Der dumpfe Schlag hatte Wernreuther auf den Plan gerufen, der nun verwirrt auf den Schuh starrte.

»Wie sieht's denn aus?«, brummte Kastner unwirsch.

Er suchte Dr. Ulf G. Ludwigs Telefonnummer heraus. »Kriminalhauptkommissar Kastner am Apparat«, fuhr er die Sekretärin an und winkte Wernreuther aus seinem Büro. »Ich muss sofort mit Herrn Ludwig sprechen. Es ist dringend.«

»Dr. Ludwig befindet sich leider gerade in einer wichtigen ...«

»Klingt *sofort* in Ihren Ohren wie ein dehnbarer Begriff? Ich muss Herrn Ludwig *jetzt* sprechen. Sie werden ihn wohl kurz aus seiner wichtigen Besprechung herausholen müssen, sonst lasse ich ihn vorladen.«

»Einen Augenblick, bitte«, flüsterte die Sekretärin indigniert. Kastner nahm sich vor, sich gelegentlich bei ihr zu entschuldigen. Sie konnte ja nichts dafür. Im Hintergrund wurde getuschelt und mit der Tür geschlagen.

»Hallo? Herr Kastner? Das ist ja wirklich unerhört. Was gibt es denn so Wichtiges?«

»Guten Tag, Herr Ludwig. Uns liegen Hinweise vor, dass Herr Wollreis ein persönliches Notizbuch besessen hat. Im Zuge der Ermittlungen müssen wir um die sofortige Herausgabe dieses Notizbuches bitten. Ich möchte es morgen früh auf meinem Schreibtisch haben.«

Dr. Ludwig schwieg.

»Hallo?«

»Wegen eines Notizbuches machen Sie hier so einen Aufstand? Das ist ja lachhaft, Herr Kastner. Das ist ja – unglaublich! Sie sollten wissen, dass ich über diesen Vorgang eine Aktennotiz machen werde, die Ihrem Vorgesetzten zugeht. Senden Sie die Anfrage bitte per Mail an meine Kanzlei. Ich werde den Sachverhalt dann mit meiner Mandantin klären. Guten Tag, Herr Kastner.«

Super, dachte Kastner. Das läuft ja prima mit den Ermittlungen in der gehobenen Mittelschicht. Als würde man mit dem Kopf gegen eine Wand rennen.

Er widmete sich wieder der Liste mit den Handyverbindungen.

Um 14:56 Uhr hatte Wollreis den Baustellenleiter in Thon angerufen und ihm mitgeteilt, dass er auch mit dem Heizungsbauer und dem Elektriker sprechen wolle – die beiden Handwerkermeister, die er später als unfähig und schlecht organisiert beschimpft hatte.

Unmittelbar danach, um 15:03 Uhr, hatte ihn eine Frau Metzger angerufen. Sie hatte fünf Minuten mit ihm gesprochen. Ein verschnörkeltes Fragezeichen zierte diesen Eintrag. Da musste er wohl bei Wernreuther nachfragen.

Wollreis' letzter Anruf am 11. Juni hatte einem Herrn Lehmann gegolten – 16:03 Uhr bis 16:12 Uhr, offensichtlich ein Bauer, der ihm gelegentlich Baugrundstücke verkauft hatte, wie Wernreuther mit Kugelschreiber notiert hatte. Danach hatte Frau Wollreis versucht, ihn zu erreichen, aber er hatte sie weggedrückt. Und dann war das Handy ausgeschaltet worden.

***

Mirjam hatte Hackbraten gemacht. Kastner seufzte entzückt, als sie ihn aus der Röhre zog.

»Der Rottweiler hat vorhin schon hier geklingelt und sich beschwert, weil das ganze Haus nach Knoblauch stinkt«, sagte sie. Der Rottweiler war Frau Dobler-Braun aus dem zweiten Stock. Sie hieß so wegen ihres reizbaren Temperaments und einer flüchtigen Ähnlichkeit ihrer Frisur mit der der Herzogin von Cornwall. Eine *Betonfrisur* nannte Mirjam das. »Ich hab ihr gesagt, sie soll die Polizei rufen. Das fand sie aber nicht lustig.«

Kastner nahm reichlich Soße und Salzkartoffeln und ließ sich von Mirjam noch ein paar Tomatenscheiben aufnötigen. Mirjams Hackbraten war ein Gedicht, und er machte ihr dahingehend ein höfliches Kompliment.

Sie schmunzelte. »Kein Grund sich zu verkünsteln, Kastner.«

Nach dem Essen räumte er das Geschirr in die Spülmaschine. Mirjam faltete die *Nürnberger Nachrichten* zu einem Fächer und wedelte sich Luft zu.

»Ach was«, sagte sie, als er ihr den Gruß ihres ehemaligen Kollegen ausrichtete. »Der Bassenfredt. Na das ist doch ein Schnuckelchen vorm Herrn, oder? Eine Stimme wie Samt und Seide. Mister Stadtplanung. Sexiest Man Alive der Kommunalverwaltung. Und dabei noch freundlich, klug und bescheiden.« Sie schnurrte beinahe.

»Muss ich mir Sorgen machen?«, fragte Kastner und dachte darüber nach, ob *Sexiest Man Alive* tatsächlich ein Titel war, der in der Stadtverwaltung offiziell vergeben wurde.

»Mach lieber den Wein auf ... Der Mann ist natürlich in festen Händen.«

»Das beruhigt mich nur oberflächlich.« Kastner entkorkte die Flasche und schenkte ihr ein. Fürsorglich stellte er noch ein Glas Wasser dazu, dann machte er sich ein Landbier auf und legte erschöpft die Beine hoch. Manche Kollegen aus der Direktion gingen abends joggen oder klettern oder Badminton spielen – Wernreuther übte sich sogar dreimal die Woche in einer asiatischen Kampfsportart, Origami oder so. Auf die Frage, was er denn in seiner Freizeit so mache, gab Kastner stets wahrheitsgemäß essen und schlafen an und fügte hinzu, dass er damit völlig ausgelastet sei. Vermutlich hatten die Kollegen einen faustischen Pakt mit dem Teufel geschlossen, der ihnen mehr Zeit und Energie einbrachte. Es blieb natürlich die Frage, was sie dafür verkauft hatten ...

Er erzählte Mirjam von seiner vergeblichen Suche nach etwas, das in den Augen seines Chefs eine Hausdurchsuchung bei der Witwe Wollreis rechtfertigen würde.

»Was hältst du von ihr und diesem Koschnik?«, fragte sie. »Kann's da ein Techtelmechtel geben? Sieht der gut aus?«

Darauf hatte er nun wirklich keine Antwort. Was Frauen an Männern überhaupt attraktiv fanden, war ihm ein Rätsel. Er beschrieb den kleinen, munteren Mann mit den wachen Augen und schloss mit der Bemerkung, dass Koschnik vermutlich nicht in die Kategorie *Schnuckelchen* fiel. Aber sicher sei er sich nicht.

»Ist ja auch egal«, sagte Mirjam großmütig. »Die Geschmäcker sind verschieden. Da muss nicht immer Liebe im Spiel sein – schau dir den dicken Wollreis und seine kurznasige Blondine an! Vielleicht hat die Witwe ein Arrangement ganz ohne Sex? Keuchender Atem, Körpersäfte, Kontrollverlust – vielleicht steht sie da gar nicht drauf. Aber es fällt doch auf, dass die beiden jetzt fein raus sind ohne Wollreis: Sie kriegt die ganze Kohle und muss keine Scheidung mehr befürchten, und er ist zum Geschäftsführer aufgestiegen und kann in der Firma endlich schalten und walten, wie er's für richtig hält. Das nenn ich mal eine glückliche Fügung.« Sie schenkte sich Wein nach und betrachtete mit gerunzelter Stirn das Glas Wasser. »Hatte der Baulöwe nach der Holland-Barbie eigentlich keine Gespielin mehr? Wenn die sich schon vor einem halben Jahr getrennt haben ... für was hat er dann sein teures Liebesnest im Norikus unterhalten? Um mal in Ruhe Champions League zu schauen?«

Das war eine gute Frage. Kastner dachte an die Telefonliste, an das Fragezeichen hinter dem Namen Elisabeth Metzger.

»Weißt du was?«, sagte Mirjam. »Ich zünd mir jetzt ein Räucherstäbchen an und leg mich in die Wanne. Ich hab seit Wochen immer nur kalt geduscht. Ich brauch heut

Wellness.« Sie trank ihren Wein aus und ging zu dem Blumenkasten am Küchenfenster, wo sie eine Petunienblüte abknipste, die der Hitze bislang getrotzt hatte. Sie stellte sie in das Wasserglas.

»Hübsch«, sagte sie. Dann zog sie fragend die Augenbrauen hoch. »Oder wolltest du das etwa zu deinem Bier trinken, Kastner?«

Wir lieben Ingo*

»Hast du mal bei ihr angerufen?«

Wernreuther wand sich.

Kastner hatte ihn nach Elisabeth Metzger gefragt, und er hatte nur die Achseln gezuckt. Er habe im Internet recherchiert: nichts, nada, rien. Die Frau war in keinem sozialen Netzwerk aktiv, hatte noch nie ein Buch veröffentlicht, verkaufte nichts auf eBay. Sie war in keiner Polizeidatenbank registriert, ihr Name war in Wollreis' Umfeld unbekannt. Das Einwohnermeldeamt habe ihm die kargen Daten übermittelt, aus denen sich aber nicht auf eine Verbindung schließen lasse: Frau Metzger war achtzehn Jahre alt, hatte einen Reisepass und einen Führerschein Klasse B, und sie war vor einem knappen Jahr in ihre erste eigene Wohnung in der Bismarckstraße gezogen.

Und nein, er habe nicht bei ihr angerufen.

Kastner verzichtete auf die Nachfrage. Wernreuther war ein Ass bei jeder Art von Recherche, die man ohne persönliches Gespräch erledigen konnte. Er konnte auch Zeugen in die Zange nehmen, denen er Auge in Auge gegenüberstand, aber er telefonierte ungern.

Jeder hatte seine Befindlichkeiten.

»Also gut«, sagte er und wedelte mit der Hand zu dem Zettel, den Wernreuther umklammert hielt.

»Die Adresse?«

»Bismarckstraße. Hinterhaus.« Wernreuther schob ihm

* Funny van Dannen, Basics, 1996.

den Zettel zu. »Ich wusste nicht so recht, was ich da sagen soll …«, fing er an, aber Kastner winkte ab.

»Kannst du mich hinfahren?«

Wernreuther sah auf seine Armbanduhr. »Also wenn, dann jetzt gleich. Ich muss dann noch mal in die Innenstadt zu dem Juwelier, dem sie das Goldkettchen geklaut haben letzte Woche, du weißt schon, die Trickbetrüger …«

»Jetzt gleich«, fiel Kastner ihm ins Wort und erhob sich, was seinem Bürostuhl ein schmatzendes Geräusch entlockte. Er fragte sich im Stillen, warum manche Menschen Fragen nicht einfach mit Ja oder Nein beantworten konnten und stattdessen aus ihrem Leben erzählten. Andererseits hielt er den Ball lieber flach, denn er hätte theoretisch ja selbst fahren können. Wie Elisabeth Metzger hatte er einen Führerschein, seit er achtzehn war, und dass er sich weigerte, ein Auto zu lenken, war eben eine seiner Befindlichkeiten.

Elisabeth Metzger lebte am falschen Ende der Bismarckstraße. Nicht auf der Erlenstegener Seite also, wo die Reichen und Schönen in zweistöckigen Villen zu Hause waren, sondern westlich des Nordrings, wo die Altbauten aus Sandstein zwar einen romantischen, von der Substanz her jedoch schon etwas angegriffenen Eindruck machten. Ein renommierter Fischhändler und eine Metzgerei lagen sich schräg gegenüber, und direkt neben der Metzgerei ging es durch einen Torbogen zum Hinterhaus. Ein unangenehmer Geruch lag in der Luft – Hausschlachtung, dachte Kastner. Nicht, dass er jemals einer solchen beigewohnt hätte, aber der Geruch ließ keinen anderen Schluss zu, als dass abgehangene Schweinehälften mit kochendem Wasser überbrüht wurden, um die Borsten aus der Schwarte zu lösen.

Er hatte beileibe nichts gegen einen schönen Schweinebraten oder eine gute Bratwurst, aber hier wurden eher ungute Assoziationen wach. Der Hinterhof war klein und sah wie ein solcher aus. Die Altbauten zeigten die Rückseiten ihrer Sandsteinfassaden, ehemals weiß gestrichene Ziegelsteine, und an den Hauswänden waren Dinge aufgestapelt, die wohl schon seit Langem auf die Sperrmüllabfuhr warteten – zwei alte Kühlschränke, ein Fahrradrahmen, ein Satz Autoreifen ... Bis auf das Moos in den Pflasterritzen gab es keinerlei Grün. Der Eingang zum Hinterhaus war rechter Hand, ein Klingelschild gab es nicht. Vermutlich war es am Vorderhaus angebracht.

Die Tür stand offen.

Im Erdgeschoss war das Lager einer Firma untergebracht. Kastner ging die knarzende Holztreppe hoch und las die Türschilder – es gab nur zwei Parteien, und im zweiten Stock wurde er fündig.

Er klingelte. Das schrille Zwitschern eines hysterischen Kanarienvogels erklang im Inneren der Wohnung.

»Entschuldigung«, sagte die junge Frau, die ihm die Tür öffnete.

Kastner sah sie fragend an.

»Die Klingel. Die ist noch vom Vormieter.«

Elisabeth Metzger war ein linkisches, dickliches, dunkelhaariges Mädchen; graublaue Augen, Kurzhaarschnitt. Sie trug eine graue Jogginghose und ein ausgeleiertes T-Shirt mit dem Aufdruck *Glotz mir nicht auf die Titten*.

»Entschuldigung«, sagte sie schon wieder, noch ehe Kastner sich vorstellen konnte. »Das Shirt ist von meinem Freund – meinem Exfreund. Ich weiß auch nicht, warum ich das noch ...« Das Wasser stieg ihr in die Augen.

Kastner räusperte sich und stellte sich vor, zeigte ihr

seinen Dienstausweis. »Ich ermittle im Mordfall eines Bauunternehmers. Wollreis. Sagt Ihnen der Name etwas?«

»Nie gehört. Aber kommen Sie doch rein ...«, bot Frau Metzger an und trat zurück. Links neben dem kurzen Flur ging es in die Küche, in der drei Plastikstühle um einen quadratischen Tisch standen.

»Ingo«, sagte sie. Die Tränen liefen ihr nun über das pausbäckige Gesicht.

»Wie bitte?«

Elisabeth Metzger biss sich auf die Unterlippe und schluchzte. »Ingo. Der Tisch heißt so. Ikea.« Sie ließ sich auf einen der Stühle fallen. »Und mein Exfreund heißt auch so. Ingo. Kennen Sie das Lied von Funny van Dannen?«

Kastner verstand gar nichts mehr. Zumindest hieß ihr Exfreund nicht Günther, so viel schien klar.

»Frau Metzger«, sagte er behutsam. »Es tut mir sehr leid, dass ... *Ingo* Sie verlassen hat. Aber ich hätte ein paar Fragen bezüglich Herrn Wollreis an Sie. Sie kennen ihn doch?«

Der Gesichtsausdruck des Mädchens wandelte sich von Verzweiflung zu Wachsamkeit.

»Wie kommen Sie denn darauf?«

»Sie haben ihn am 11. Juni auf seinem Handy angerufen.«

Elisabeth Metzger kaute auf einem Fingernagel und dachte nach. Ihr Blick schoss zwischen Ingo, der gelb gestrichenen Wand und Kastner hin und her. »Und?«

»Na ja – ich würde gerne wissen, warum. Und woher Sie Herrn Wollreis kannten.«

Schweigen. Eine Küchenuhr tickte an der Wand.

»Ich ... äh ... habe mich für eine seiner Wohnungen interessiert?«

Freilich, dachte Kastner. *Du hast dich für eine seiner*

Wohnungen interessiert. So schön ist es ja in dem nach Schweineborsten stinkenden Hinterhaus auch nicht.

»Aha«, sagte er. »Darf ich fragen, was Sie beruflich machen, Frau Metzger?«

»Na ja«, sagte sie und wechselte den Fingernagel. »Ich bin mehr so in einer Orientierungsphase. Das mit dem Abi hat nicht so geklappt. G8. Das ist echt hart.«

»Natürlich ist das hart. Und jetzt? Lehre? Zweiter Bildungsweg? Work and Travel in Australien?«

»Ja, mal sehen«, sagte Elisabeth Metzger. »Wie gesagt, erst mal orientieren ...«

»Orientieren«, wiederholte Kastner und nickte zustimmend.

»Genau.« Das Mädchen ließ von seinem Fingernagel ab und füllte sich ein Glas mit Wasser aus der Leitung. »Wollen Sie auch ...?«

»Danke, nein. Sie wissen schon, was die Häuser bei Wollreis so kosten?«

»Was soll denn das jetzt heißen?«

Kastner seufzte. »Für welches Objekt haben Sie sich denn konkret interessiert?«

»Der baut doch überall. Das wär mir echt ganz egal gewesen, wo ...« Sie leerte den Rest Wasser aus ihrem Glas in die Spüle. »Was wollen Sie eigentlich von mir? Ist das verboten, einen Bauunternehmer nach einer Wohnung zu fragen?«

»Frau Metzger«, sagte Kastner geduldig. »Vorhin haben Sie noch bestritten, den Namen Wollreis jemals gehört zu haben. Das irritiert mich. Und natürlich kann man einen Bauunternehmer nach einer Wohnung fragen, aber es ist recht ungewöhnlich, ihn deshalb auf seinem persönlichen Handy anzurufen. Woher hatten Sie die Nummer?«

Elisabeth Metzger nahm sich einen weiteren Fingernagel vor und zuckte die Achseln.

»Keine Ahnung. Auskunft?«, bot sie an.

Kastner verabschiedete sich und legte Frau Metzger nahe, noch einmal in sich zu gehen und ihn anzurufen, falls ihre Erinnerung zurückkehrte. »Ich werde Sie sonst vorladen lassen. Wenn Sie nichts zu verbergen haben, wäre es klüger, mit der Polizei zu kooperieren. Und wenn Sie etwas zu verbergen haben, sollten Sie sich einen Anwalt suchen. Denn wir werden das herausfinden, so oder so.«

Kopfschüttelnd passierte er den übel riechenden Durchgang und trat hinaus auf die Bismarckstraße. Warum konnten nicht alle Zeugen so sein wie Koschnik oder Ivana? Warum wand sich dieser Teenager wie ein Wurm in der Mittagssonne? Im Geiste verglich er Elisabeth Metzger mit Jeanette de Bruyn und war sich beinahe sicher, dass Wollreis kein Verhältnis mit ihr gehabt hatte.

Er rief Wernreuther auf dem Handy an.

»Nur ganz kurz, Felix.« Im Hintergrund waren aufgeregte Stimmen zu hören, vermutlich aus dem Juwelierladen. »Ich brauch alles über diese Frau Metzger. Jemand muss sich ans Telefon klemmen – vielleicht kann die Claudia das machen. Kompletter Lebenslauf. Und in Wollreis' Umfeld jeden nach ihr fragen – Angestellte, Verwandte, Freunde, sämtliche Exfrauen ... Danke. Obwohl. Die zweite Frau Wollreis wohnt in Erlenstegen? Da geh ich gleich mal vorbei und mach das selber. Und – denk an die Kontodaten!«

Kastner spähte hungrig durch das Schaufenster in die Metzgerei. Alles sah sauber und appetitlich aus, aber der Geruch aus der Lüftung im Hinterhof war ihm auf den Magen geschlagen. Deshalb ging er über die Straße zum

Fischgeschäft *Halbmair* und kaufte sich ein Brötchen mit Matjes und Zwiebeln.

Die Bismarckstraße zog sich östlich des Rings durch ganz Erlenstegen bis zur Sulzbacher Straße. So weit musste Kastner nicht, aber bis zum Steinplattenweg, wo Frau Wollreis II. residierte, war es zu Fuß dann doch ein weiter Weg. Von einem lauten, bunten Treiben, wie er es aus der Südstadt selbst vormittags kannte, war hier nichts zu spüren. Die gepflegten Gehwege waren menschenleer, hinter den Zäunen der Vorgärten blühten sorgsam gewässerte Rosen und Dahlien. Die Ernährer und Ernährerinnen waren in ihren gut bezahlten Berufen tätig, die Kinder in Tagesstätten und Privatschulen untergebracht. Nur eine getigerte Katze saß auf einem Mäuerchen und genoss die Ruhe.

»Miezmiez«, machte Kastner. Er pulte ein Stück Matjes aus seinem Brötchen und bot es ihr an, woraufhin die Katze Zuflucht unter einem weißen Mercedes suchte. Die Zwiebeln, dachte Kastner.

Ein weißes Kalkmäuerchen, dessen Krone zugespitzte Eisenstäbe zierten, umgab das Haus, das Kerstin Wollreis bei der Scheidung zugesprochen worden war. Auf der Doppelgarage war eine Überwachungskamera angebracht. Sicher ist sicher, dachte Kastner und drückte auf die Klingel.

»Ja bitte?«

Kastner sagte sein Sprüchlein und bat um ein Gespräch mit Frau Wollreis. Er rechnete sich gute Chancen aus, sie zu Hause anzutreffen: Vor der Geburt ihres ersten Kindes hatte sie ihre Berufstätigkeit aufgegeben und seither nicht wieder aufgenommen. *Das gab ganz schön Ärger bei der Trennung*, hatte Wernreuther erzählt. *»Die soll gefälligst* *wieder arbeiten gehen«*, habe die dritte Frau Wollreis damals gesagt. *»Die glaubt wohl, dass sie sich mit dem Geld meines Mannes einen schönen Lenz machen kann ...«*

Ein sonores Summen ertönte und das zweiflügelige Tor schwang auf.

Der Weg zum Haus führte an pflegeleichten Koniferen und einer glatt gerechten Kiesfläche entlang. Eine Frau in einer weißen Schürze stand in der Tür und musterte ihn wortlos.

Kastner wiederholte sein Sprüchlein. »Ist Frau Wollreis zu Hause? Es dauert sicher nicht lange ...«

Die Frau verdrehte die Augen. »Ich bin Kerstin Wollreis. Was wollen Sie denn wissen?«

»Oh! Entschuldigen Sie bitte, ich dachte ...« Kastner biss sich energisch auf die Zunge. Jede weitere Erklärung würde die Sache nur noch peinlicher machen.

Kerstin Wollreis band sich die Schürze ab und bat ihn mit einer Geste herein. »Ist schon gut«, sagte sie. »Sie dachten vermutlich, ich wäre das Hausmädchen. Das passiert mir nicht zum ersten Mal. Wollen Sie eine Tasse Kaffee?«

»Sehr gern, danke schön.«

Immer noch peinlich berührt von seinem Fauxpas folgte er der Frau in eine altmodisch eingerichtete Küche – Häkelgardinen, dunkle Möbel, staubige Kakteen auf dem Fensterbrett, wo sie aus einer braunen Thermoskanne eine ölige Flüssigkeit in eine Tasse mit Rosenmuster füllte. »Milch und Zucker stehen auf dem Tisch. Bitte setzen Sie sich doch.«

Kastner nahm an dem ovalen Holztisch Platz und goss reichlich Kondensmilch in seinen Kaffee, ohne dass sich dieser merklich aufhellte. Vorsichtshalber warf er zwei Zuckerwürfel hinterher. Kerstin Wollreis setzte sich neben ihn. Sie war klein, höchstens eins sechzig, und auf eine verhärmte Weise schlank. Diäten und Bauchmuskeltraining, dachte Kastner. In ihr Gesicht hatten sich tiefe Falten gegraben, dennoch war die Frau nicht unattraktiv. Sie war jetzt fünfundvierzig, wusste Kastner aus der Akte, und damit elf Jahre älter als die Witwe. Ihre beiden Söhne mussten jetzt siebzehn und vierzehn sein.

»Sie wohnen hier zusammen mit Ihren Söhnen?«, begann Kastner das Gespräch mit etwas Small Talk.

»Natürlich«, sagte Frau Wollreis mit einem erstaunten Unterton. »Der Große, Henrik, hat letztes Jahr eine Lehre bei einem Automechaniker angefangen. Lernen war nicht so seins. Und Jakob kommt um halb zwei aus der Schule. Hungrig. Das heißt, ich muss demnächst anfangen zu kochen. Was kann ich denn jetzt für Sie tun, Herr Kastner? Sie sind doch nicht hier, um sich mit mir über meine Söhne zu unterhalten?«

»Nein«, gab Kastner zu. »Ich bin hier, weil ich mir notgedrungen ein Bild vom Leben Ihres Exmannes machen muss. Wir tappen noch ziemlich im Dunkeln, und deshalb spreche ich mit allen Menschen, die ihn kannten. Vielleicht haben Sie eine Idee, wer einen Grund hatte, ihn zu töten?«

Kerstin Wollreis lachte freudlos. »Sie können mich gerne auf die Liste Ihrer Verdächtigen setzen. Ich habe mehr als einmal darüber nachgedacht, ihn umzubringen. Die Jungs waren sechs und neun, als er uns hat sitzen lassen. Wegen dieser berechnenden Ziege, die sich mit einer Dreistigkeit an ihn herangemacht hat, der ich in meinem Leben zuvor noch nicht begegnet bin ...«

»Sie sprechen von seiner Witwe, nehme ich an?«

»Von wem denn sonst?« Sie schnaubte wenig damenhaft. »Ein würdeloses Geschacher war das bei der Scheidung.

Dass ich das Haus kriege, war ja schnell geklärt. Und um den Unterhalt für die Jungs kam er nicht drum herum, aber sie hat durchgesetzt, dass sie nur den Mindestunterhalt bekommen. Versuchen Sie mal, mit dem Mindestunterhalt zwei Kinder großzuziehen!«

Das hatte Kastner nicht vor, und er nahm an, dass das auch eine Frage der Ansprüche war, die man ans Leben stellte. Aber er musste zugeben, dass er von solchen Dingen nicht viel verstand. »Haben Sie selbst auch Unterhaltszahlungen zugesprochen bekommen?«

»In der Tat«, sagte sie sarkastisch. »334 Euro im Monat. Das war damals der Sozialhilfesatz. Begrenzt auf maximal fünf Jahre. Ich könne nach einer Übergangszeit ja wieder arbeiten gehen, hat es geheißen.«

Kastner fand den Gedanken nicht völlig absurd. »Wäre das nicht eine Option gewesen?«, fragte er vorsichtig.

Kerstin Wollreis lächelte müde. »Als ich meinen Exmann geheiratet habe, war ich siebenundzwanzig.

Ich hatte die Mittlere Reife, hab Steno und Schreibmaschine gelernt und in zwei, drei Büros als Mädchen für alles gearbeitet. Als Henrik unterwegs war, wollte Günther, dass ich aufhöre. Das hast du wirklich nicht nötig, hat er gesagt. Und er hatte recht. Mit seiner Firma ging es immer weiter aufwärts, wir hatten ein Haus und zwei Neuwagen, eine Putzfrau, ein Hausmädchen ... Und als Henrik aus dem Gröbsten raus war, kam Jakob. Wollen Sie noch eine Tasse Kaffee?«

Kastner verneinte dankend. Das von Kerstin Wollreis als Kaffee bezeichnete Konzentrat traktierte im Verbund mit dem Matjeshering seine Magenschleimhaut.

»Ja, und als Jakob aus dem Gröbsten raus war, kam dann die Scheidung. Hätte ich mich mit Kenntnissen in

Steno und Schreibmaschine irgendwo bewerben sollen? Als Achtunddreißigjährige? Die hätten mich doch ausgelacht. Und selbst wenn mich jemand eingestellt hätte: Was verdient man denn als Ungelernte, halbtags? Die Ganztagsschule war damals ja noch nicht erfunden, Hortplätze waren Mangelware. Ich will nicht jammern, Herr Kastner. Sicher gibt es tragischere Schicksale. Aber ich bin wütend. *Sehr wütend.* Die Schlampe aalt sich in einer Villa mit Pool und lässt sich mit ›gnädige Frau‹ ansprechen, und seinen Kindern schickt er vielleicht zu Weihnachten mal eine Karte und einen Scheck über dreihundert Euro. Bitte entschuldigen Sie meine Ausdrucksweise. Ich hab mich wohl in Rage geredet ...«

»Wenn ich das richtig verstanden habe, bekommen Sie seit drei Jahren keinen Unterhalt mehr. Darf ich fragen, von was Sie seither leben?«

»Ich habe vor vier Jahren ein bisschen Geld von meiner Mutter geerbt. Und jetzt werden die Jungs ja hoffentlich ihren Teil von Günthers Erbe bekommen – die lassen ihre Mutter schon nicht verhungern. Aber sicher denken die Hexe und ihr Anwalt schon fieberhaft darüber nach, wie sie uns auch darum noch betrügen können.«

Dieser Verdacht war nach Kastners Einschätzung vermutlich nicht unbegründet, aber er enthielt sich eines Kommentars. »Hat er seine Söhne besucht? Hatten Sie über die Jahre Kontakt mit ihm?«

»Ich habe mir erlaubt, ihn gelegentlich anzurufen«, seufzte Kerstin Wollreis müde. »Wenn einer der Jungs krank war. Als Jakob die Aufnahmeprüfung fürs Gymnasium geschafft hat. Als Henrik die Schule geschmissen hat. Solche Sachen. Er selbst hat sich eigentlich nie gemeldet. Für ihn war das Kapitel abgeschlossen. ›Du machst das schon mit den Jungs‹, hat er gesagt – können Sie sich das vorstellen? *Du machst das schon mit den Jungs* – als ginge es um einen Wochenendausflug. So ein Arschloch. Entschuldigung.«

»Sie müssen sich nicht entschuldigen«, sagte Kastner. Er fand die zweite Frau Wollreis zumindest sympathischer als die dritte, und sie war deutlich mitteilungsfreudiger.

»War Ihre Ehe gut, bevor Beate aufgetaucht ist?«

Sie zuckte mit den Achseln. »Was heißt das schon, *gut*. Wir kamen miteinander aus. Er war nicht oft zu Hause, hat sich selten um seine Söhne gekümmert, da gab es schon mal Streit. Aber nichts Dramatisches.«

»Hatte Ihr Mann Affären während Ihrer Ehe?«, wagte Kastner sich vor.

»Darauf können Sie Gift nehmen«, sagte Kerstin Wollreis. »Er war kein gut aussehender Mann. Er fand es faszinierend, dass hübsche junge Frauen sich von ihm befummeln ließen. Redete sich ein, sie fänden ihn *interessant*.« Sie machte ein Gesicht, als würde sie am liebsten auf den Fußboden spucken.

»Wie haben Sie Herrn Wollreis kennengelernt?«

»Genau *so*«, sagte sie. »Das Büro, in dem ich damals gearbeitet habe, hat einige Aufträge für seine Firma erledigt. Er hat mir Komplimente gemacht, hat mich zum Essen in schicke Restaurants eingeladen – und zum Geburtstag hat er mir ein Auto geschenkt. Er würde schon seit einem Jahr von seiner Frau – der ersten Frau Wollreis – getrennt leben, hatte er erzählt. Das hatte sich später als Lüge herausgestellt. Wie so manches andere.«

»Sagt Ihnen der Name Elisabeth Metzger etwas?«

Kerstin Wollreis dachte eine Weile nach. »Nein. Wer soll das sein?«

»Das wüssten wir eben gerne«, sagte Kastner. »Vielleicht eine Bekannte, eine Freundin, eine entfernte Verwandte Ihres Exmannes? Rufen Sie mich ruhig an, wenn Ihnen noch etwas einfällt.« Er gab ihr die Nummer seines Diensthandys, dann verabschiedete er sich.

Nach ihrem Alibi brauchte er Kerstin Wollreis nicht zu fragen, das hatte Wernreuther schon recherchiert. Der jüngere Sohn hatte an einer Konzertveranstaltung seiner Schule teilgenommen – *Labenwolf-Gymnasium, das ist so ein Musen-Dings*, hatte Wernreuther gesagt. Das Konzert hatte um 17:30 Uhr begonnen. Der Junior hatte Klavier gespielt, und Kerstin Wollreis hatte nach eigenen Angaben ab 17:15 im Publikum gesessen. Nach dem Konzert, um 20:00 Uhr, war sie mit ihrem Sohn zusammen nach Hause gefahren. Bisher hatte diese Angaben allerdings niemand bestätigt. »Ich bin nicht so der Elternabendtyp«, hatte sie Wernreuther erklärt, weshalb ihr die Namen der anderen Eltern nicht geläufig seien. Der Sohn hatte seine Mutter erst nach dem Konzert gesehen – vor der Aufführung hatte er in einem Hinterzimmer nervös seine Noten studiert und während seines Auftritts nur Augen für sein Klavier gehabt. Es war sein erster öffentlicher Auftritt gewesen.

Seither suchte Wernreuther, bisher vergebens, nach Kerstin Wollreis' Sitznachbarn – einer »Dicken mit rotem Halstuch« und einem »ältlichen Typ mit Vollbart und Cordhose, vielleicht ein Opa«. Zwischen 16:00 und 17:00 Uhr habe sie sich zu Hause zurechtgemacht, dann sei sie losgefahren. Auch dafür gab es keinen Zeugen.

Ein bombensicheres Alibi sah anders aus.

***

»Warum ist eigentlich schon wieder Freitag? Das war doch erst«, sagte Mirjam und stellte die Teller in die Spülmaschine. Kastner hatte eingekauft und sich ums Abendessen gekümmert, Hawaiitoast.

»Ich meine, das ist natürlich besser als schon wieder Montag. Aber die Zeit vergeht so rasant, in Nullkommanix sind wir alt und grau und brauchen eine Gehhilfe. Wir sollten mal wieder was unternehmen, Kastner, Wochenendausflug in die Fränkische zum Wandern. Hast du eigentlich noch Urlaub dieses Jahr? Herbstferien oder so? Wir könnten ne Woche in die Hauptstadt fahren und Gaby besuchen. Auf ein hippes Konzert gehen, ins Ägyptische Museum ...«

»Ich hab nur noch vier Tage, Hase. Und wir wollten Weihnachten zu deinen Eltern fahren.«

»Hach ja.« Mirjam seufzte resigniert, schaltete die Maschine ein und ließ sich wieder auf ihren Stuhl fallen. »Die werden auch immer tattriger. Alter, Krankheit, Tod. Hast du mir Zigaretten mitgebracht?«

Er zeigte auf die Rewe-Tüte, die an Mirjams Stuhl hing.

»Mich erinnert das ja an so ein Insekt in Kunstharz«, wechselte Mirjam das Thema. »Mein Mann hat mich verlassen! Seht ihr auch alle, wie gemein er war? Ich mein, das Allererste, was ich machen würde, wär seinen blöden Namen wieder abzulegen, und dann nix wie raus aus der tristen Hütte mit den deprimierenden Erinnerungen, Erlenstegen hin oder her, das kann man doch verkaufen.«

»Ich weiß nicht, ob ihr das Haus wirklich gehört. Vielleicht hat sie da ja nur eine Art Wohnrecht?«, gab Kastner zu bedenken.

»Man muss nicht für alles Verständnis haben«, meinte Mirjam kritisch. »Also für mich ist das der reine Masochismus. Und mal unter uns, Kastner: Sie hat ja auch einer anderen den Mann ausgespannt, mit welchem Recht stellt die sich jetzt auf ein Podest?«

Kastner zuckte die Achseln. Er fand, dass Mirjam recht streng mit Kerstin Wollreis umging. »Sie war halt jung und blauäugig. Dachte, dass es bei ihr anders laufen würde, mit den Kindern und allem ...«

Mirjam hob sarkastisch eine Braue. »Freilich«, sagte sie. »Das ist ja allgemein bekannt, dass Männer Frauen mit Kindern *niemals* sitzen lassen. Aber interessanter ist ohnehin die Frage, ob sie von Wollreis' Tod profitiert. Rache ist natürlich immer ein Motiv. Und die Söhne erben sicher ein bisschen was. Aber darüber hinaus?«

»Dazu müsste man das Testament kennen.«

»Genau«, sagte Mirjam.

Rolling in the Deep*

Mirjam hatte sich am Vormittag mit einem Exfreund zu einem Stadtbummel verabredet. Sie stand mit mehreren ihrer Verflossenen in regem Kontakt, und Frank, ein etwas weltfremder achtunddreißigjähriger Softwareentwickler, verlangte besondere Betreuung. »Der verläuft sich in der Fußgängerzone«, hatte sie erklärt. »Der erste Schnorrer nimmt ihm seine gesamten Ersparnisse ab. Dann unterschreibt er beim WWF und beim Bund Naturschutz langjährige Fördermitgliedschaften und abonniert *Welt der Frau*. Wenn der nur darüber nachdenkt, sich Klamotten zu kaufen, kriegt er Ausschlag. Das kannst du nicht wollen, Kastner.«

Nein, das wollte Kastner nicht. Insgeheim war er recht froh, dass Mirjam beschäftigt war. Er machte sich einen Cappuccino, legte sich damit wieder ins Bett und las bis halb elf entspannt in einem schlechten Kriminalroman. Dann schlüpfte er in seine Trainingshose – nach Mirjams Ansicht ein heißer Kandidat für die nächste Rot-Kreuz-Sammlung – und ging vor ans Eck zum Bäcker.

»Ja, guten Morgen, Herr Maiwald. Lang nicht mehr gesehen. Was darf's denn sein?«

Kastner entschied sich für ein Schokocroissant, eine Käsestange und zwei Kümmelbrötchen. Für den Nachmittag nahm er zwei Stück Bienenstich mit.

Außer den Bäckereiverkäuferinnen sprachen ihn auch der Automechaniker, der Tabakhändler und der Inhaber

* Adele, 21, 2010.

des Pizzastandes mit Mirjams Nachnamen an. Solche Irrtümer klärte man entweder sofort oder gar nicht mehr.

Kastner nahm beim Metzger noch hundert Gramm Schinkenkrustenbraten und eine Handbreit Leberwurst mit, kämpfte sich durch die Gelben Säcke im Hauseingang und holte die Zeitung aus dem Briefkasten.

In der Erdgeschosswohnung wurde hastig eine Türkette gelöst. Ehe Kastner sich davonmachen konnte, öffnete sich die Tür.

»Guten Morgen, Herr Schröder«, sagte er höflich und gab sich den Anschein höchster Eile.

Das Rentnerehepaar Schröder wohnte nach eigener Aussage schon seit 1968 in der Erdgeschosswohnung. Sie war pensionierte Volksschullehrerin, er hatte *auf AEG* gearbeitet. Beide waren unzufrieden damit, wie sich die Gesamtsituation in den letzten vierzig Jahren entwickelt hatte, und Kastner war ihr bevorzugter Ansprechpartner für Missstände jeder Art. Schließlich war er Polizist.

»Edz wo mir uns grad dreffen, Herr Kasdner. Sie ham doch beschdimmd än Momend. Des is doch hier ä Sauerei mit die Gelben Sägg! Des sinn die Dürgn ausm Erschdn lings. Mir hommja nix gecher Äusländer, wärgli nedd, obber so gehds ja aa nedd. Ä jeds Jahr werf ich denen än Abfuhrblan in Briefkasten, obber helfn dudds nix. Könndn Sie da neddermal was machen, als Bolizisd?«

»Leider nein, Herr Schröder«, sagte Kastner, der mindestens einen der Gelben Säcke zu dem wenig gefälligen Gesamteindruck beigesteuert hatte. »Das fällt gar nicht in meinen Zuständigkeitsbereich. Vielleicht wenn Sie mal beim Ordnungsamt anrufen?«

Er hörte Schröder noch eine Weile vor sich hin schimpfen, während er die Treppe hochging. Natürlich sah es nicht schön aus, wenn sich der Plastikabfall im Hauseingang stapelte, aber was, bitte, sollte man machen? Seine Wohnung hatte zweieinhalb Zimmer. Sollte er Thunfischdosen und Romadur-Verpackungen bei dreißig Grad zwei Wochen lang neben seinem Bett aufbewahren, bis der Vertragspartner des dualen Systems sich bequemte, sie abzuholen?

Im ersten Stock links traf er auf den vierzehnjährigen Deniz, der seine Schuhe ordentlich zu denen seiner Geschwister vor die Tür stellte. »Regt der sich wieder auf, der Drecks-Nazi«, meinte er und hob die Hand zackig zum Gruß.

Kastner seufzte. »Das sind halt alte Leute, Deniz. Die haben's gern ruhig und ordentlich. Die Schröders waren unter Hitler so alt, wie du jetzt bist, sie als Nazis zu bezeichnen ist nicht sehr nett. Sie sagen ja auch nicht Kanake zu dir.«

»Ey, ich schwör, wenn der Kanake zu mir sagt, mach ich ihn kalt. Der soll sich ins Grab legen, der Alte, da hat er's ruhig. Oder er soll was arbeiten gehen, dann hat er nicht so viel Zeit, sich über alles aufzuregen. Die haben doch so Arbeitslager, die Nazis, vielleicht kriegt er da nen Platz.«

»Vielleicht«, sagte Kastner resigniert und quetschte sich am Zwillingskinderwagen der Familie Güner vorbei nach oben. »Schönes Wochenende, Deniz.«

Deniz lächelte und wippte mit dem Kopf zu der Musik aus seinem iPod. »Ihnen auch, Herr Kastner.«

Nun äußerst hungrig verzehrte Kastner das Schokocroissant stehend im Flur; dann ging er in die Küche, riss das Fenster auf und machte sich noch einen Cappuccino. Er blätterte durch den Lokalteil der *NN* und sah lustlos die Vermietungsanzeigen durch. Mirjam merkte immer mal wieder an, dass sie »in der Schuhschachtel irgendwann einen Klaustrophobischen kriegen« würde. »Ein Polizeibeamter und eine städtische Angestellte, Kastner«, pflegte sie zu sagen, »die Vermieter lecken sich doch die Finger nach uns ab ...« Die Mietpreise sagten etwas anderes, nämlich dass Lottomillionäre, erfolgreiche Unternehmer oder reiche Erben bei Weitem beliebter waren. »Schau, Hase: tausendzweihundert Euro für eine Viereinhalb-Zimmer-Wohnung in St. Peter. Kalt!«, las er dann vor, und Mirjam antwortete: »Da hast du wieder das Teuerste rausgesucht! Du willst ja gar nicht ausziehen.« Damit hatte sie im Grunde recht: Er fühlte sich wohl hier in der Südstadt. Allein der Gedanke an einen Umzug (Wände und Türen streichen, Schränke und Regale zerlegen, seine Habe *aussortieren* (!), Kartons packen, mit Vor- und Nachmietern verhandeln, Umzugshelfer organisieren) trieb ihm den Schweiß auf die Stirn. Er kannte Menschen, die alle drei Jahre die Wohnung oder sogar den Wohnort wechselten; seiner Meinung nach hatten die alle etwas mit der Schilddrüse.

Nicht ohne schlechtes Gewissen legte er den Anzeigenteil der *NN* ganz unten ins Altpapier. Dann rief er Wernreuther zu Hause an. Es dauerte eine Weile, bis jemand abhob.

»Wernreuther.«

»Kastner. Entschuldige, Felix, dass ich dich am Wochenende ...«

»Jaja«, sagte Wernreuther. »Man kennt es ja von dir nicht anders. Moment, ich war grad unter der Dusche. Bin schon fünfzehn Kilometer gelaufen heut früh. Ab elf kann man sich ja vor lauter Hitze nicht mehr bewegen.« Etwas gurgelte und raschelte im Hintergrund. Dann meldete Wernreuther sich zurück, vermutlich nun mit einem vorschriftsmäßigen Handtuch um die Hüften.

»Also pass auf«, sagte er. »Erstens: Der Gummistiefelabdruck passt zu keinem Paar auf dem Meisner-Hof. Und die

Claudia hat noch mal recherchiert wegen der Frau Metzger. Das ist ein heißer Feger, oder?«

Kastner war ehrlich verblüfft. Seit den späten Sechzigern hatte er niemanden mehr den Ausdruck *heißer Feger* benutzen hören. Und sein Eindruck von Elisabeth Metzger war ein völlig anderer gewesen.

»Du meinst ...«

»Na bei der passt wirklich alles! Wie die sich bewegt! Was die für Augen hat! Und am Telefon ein echter Überflieger. Die sagt ein, zwei Sätze und schon sprudelt aus den Leuten ihr ganzes Leben raus. Nur die Sache mit den Kindern, die gibt mir schon zu denken. Das will doch kein Mann, oder? Eine Frau, die schon zwei Kinder von einem anderen hat ...«

»Ach, du sprichst von Claudia.«

Wernreuther schwieg indigniert.

»Hallo? Felix?«

»Na, von wem soll ich denn sonst sprechen? Sag mal, bist du schon richtig wach?«

»Ja«, sagte Kastner. »*Ich* bin schon richtig wach. Und ich würde gerne etwas über Frau Metzger erfahren.«

»Jaja«, sagte Wernreuther und raschelte mit Papieren. »Also pass auf: Sie wurde 1995 in irgendeinem Kaff im Bayerischen Wald geboren. Ihre Mutter heißt Erika, eine Hausfrau, das gab's damals noch.« Er kicherte. »Ihr Vater, Hubert Metzger, war irgendwie in der Stahlverhüttung tätig. Kein großes Licht. Als Elisabeth zehn war, sind die Metzgers nach Nürnberg gezogen. Warum auch immer. Der Vater war lange arbeitslos, hat dann einen Job als Hausmeister am Labenwolf-Gymnasium bekommen; vor drei Jahren ist er an Lungenkrebs gestorben. Die Mutter lebt von Hartz IV, in der WBG-Siedlung am Nordostbahnhof. Elisabeth hat sich in der Grundschule durch eine rasche Auffassungsgabe und überdurchschnittlich gute Noten ausgezeichnet, sie kam dann ebenfalls aufs Labenwolf-Gymnasium, weil sie irgendein Instrument spielt – Geige? Bratsche? was auch immer ...«

Wernreuther machte eine Kunstpause.

»Aha«, sagte Kastner ihm zuliebe. »Und ...?«

»Ein halbes Jahr vor dem Abi hat sie hingeschmissen. Ihre Leistungen gingen plötzlich in den Keller – sie war oft krank, unmotiviert. Eine Lehrerin meinte, sie hätte einen depressiven Eindruck gemacht. Und jetzt Achtung: Vorher hatte sie etwas mit einem jungen Mann namens *Henrik Wollreis*. Sein Bruder Jakob geht auf das Labenwolf, und sie hat Henrik auf irgendeiner Konzertveranstaltung kennengelernt. Sagen ihre ehemaligen Mitschülerinnen.«

»Aber ihr letzter Freund hieß doch Ingo, wenn ich mich nicht täusche.«

»Da täuschst du dich nicht. Das mit ihr und Henrik ging nur ein Vierteljahr, dann hat sie ihn sitzen lassen. Diesen Ingo Dings ... Ingo Rieneck hat sie in einer Kneipe kennengelernt, in der sie gejobbt hat. Fünf Jahre älter, ein echter Frauenversteher, wenn man seinen Exfreundinnen glauben darf. Und überaus geschäftstüchtig. Hat ein abgebrochenes BWL-Studium und die geschmeidigen Finger in allerhand halbseidenen Geschäften: Drogensachen, Autoschiebereien, das eine oder andere Immobiliengeschäft. Ein Hansdampf in allen Gassen.«

»Immobiliengeschäfte«, wiederholte Kastner. »Und *Henrik Wollreis*. Danke, Felix. Und meine besten Grüße an Claudia.«

Sonntag, der 18. September

In Zaire*

Kastner bemühte sich, im Takt mit der angesagten Independent-Musik zu wippen. Ein hektisches Stroboskop zeigte ihm Momentaufnahmen seiner sich leerenden Bierflasche. Fünfundachtzig zahlende Gäste drängten sich im *Kunstverein* auf der Fläche seiner Zweieinhalbzimmerwohnung, und noch einmal so viele tummelten sich gefühlt hinter dem Tresen.

»Das ist soo geil!«, sagte Mirjam.

Kastner nickte ergeben.

Vier Musiker standen auf der Bühne: Schlagzeug, Bass, Gitarre und *Vocals*, wie man den Sänger heutzutage nannte. *Vocals* konnte es an Körperumfang mit ihm aufnehmen, aber er sang deutlich besser, als Kastner es vermocht hätte: »And naaauuw ... my cat ... is ... dead.«

Pause.

»Holst du mir noch ein Helles, Hase? Ich muss mal ...«

Kastner zwängte sich an fünfzehnjährigen Punks vorbei, die ihr eigenes Dosenbier mitgebracht hatten, an schnauzbärtigen Urgesteinen der Subkultur, deren Blick etwas verschwommen wirkte – auf eine vom konkreten Anlass unabhängige, eher grundsätzliche Art und Weise; und am abgeklärten Bediener des Mischpults.

Ja, das muss so laut sein, stand auf seinem T-Shirt. »Geil, oder?«, sagte er zu Kastner, als er vorbeiging.

Kastner nickte.

---

* Johnny Wakelin, 1976.

Die Toiletten des *Kunstvereins* waren aus sanitärer Sicht grenzwertig. Allerdings konnte man längere Zeit mit dem Studium der Graffiti verbringen. »Das sind halt gewachsene Strukturen, Kastner«, hatte Mirjam begeistert gesagt, als sie ihn überredet hatte, auf das Konzert einer Band namens Schaissgesicht zu gehen. Der magere Gitarrist, ganz offensichtlich ein Haschraucher, war der Exfreund einer Freundin von ihr.

»Servus, Alter!« Ein Typ mit reichlich Babyspeck auf den Hüften und beeindruckenden Zahnlücken schlug Kastner vertraulich auf die Schulter und drängelte sich neben ihn an die sogenannte Pissrinne. Er nestelte an seinem Hosenstall und hatte Mühe, das Ziel zu treffen. »Ham mir uns nedd neulich bei der Bukowski-Lesung kennengelernt? Du hast nicht zufällig was zu rauchen?«

Kastner verneinte alle Fragen.

Als er in den Veranstaltungsraum zurückkam, spielte Schaissgesicht *In Zaire* – in der Hälfte der Zeit, die Johnny Wakelin dafür gebraucht hatte.

»Geil, oder?«, sagte Mirjam verzückt und hielt ihm das frische Bier hin.

»Ja«, musste Kastner zugeben. »Das hat was.«

Why*

»Könntest du bitte ein bisschen leiser sprechen, Felix?«

Trotz mehrerer Tassen Kaffee und zwei Aspirin fühlte Kastner sich hundeelend. Mirjam hatte bis halb drei Uhr morgens intensive Gespräche mit den Bandmitgliedern und dem Tresenpersonal des *Kunstvereins* geführt, sich nachts zwei Mal übergeben und heute mit einer Magen-Darm-Grippe krankgemeldet – alles in allem ein vernünftiger Schritt, der ihm selbst wegen der *überregionalen Bedeutung* seines Falles leider verwehrt geblieben war. Kastner hatte Claudia mit zu einer kleinen Lagebesprechung in sein Büro gebeten, und Wernreuther nahm ihre Anwesenheit zum Anlass, durch besondere Eloquenz und Dynamik zu glänzen.

Auf Kastners Tisch lagen die Kontoauszüge von Wollreis' Geschäftskonto. Immerhin ein Anfang.

»Die privaten Kontodaten müssen sie auch noch rausrücken«, hatte Wernreuther gesagt, »das ist nur eine Frage der Zeit. Die Staatsanwaltschaft steht da in direktem Kontakt mit Beate Wollreis' Anwalt.« Claudia hatte am Wochenende eine Liste mit Verdächtigen erstellt – sie war mit ihren Kindern in *so einem bescheuerten Freizeitpark* gewesen, und während Jannik und Sofie mit als Comicfiguren verkleideten Animateuren an einer Schnitzeljagd teilgenommen hatten, hatte sie sich mit einem Martini unter eine Yuccapalme gelegt und sich *ein paar Notizen* gemacht.

---

* Annie Lennox, 1992.

Kastner war beeindruckt. Die *paar Notizen* hatten die Form einer siebenspaltigen Excel-Tabelle: Name, Adresse, Telefonnummer, E-Mail-Adresse, mögliches Motiv, Alibi (ja/nein/lückenhaft), Zeuge befragt am (Datum, Mehrfachnennungen möglich). Obenauf die Witwe, gefolgt von Trautmann, Koschnik, Kerstin Wollreis, Jeanette de Bruyn und Elisabeth Metzger.

»Wir könnten da noch Fotos reinmachen«, sagte Claudia gerade. Wernreuther, der seine Felle davonschwimmen sah, merkte an, dass er Elisabeth Metzger und Henrik Wollreis gleich für den Vormittag zur Vernehmung einbestellt hatte. »Und um 14:00 Uhr ist die Testamentseröffnung, in der Kanzlei von Dr. Ludwig. Da darf einer von uns dabei sein, sagt der Herr Anwalt.«

»Hat Ludwig etwas zu dem Notizbuch gesagt?«

»Ach ja – das Notizbuch. Er hat mit der Witwe darüber gesprochen. Sie streitet aber vehement ab, dass Wollreis so etwas hatte, und sie wüsste gerne, wer das behauptet hat. Von wem hast du das eigentlich?«

»Von jemandem, der große Schwierigkeiten bekommt, wenn sein Name genannt wird ... Das ist doch alles zum Kotzen. Entschuldigung. Aber wenn Wismeth eine Hausdurchsuchung beantragt hätte, läge das Notizbuch schon längst hier auf dem Tisch.«

Wernreuther zuckte die Achseln. »Tja. Vermutlich hat die Witwe es inzwischen für immer verschwinden lassen.«

»Wir könnten mal in der Mülltonne nachschauen«, schlug Claudia vor. »Die Tonnen in Erlenstegen werden erst am Mittwoch geleert.«

Kastner nickte zustimmend. »Gar nicht mal so schlecht, ihr zwei«, sagte er, dann schob er diesem fränkischen Lob ein weltmännisches »Chapeau!« hinterher. Loben sei ganz wichtig, hatte er auf einer Schulung gelernt.

Wernreuther tat bescheiden, Claudia zuckte verlegen die Achseln. Leider gab es keine Schulungen, die fränkische Mitarbeiter darauf vorbereiteten, mit Lob umzugehen.

Kastner legte Claudias Excel-Tabelle zu den anderen Unterlagen der Akte Wollreis, dann verspürte er ein dringendes Bedürfnis nach Ruhe.

»Kannst du bitte den Posteingang abarbeiten, Felix? In Steinbühl hat irgendein frustriertes Arsch…, also, jemand hat seine Frau krankenhausreif geschlagen. Bewaffneter Überfall auf einen Taxifahrer am Flughafen. Und in Ziegelstein hat am Sonntag einer einen ganzen Schaufelbagger von einer Baustelle geklaut. Zeugen befragen, Bericht schreiben, das ganze Programm. Claudia kann mit dir fahren.« Er schob einen Stapel Papier über den Tisch. »Ich geh auf diese Testamentseröffnung.«

Während Wernreuther noch einen Flunsch zog, stand Claudia schon auf und nahm die Papiere an sich. »Freilich«, sagte sie. »Ich hab übrigens noch ne Thermoskanne Kaffee im Büro, Kastner. Falls du einen brauchst.«

»Das ist … Danke!«, sagte er.

Während die beiden ihre Mützen aufsetzten und gingen, nahm er sich fest vor, Claudia zur Beförderung vorzuschlagen. Auch wenn es darauf hinauslief, dass Wernreuther ihn dann nicht mehr grüßen würde.

Eine Weile schob er die Kontoauszüge und die Verdächtigenliste auf seinem Schreibtisch hin und her, dann ging er zur Toilette und hielt seinen Kopf unter den Kaltwasserhahn. Ein alter Bekannter, den Mirjam nie anders als den *Cineasten* nannte, hatte ihm einmal erzählt, dass Paul Newman sein gutes Aussehen der Tatsache verdankte, dass er den Kopf jeden Morgen für fünf Minuten in einen Eimer eiskaltes Wasser steckte. Hoffnungsvoll betrachtete er deshalb nach der Prozedur sein Spiegelbild, aber das Ergebnis war ernüchternd.

»Alles klar bei dir, Kastner?«, fragte Daniel Schuster von der Drogenabteilung.

»Freilich. Sag mal – kannst du mal nachschauen, ob ihr was über einen Ingo Rieneck habt?«

»Da muss ich nicht lang nachschauen«, meinte Daniel, während er eine Kabine ansteuerte. »Hasch, Acid, Amphetamine ... Ingo vertickt seinen Stoff mit Vorliebe in Clubs und Bars an gelangweilte Yuppies und die Kinder reicher Eltern. Ich druck's dir aus. Aber jetzt hätt ich's grad mal eilig ...«

Die Kinder reicher Eltern – wohl kaum die Kategorie, in die das traurige Fräulein Metzger fiel. Was hatte die beiden zueinandergebracht? Und wie passte Henrik Wollreis, der Automechaniker, in diese Ménage-à-trois?

Kastner nahm Claudias Kaffeekanne mit in sein Büro und beugte sich seufzend über Wollreis' Geschäftskontodaten.

***

»Ach, Elisabeth heißt die.« Henrik Wollreis fläzte entspannt im Besucherstuhl. Er trug mit Haargel in die Stirn gestylte dunkle Locken und einen pubertären Hauch von Vollbart. Seine Saggy-Pants setzten eine Schießer-Feinripp und recht breite Hüften in Szene, um den Hals hatte er sich eine breitgliedrige Metallkette geschlungen, die ein Plastiktotenkopf zierte. »Sie hat behauptet, sie heißt Liz. War nix Großes.«

»Aha«, sagte Kastner. »Du meinst, ihr hattet keine lange Beziehung? Wie lang genau?«

»Keine Ahnung. Paar Wochen? Sie ist ja nicht so das Model.«

Nicht so das Model also ..., dachte Kastner. *Während du dich wohl für Zac Efron hältst.*

»Wie habt ihr euch kennengelernt?«

Henrik blies die Backen auf. »Was weiß ich. Die ging auf dieselbe Schule wie mein Bruder. Auf irgendeinem Schulkonzert? Aber da haben wir nur kurz gequatscht. Los ging das erst später.«

»Und wann und wo?«

»Keine Ahnung. So ein, zwei Wochen danach, auf ner Vegas-Night im *Planet*?«

Kastner unterdrückte ein Kopfschütteln. Er wusste durchaus, was eine Las-Vegas-Night war. Man würfelte um die Rechnung seines Drinks, und wenn Fortuna lachte, musste man ihn nicht bezahlen. Rätselhaft fand er nur die Angewohnheit der Jugend, hinter jede Aussage ein Fragezeichen zu setzen und immer zu betonen, dass man keine Ahnung hatte und nichts wusste. Als er in diesem Alter gewesen war, hatte es gegolten, genau diesen Eindruck möglichst zu vermeiden.

»Auf einer Vegas-Night also. Und wie kam das zustande?«

Der junge Mann drehte die Augen zur Decke. »Was weiß ich. Ich hatte schon ein paar Wodka-Bull. Die ist da am Tresen rumgehangen, hat damit angegeben, dass sie die Bartussi kennt – die hinterm Tresen. *Das* war ein Model!«

»Aber die hat sich nicht für dich interessiert. Sondern Elisabeth Metzger. Was hat sie gesagt?«

Henrik zuckte die Achseln, als gäbe es in seinem erfüllten

Leben nichts Nebensächlicheres. »Dass sie die Tussi kennt? Dass sie mir ein paar Drinks umsonst besorgen kann?«

»Und dann kamt ihr ins Gespräch?«

Henrik musterte ihn mitleidig. »Sie waren wohl noch nie in einem Club? Für Gespräche ist das echt der falsche Ort. Zu laut. Das läuft da eher so ... nonverbal.«

»Sie hat also mit dir geflirtet.«

»*Geflirtet*. Na, wenn Sie das so nennen wollen ...«

»Warst du allein unterwegs? Oder mit Kumpels?«

»Mit Andi und Jens. Die kenn ich noch aus der Schule. Man geht nicht allein in einen Club.«

Sehr schön, jetzt erklärt mir ein Siebzehnjähriger die Welt, dachte Kastner. »Und dann? Wie lang seid ihr geblieben? Was habt ihr danach gemacht?«

»Keinen Plan. Das war vor einem Jahr! Ich bin ja kein Mädchen und führ Tagebuch oder so.« Henrik Wollreis strich sich durch den dünnen Bart und starrte an die Decke wie bei einer mündlichen Prüfung. »Okay, der Jens musste um zwei daheim sein, der hat mega üble Eltern. Die vollen Kontrollfreaks, haben echt keine Hobbys. Und der Andi hat irgendeine Ische abgeschleppt. Der hat sich gar nicht verabschiedet, voll pfostig eigentlich. Die Liz war da schon ganz schön dicht. Sie hat draußen auf den Parkplatz gekotzt. Wär *die* Gelegenheit gewesen, zu verschwinden, aber sie ist mir nach und hat mir ihr Leben erzählt. Die hat echt flatrate gelabert. Die hat mir sogar von ihrer Kindheit erzählt und dass ihr Vater gestorben ist. Das hat mich echt null interessiert.«

Kastner wartete.

»Na und dann sind wir zu ihr heimgelaufen. Nordostbahnhof, das war nicht weit. Unterwegs hat sie angefangen, an mir rumzuschlecken. Ihre Mutter war nicht da, die hat bei einem Freund übernachtet. Na ja ... Wie genau wollen Sie's denn wissen?«

»Du hast also bei ihr übernachtet?«

»Ja?«

»Hat sich deine Mutter nicht gewundert, dass du nicht nach Hause gekommen bist?«

»Hallo?«, sagte Henrik Wollreis. »Die ist da echt entspannt. Ich übernachte am Wochenende oft bei Kumpels.«

»Schön«, sagte Kastner. »Und wie ging es dann weiter?«

Der Junge zuckte mit den Schultern. »Warum wollen Sie das alles wissen? Das ist ewig her.«

»Ich will herausfinden, wer deinen Vater getötet hat, Henrik. Und dazu muss ich vielen Leuten seltsame Fragen stellen. Also?«

»Mein Vater war ein echter Totalausfall. Wegen mir müssen Sie sich da nicht so viel Mühe geben. Ich erb jetzt einen Haufen Kohle, also, wenn ich achtzehn werde. Ich bin echt besser dran als vorher.«

»Also?«

»Meine Güte. Wir haben uns eine Woche später wieder im *Planet* getroffen, und sie hat mir ihre Handynummer gegeben. Wie das halt so geht. Ihre Mutter hat am Wochenende oft bei ihrem Freund übernachtet.«

»Wer hat Schluss gemacht?«

Henrik wand sich ein wenig. »Sie ging mir ziemlich auf die Nerven. Die hat ständig gelabert. Hat sich überall eingemischt. Wusste zu allem was. Und sie war echt kein Model!«

»Wer?«

»Na ja ... Genau genommen sie.« Das zuzugeben fiel dem Jungen offensichtlich schwer, was ihn Kastner ein wenig sympathischer machte. »Aber das war okay. Die hat echt einen an der Waffel. Wollte immer alles wissen. Einmal waren wir bei mir, und ich hab sie dabei erwischt, wie sie in den Sachen meiner Mutter gewühlt hat. Schubladen und alles. Das ist total krank, oder?«

Kastner nickte. Er zog sein Notizbuch aus der Schublade und notierte *Schubladen und alles.*

»Sie hat mir eine theatralische SMS geschickt. *Wir können uns nicht lieben. Wir müssen uns trennen!* Wie blöd ist das denn?«

»Hm«, sagte Kastner. »Wie war dein Verhältnis zu deinem Vater?«

»Sag ich doch. Totalausfall.«

»Habt ihr euch manchmal gesehen?«

»Haha. Kurz nach der Scheidung waren wir einmal im Monat am Wochenende bei ihm. Da hat er uns vom Hausmädchen bespaßen lassen – Zeichentrickfilme in der Glotze und so. Aber selbst das war ihm schnell über. Danach kam er dann nur noch vorbei, wenn einer Geburtstag hatte, für exakt die Zeit, die es braucht, um einem nen Fuffi in die Hand zu drücken. Seit Jakob zehn ist, überweist er die Kohle.«

»Du hast ihn also nicht gemocht?«

»Ich hasse ihn.«

»Danke, Henrik.« Er verabschiedete den Jungen mit einem freundlichen Händedruck.

Jeder, der nicht seinen Anwalt vorschickte, war ihm in diesem Fall willkommen.

Ehe er Elisabeth Metzger hereinbat, studierte Kastner Claudias Tabelle. »Mögliches Motiv: ? (Geliebte ?), Alibi: ?«, stand da. Viel war das nicht. Das Mädchen hatte eine kurze Affäre mit Wollreis' Sohn gehabt. Warum hatte sie seinen Vater angerufen? Woher hatte sie seine Handynummer? Sie hatte mit Henrik Schluss gemacht, hatte bald darauf die

Schule geschmissen, war zu Hause ausgezogen und hatte sich mit Ingo eingelassen … Das alles ergab in seinen Augen keinen Sinn.

Elisabeth Metzger sah unwesentlich anders aus als bei seinem unangemeldeten Besuch. Die Jogginghose hatte sie durch schwarze Leggings ersetzt, dazu trug sie ein graues Top, auf dem Biene Maja an einer Blüte roch. Sie wirkte ungepflegt: abgekaute Fingernägel, fettiges Haar, ein Fleck auf dem T-Shirt. Ihr ganzer Körper sah unglücklich aus.

»Sie hatten eine Beziehung mit Henrik Wollreis, Günther Wollreis' Sohn«, stellte Kastner fest.

Sie zuckte die Achseln. »Wenn Sie das sagen.«

»Warum haben Sie mir das nicht erzählt, als ich Sie nach Günther Wollreis gefragt habe?«

»Ist mir grad nicht eingefallen? Das ist ja schon ne ganze Weile her.«

»Warum haben Sie Günther Wollreis am Tag seines Todes angerufen?«

»Na wegen einer Wohnung, das hab ich doch schon … *Das* war der Tag, an dem er gestorben ist? Wow!«

»Ja, *wow*«, sagte Kastner. »Woher hatten Sie die Handynummer?«

»Von Henrik?«

»*Henrik* hat Ihnen die Handynummer seines *Vaters* gegeben?«

»Genau.«

»Warum?«

Die Achseln zuckten erneut. »Hören Sie mir eigentlich zu? WEGEN EINER WOHNUNG. Die sitzen alle in ihren Villen in Erlenstegen und saufen Tag und Nacht Prosecco. Warum soll ich das nicht auch haben?«

Kastner seufzte. Ihm wären einige Gründe eingefallen, wie ungerecht sie auch sein mochten, aber er verkniff sich jeden Kommentar.

»War es nicht vielmehr so, dass Sie bei Henrik zu Hause die Schubladen durchwühlt haben und dort auf die Nummer gestoßen sind?«

Elisabeth Metzger verschränkte die Arme vor der Brust. »Hat er Ihnen das erzählt? Der will mir doch nur heimzahlen, dass ich Schluss gemacht habe.«

»Kannten Sie Günther Wollreis persönlich? Haben Sie ihn jemals gesehen?«

»Nein.«

»Sie haben also bei Henrik seine Handynummer gefunden und ihn spontan am 11. Juni angerufen, um nach einer Wohnung zu fragen?«

Sie nickte widerstrebend.

»Sie können sich eine von Wollreis' Wohnungen gar nicht leisten, Frau Metzger. Nicht annähernd. Ihre Mutter lebt von Hartz IV, Sie haben die Schule abgebrochen, jobben in diversen Gastronomiebetrieben und tragen gelegentlich Zeitungen aus. Warum hätte Wollreis Ihnen eine Wohnung vermitteln sollen? Wovon hätten Sie sie bezahlt?«

»Das ist ja wohl mein Problem, nicht Ihres.«

»Also gut, Frau Metzger. Wenn Sie es für klug halten, sich unkooperativ zu verhalten, kann ich es nicht ändern. Sie müssen schon selbst wissen, was gut für Sie ist. Dann hätte ich noch ein paar Fragen zu Ihrem Exfreund Ingo Rieneck.«

Prompt traten wieder Tränen in Elisabeth Metzgers Augen. »Wieso denn jetzt zu Ingo? Was hat denn der damit zu tun?«

»Wussten Sie, dass Ingo dealt?«

»Äh ... Nein?«

»Er zieht durch die Clubs und bringt alle Arten von Drogen unters Volk. Das wussten Sie nicht?«

»Nein.«

»Dann kann es ja kein sehr intimes Verhältnis gewesen sein ...«

Sofort lief das Wasser über. »Was wissen Sie denn schon?«

»Offensichtlich mehr als Sie«, sagte Kastner, bemüht um eine sachliche Stimme. Er hätte dem Mädchen jetzt gerne einen Teddybären in den Arm gedrückt und ihm einen guten Psychotherapeuten empfohlen, aber das war hier nicht seine Aufgabe. »Ingo dealt, Ingo verkauft Gebrauchtwagen unklarer Herkunft, und Ingo macht *Immobiliengeschäfte*. Hat er Ihnen davon gar nichts erzählt?«

Elisabeth Metzger zog ein Päckchen Tabak aus ihrer Handtasche und drehte sich mit zitternden Fingern eine krumme Zigarette.

»Sie können hier nicht rauchen.«

»Schon klar«, sagte sie. Dann sah sie ihn flehend an. »Können wir nicht irgendwo hingehen, wo ich schnell mal eine rauchen kann? Ich halt das alles gar nicht aus ...«

Er ging mit ihr vor die Tür.

»Der Ingo war meine große Liebe«, sagte sie und sog den Rauch tief in die Lunge. »Kennen Sie das? Dass Sie jemanden berühren, und es ist, als ob Sie sich in einem früheren Leben schon gekannt hätten? So ganz – elementar?«

»Hm«, sagte Kastner.

»Es war mir egal, was er sonst so macht. Hat mich nicht interessiert. Vielleicht hab ich nicht so genau hinschauen wollen, kann schon sein ...«

»Wusste Ingo von Ihnen und Henrik Wollreis?«

Elisabeth zögerte mit der Antwort. »Warum wollen Sie denn das jetzt wissen? Was hat denn Ingo eigentlich damit zu tun?«

Genau das wäre die nächste Frage, dachte Kastner.

***

Dr. Ludwigs Kanzlei residierte in einem verlebten Neubau in Johannis. Glasbausteine, rostfleckige Balkone, nikotingelb gestrichener Putz. Das Treppenhaus zierten olivgrüne Mosaikfliesen und Treppen aus Terrazzo-Imitat, aber wer es bis hierher geschafft hatte, betrat mit Dr. Ludwigs Kanzlei eine andere Welt: Natursteinfliesen und Parkett, Designermöbel und moderne Kunst. An einem ergonomisch geformten Schreibtisch saß eine Frau mittleren Alters unter einem Zwei-mal-drei-Meter-Aquarell.

Fünf blaue Striche, sonst nichts.

Vor der Dame stand ein Messingschild, auf dem *Frau Wohlmuth* stand.

»Grüß Gott«, sagte Kastner.

»Mach ich, wenn ich ihn sehe!« Frau Wohlmuth lachte laut und trocken, und Kastner stimmte etwas gequält ein. Der Witz war nun wirklich nicht neu. Gaby Seiffert hatte in Berlin keine Woche gebraucht, um sich auf die örtlichen Grußgegebenheiten einzustellen. Andersherum biss man auf Granit. Offensichtlich fühlten sich die aus dem Norden zugereisten Damen und Herren gleichermaßen geadelt durch die Tatsache, Hochdeutsch zu sprechen.

»Mein Name ist ...«

»Jaja, Sie sind bestimmt dieser temperamentvolle Herr von der Polizei, nicht wahr, der unser Fräulein Messner so angeraunzt hat am Telefon. Wegen der Testamentseröffnung.

Die Herrschaften warten schon auf Sie.« Die Frau stand auf und wies Kastner energisch an, ihr zu folgen.

»Ach, der Herr Kommissar! Dann können wir ja endlich anfangen.« Dr. Ulf G. Ludwig reichte ihm eine kleine, gewissermaßen pausbäckige Hand und lächelte jovial. Trotz des eisgrauen Haars und der schwarz gefassten Brille wirkte er auf Kastner wie ein nervöser Konfirmand in einem zu kleinen, zerknautschten Anzug. Er wies ihm einen Stuhl im Hintergrund an, was Kastner ganz recht war. Um einen ovalen Tisch aus Walnussholz saßen zehn Personen, fünf davon waren ihm unbekannt. Dr. Ludwig war allerdings so freundlich, die Namen der Geladenen zum Anfang zu verlesen. Neben der Witwe, den beiden Exfrauen, den Söhnen und dem Vetter waren demnach zwei Schwestern von Wollreis anwesend, eine davon auch als Vormund der Mutter, die dement war und in einem Seniorenstift lebte. Ivana war ebenfalls da – sie lächelte ihn zaghaft an – sowie eine gewisse Frau Vogel, eine üppige Rothaarige, zu deren Status kein Kommentar erfolgte.

Dr. Ludwig öffnete umständlich einen Umschlag und zog einen handbeschriebenen Bogen Papier heraus. »Dies ist der notariell beglaubigte Letzte Wille von Herrn Günther Wollreis, zuletzt geändert am 17. Juni 2012 …«

Frau Vogel sprang auf. »Aber das kann nicht sein!«

»Wie bitte?« Der Anwalt warf der Rothaarigen einen scharfen Blick zu. »Frau Vogel, das ist ja unerhört. Ich muss Sie darum bitten, sich hier angemessen zu verhalten, sonst kann ich Sie von der Testamentseröffnung auch ausschließen lassen!«

»Aber das kann nicht sein!« Die Frau rang sichtlich um Fassung.

»*Was* kann nicht sein? Ich habe dieses Testament selbst beglaubigt, also werde ich wohl besser wissen als Sie ...«

»Oh mein Gott!« Frau Vogel sank zurück auf ihren Stuhl und begann laut zu weinen.

Dr. Ludwig war fassungslos. »Was ... um Himmels willen ... Soll ich einen Arzt rufen? Ist das ein Nervenzusammenbruch? Es ist ja noch gar nichts passiert, Frau Vogel, das sind nur die Präliminarien.«

»Das Datum! Das kann nicht sein! Er wollte sein Testament ändern – er hat sein Testament geändert, ich war dabei, als er es geschrieben hat! Das war im Mai, am 8. Mai dieses Jahres.« Sie wischte sich die Tränen aus den Augen und verschmierte dabei ihre Wimperntusche zu einer wilden Maske. »Das weiß ich genau, es ist nämlich mein Geburtstag.«

»Bei mir liegt jedenfalls kein anderes Testament vor.«

Beate Wollreis räusperte sich. »Kannst du diese Schmierenkomödie vielleicht beenden, Ulf, wir alle – außer Frau Vogel, vielleicht – haben unsere Zeit schließlich nicht gestohlen.«

»Äh ... ja«, sagte Dr. Ludwig. Er schien von der Situation überfordert. »Frau Vogel, vielleicht gehen Sie einen Augenblick vor die Tür und beruhigen sich. Wir können dann später über alles reden.«

Kastner erbot sich sofort, die Dame hinauszubegleiten. Wenn er sich beeilte, würde er zurück sein, wenn die *Präliminarien* beendet waren ...

Er bugsierte die schluchzende Frau in eine Art Wartezimmer, bettete sie in einen Sessel aus schwarzem Kunstleder und bat die Sekretärin um zwei Tassen Kaffee.

»Espresso, Latte macchiato, Cappuccino? Wir haben auch einen Kräutertee mit Hopfen, der beruhigt. Aber wenn

Sie mich fragen, braucht die Gute einen Schnaps. Was ist los – hat man sie enterbt?«, fragte die Sekretärin ungerührt. »Schnaps haben wir natürlich nicht im Haus. Obwohl er gerade in einer Anwaltskanzlei oft hilfreich wäre. Aber die Anwaltskammer macht da ganz klare Vorgaben …«

»Jaja«, sagte Kastner. »Bringen Sie uns doch bitte zwei Cappuccino.« Er wedelte Frau Wohlmuth aus dem Raum, dann tätschelte er unbeholfen Frau Vogels Hand. »Bitte beruhigen Sie sich. Diese Sache lässt sich sicher aufklären.«

»Glauben Sie das wirklich? Sie wird es vernichtet haben! Wenn Günther es nicht gleich zu einem Notar gebracht hat, dann hat sie das Kaminfeuer damit angezündet!« Aus dem Schluchzen wurde ein empörter Schluckauf.

»Hat Herr Wollreis Sie in diesem neuen Testament bedacht? Warum? Hatten Sie ein Verhältnis mit ihm?«

»Er wollte mich heiraten!«, behauptete sie. »Wir haben uns geliebt.«

»Aha«, sagte Kastner. »Seit wann kannten Sie sich denn?«

»Was hat das denn damit zu tun? Es war Liebe. Er war so unglücklich mit dieser Ziege.«

»Seit wann …«

»Wir kennen uns seit drei Jahren. Aber zusammengefunden haben wir erst in diesem April.«

»Sie waren erst einen Monat zusammen? Und daraufhin hat Herr Wollreis sein Testament geändert?« Das war nun wirklich schwer vorstellbar.

»Ja«, hauchte sie. »Er wollte sich scheiden lassen.«

»Aber das hätte er doch tun können. Dann hätte Beate Wollreis ohnehin nichts geerbt. Warum diese Eile? Er konnte ja wohl kaum ahnen, dass er nicht mehr lange lebt.«

Frau Vogel starrte ihn an. »Er hatte Angst vor ihr.«

»Er hatte ...« Das wurde ja immer besser. »Wollen Sie damit sagen, *er hatte Angst, sie könnte ihn umbringen?*«

Dr. Ludwig steckte den Kopf ins Zimmer. »Wir wären jetzt so weit«, sagte er.

»Ich komme.« Kastner ließ sich von Frau Vogel Adresse und Telefonnummer geben und bat sie für den Dienstagvormittag zu sich ins Büro. Dann ging er zurück zu den potenziellen Erben.

Trautmann, der Vetter, war sichtlich nervös. Kerstin Wollreis kaute auf ihrer Unterlippe; Henrik, nun in Jeans und Jackett, tat cool und bearbeitete unter dem Tisch sein Handy. Der jüngere Sohn, Jakob der Klavierspieler, pulte gedankenverloren an einem seiner zahlreichen Pickel. Die Schwestern tuschelten trotz Ludwigs strafender Blicke miteinander, offensichtlich über die rothaarige Frau Vogel. Beate Wollreis zeigte keine Regung, aber an ihrer Stirn pochte eine Ader.

»... wie folgt«, sagte Dr. Ludwig. Unter Nennung verschiedener Paragrafen des Bürgerlichen Gesetzbuches verteilte er Wollreis' Geld auf wenig überraschende Weise. Der Witwe stand zunächst einmal der Hausrat zu (gemäß § 1932 BGB, wie Dr. Ludwig ausführte). Ivana Sobolew erhielt für ihre langjährigen Dienste (langjährigen *diskreten* Dienste, ergänzte Kastner in Gedanken) eine Zuwendung in Höhe von eintausend Euro. Weitere eintausend Euro gingen an Christine Vogel, die, wie sich nun herausstellte, bei Wollreis im Büro als eine Art persönliche Sekretärin gearbeitet hatte. Die erste Frau Wollreis, der bei der Scheidung ein dauerhafter monatlicher Unterhalt von dreihundert Euro zugesprochen worden war, würde künftig auf diese Einnahmen verzichten müssen. Die zweite Frau Wollreis durfte das

Haus behalten, in dem sie bisher nur ein Wohnrecht gehabt hatte. Diese »großzügige Schenkung« sei allerdings auf den gesetzlichen Pflichtteil der beiden Söhne anzurechnen, im Klartext also davon abzuziehen. Die Schwester, die sich um die Angelegenheiten der Mutter kümmerte, erhielt eine »angemessene monatliche Unterstützung«, die unwesentlich über den Kosten für den Pflegeplatz lag.

Alles andere, inklusive Immobilien, Wertpapieren und der Baufirma, ging an die Witwe. Dr. Ludwig legte Papiere vor, aus denen Wollreis' Vermögenswerte ersichtlich waren: summa summarum knappe vier Millionen Euro. Kastner vermutete, dass es sich nur um den Bodensatz von Wollreis' Vermögen handelte, den Teil, den er selbst oder seine Witwe nicht in die Schweiz oder auf die Cayman Islands hatten transferieren können.

Auf dem Gesicht von Beate Wollreis erschien ein sanftes Lächeln.

»Nicht einmal das normale gesetzliche Erbteil gesteht er den Kindern zu?«, entfuhr es Kerstin Wollreis. »Er speist seine eigenen Söhne mit dem Pflichtteil ab? Das ist – unglaublich!«

»Das mögen Sie unglaublich finden, aber so ist es«, sagte Dr. Ludwig heiter. »Der Pflichtteil beträgt die Hälfte des gesetzlichen Erbteils, also für jeden Sohn ein Achtel des Besitzes nach Abzug der anderen Verbindlichkeiten. Und dem Wert des Hauses natürlich. Na ja – Erbschaftssteuer und Notarkosten sind auch noch zu zahlen. Aber ein bisschen was bleibt schon übrig.«

»Darum geht es doch gar nicht!« Kerstin Wollreis war empört. »Es sind seine *Söhne*! Darum geht es!«

»Wie dem auch sei.« Dr. Ludwig räumte die Papiere wieder zusammen. »Wir wären jetzt fertig.«

In diesem Augenblick öffnete sich die Tür.

»Es tut mir leid, Dr. Ludwig, sie hat sich nicht aufhalten lassen …«, sagte die Sekretärin entschuldigend. *Sie* war zu Kastners großer Verwunderung Elisabeth Metzger. Mürrisch und mit gerunzelter Stirn musterte sie die Anwesenden.

»Sie stören!«, sagte Dr. Ludwig unwirsch. »Wer sind Sie? Was wollen Sie?«

»Ich … Ich will auch was von dem Geld«, sagte das Mädchen.

Dr. Ludwig lachte trocken. »Das wird ja immer besser hier. Sehen Sie, junge Frau, das ist der Grund, warum Testamentseröffnungen keine öffentlichen Veranstaltungen sind, für die man Tickets an der Abendkasse kaufen kann. Sonst könnte ja jeder …«

»Ich bin seine Tochter«, sagte Elisabeth Metzger.

***

Kastner war der Ansicht, er hätte sich einen frühen Feierabend mehr als verdient. Er setzte sich unter einen weißen Sonnenschirm ins *Café Fatal* und bestellte Schinkennudeln und einen Eiskaffee, gewissermaßen als erstes Abendessen. Drei Studenten steckten am Tisch vor ihm die Köpfe über einem Laptop zusammen, und hinter ihm saßen zwei junge Mütter in weißen Sommerkleidchen, die mit spitzen Gabeln die Oliven aus ihrem Salat niçoise pickten.

Der Wilde Wein, der am Zaun wucherte, hatte schon herbstrote Blätter. Ob es jemals wieder regnen würde?

»Was machst du da?« Den jungen Müttern war eines der Kleinkinder entwischt, es sah Kastner aus fragenden, nussbraunen Augen an.

»Ja, äh ...« Er sah sich nach der Mutter des Kindes um, aber sie lächelte ihn nur freundlich an, ehe sie sich mit voller Aufmerksamkeit wieder ihrem Salat widmete. »Ich trinke einen Eiskaffee«, sagte er.

»Warum?«

»Na ja ... Warum nicht?« Kastner konnte nicht so mit Kindern.

»Ich heiße Vanessa«, offenbarte das Gör. Ein dicker Batzen Rotz hing aus seiner Nase.

»Soso«, sagte Kastner und wandte sich wieder zu den Müttern um. »Entschuldigung, gehört das Kind zu Ihnen?«

Eine der beiden nickte. »Sie stört Sie doch nicht? Vanessaschatz, lass den Mann in Ruhe.« Es klang nicht wie eine Anweisung, was das Kind sofort begriff.

»Warum bist du so dick?«, fragte es ehrlich interessiert und kletterte neben ihn auf einen Stuhl.

»Die Gene?«, schlug Kastner vor. Dass man ihn so uncharmant als dick bezeichnete, beunruhigte ihn. Er hätte seine Statur eher als *kräftig* beschrieben. »Vielleicht esse ich auch zu viel und bewege mich zu wenig.«

»Warum?«

Die Bedienung brachte die Schinkennudeln.

»Guten Appetit«, wünschte sie und strich Vanessa freundlich über das goldblonde Haar. »Na, du Maus? So eine Süße«, meinte sie an Kastner gewandt, als hätte er damit irgendetwas zu tun.

Er nickte und machte sich über die Nudeln her.

»Vanessa!«, rief die Mutter halbherzig.

Vanessa drückte einen feuchten Zeigefinger auf Kastners grün gestreifte Krawatte, die er sich anlässlich der Testamentseröffnung um den Hals geschlungen hatte.

»Was hast du da?«

»Das ist eine Krawatte«, antwortete Kastner wahrheitsgemäß. Er überlegte sich, wie das Verhör von Elisabeth Metzger wohl verlaufen wäre, wenn Vanessa es geführt hätte. Vielleicht hätte sie deutlich mehr herausbekommen als er. »Was willst du einmal werden, wenn du groß bist?«

Vanessa legte die Stirn in Falten. »Nächstes Jahr komm ich in den Kindergarten.«

Kastner zückte sein Portemonnaie und drückte Vanessa seine Karte in die Hand.

»Ruf mich an, wenn du mit der Schule fertig bist.«

»Warum?«, fragte Vanessa.

***

»Na also«, sagte Mirjam. »Da haben wir's. Die eine Geliebte passé, schon steht die nächste auf der Matte. Die Gattin wird nervös und denkt sich: jetzt oder nie. Die hätte doch rein gar nichts geerbt, wenn der Wollreis sich hätte scheiden lassen. Die wäre sozusagen mit der nackten Hand im Wind dagestanden und hätte sich ihre Allüren sauber in die Haare schmieren können ...«

»Frau Vogel behauptet, er habe ein Testament zu ihren Gunsten aufgesetzt. Das kommt mir ein bisschen arg schräg vor, Hase.« Wer änderte schon sein Testament, weil er seit *einem Monat* mit einer Frau zusammen war?

Mirjam zuckte die Achseln. »Das ist freilich schräg. Vielleicht lügt Frau Vogel – auch wenn ich nicht recht weiß, was ihr das bringen sollte. Oder Wollreis hat nur so getan als ob, um sie rumzukriegen, und hat das Testament dann selber vernichtet. Aber so oder so hatte die Witwe ein dickes Motiv.«

Mirjam legte den Kopf zurück und blies Rauch an die

Decke. »Und diese Elisabeth Metzger? Kann das wirklich seine Tochter sein?«

»Das lässt sich ja heutzutage leicht herausfinden. Offiziell ist sie jedenfalls die Tochter von Hubert Metzger.«

»Das heißt ja nichts. Jedes ehelich geborene Kind gilt als das des Ehemannes, solange keiner protestiert. Du solltest mit ihrer Mutter sprechen.«

Kastner nickte. Christine Vogel, Elisabeth Metzgers Mutter, Ingo Rieneck, die Kontodaten ... Zu viele Spuren waren beinahe schlimmer als zu wenige. Er hatte gute Lust, eine Ecke des Teppichs zu lüpfen, unter den Wollreis sein Schwarzgeld gekehrt hatte, aber er hatte zu wenig Zeit und zu wenig Leute, um da einzusteigen. Vielleicht hatte die Steuerbehörde ja Interesse an der Sache.

»Willst du gar nicht mehr nachfassen?«, erkundigte Mirjam sich besorgt. »Du hast ja noch kaum was gegessen. Bist du krank?«

»Äh ... Nein, danke. Es schmeckt toll, aber ich wollte einfach mal – ein bisschen weniger essen.« Er hatte Mirjam den Besuch im *Café Fatal* verschwiegen, nachdem sie ihn mit den Worten *Mensch, Kastner, ich hab mal wieder Schinkennudeln gemacht, die hatten wir schon ewig nicht mehr* begrüßt hatte.

»Na das ist ja mal ganz was Neues. Am Ende fängst du noch an, Sport zu treiben? Da fällt mir ein, im Auto stehen noch ein Kasten Bier und eine Kiste Wein. Vielleicht kannst du die hochtragen? Steht allerdings um die Ecke in der Wiesenstraße. Vorm Haus war wieder nichts frei.«

»Aber mit Leichtigkeit!«, behauptete Kastner.

Fluch der Karibik*

Kastners Morgen begann privat mit einem technischen Versagen seines Rasierapparates und dienstlich mit Wernreuthers Krankmeldung. Er habe sich beim Laufen irgendetwas gezerrt, erklärte er telefonisch, sich vielleicht sogar *einen Riss des Syndesmosebandes* zugezogen. Am kommenden Montag habe er einen Termin beim Orthopäden.

»*Nächste Woche* erst? Bist du bei Dr. Müller-Wohlfahrt oder was?«

Wernreuther schwieg.

»Ja, schon gut, Felix. Bitte entschuldige. Du weißt ja, was hier los ist …«

»Ich habe es nicht mit Absicht gemacht«, erklärte Wernreuther beleidigt, und Kastner verkniff sich die Frage, ob ihn jemand zum Joggen gezwungen habe. Immer wieder fanden sich bunte Broschüren des Polizeisportvereins im Posteingang, die auf die Vorteile körperlicher Fitness und geselligen Beisammenseins verwiesen. Mehr als einmal hatte ihm Wernreuther angeraten, etwas für seine Fitness zu tun. »Man hat ja auch eine Verantwortung gegenüber seinem Arbeitgeber«, waren seine Worte gewesen.

Kastner wünschte gute Besserung und legte auf. Dann ging er zu Carsten Wismeth und bat darum, Claudia ausschließlich für den Fall Wollreis abzustellen.

»Das wird alles recht eng«, murmelte sein Chef sorgenvoll. »Der Schenk ist auch krankgemeldet, die Memminger

* Regie: Gore Verbinski, 2003.

geht nächste Woche in den Mutterschutz. Aber irgendwie muss es halt gehen. Der Fall Wollreis hat natürlich Priorität!«

Kastner nutzte die Gelegenheit, ihn über die jüngsten Entwicklungen ins Bild zu setzen.

»Aha«, sagte Wismeth. »Ach so. Du liebe Güte.«

»Die Hinweise darauf, dass Wollreis sich von seiner Frau trennen wollte, verdichten sich zusehends«, schloss Kastner. »Es besteht die Gefahr, dass sie Beweise verschwinden lässt – das Notizbuch zum Beispiel, oder auch ein missliebiges Testament. Wir sollten jetzt so schnell wie möglich eine Hausdurchsuchung …«

Wismeth seufzte tief, beugte sich nach vorne und schaltete den Ventilator ein, der auf seinem Schreibtisch stand. »Bringt auch nichts«, stellte er resigniert fest. »Heißluftbackofen statt Ober- und Unterhitze.« Er machte den Ventilator wieder aus und fuhr sich über den kahlen Schädel. Bei schlechter Beleuchtung hätte er als Bruce-Willis-Double durchgehen können. Äußerlich.

»Und einen Leichensuchhund«, ergänzte Kastner.

»Na, wenn es gar nicht anders geht – ich spreche mit dem Staatsanwalt. Das wird kein Spaß, Kastner, wenn die Wollreis ihren Anwalt so richtig von der Kette lässt … Wie sehen Sie überhaupt aus?«

»Bitte?«

»Na dieser Piratenbart oder was das werden soll? Fluch der Karibik?«

»Äh – ja. Mein Rasierapparat ist kaputtgegangen.«

»Bringen Sie das bitte bald in Ordnung, Kastner. Ich lege Wert auf ein gepflegtes Äußeres meiner Mitarbeiter.«

»Natürlich«, sagte Kastner.

Christine Vogel wartete schon vor seinem Büro. Auch heute gab es Unstimmigkeiten bei ihrem Make-up – sie hatte eine helle Paste aufgetragen, um ihre Augenringe zu kaschieren, und erinnerte an Charlie Rivel zu seiner besten Zeit beim Zirkus Krone. Sie trug ein marineblaues Kostüm mit einem Dekolleté, das ihre beachtliche Oberweite unnötigerweise betonte.

Kastner bot Kaffee oder Wasser an, sie nahm das Wasser.

»Ich bin immer noch völlig mit den Nerven am Ende«, erklärte sie, noch ehe Kastner eine Frage stellen konnte. »Das war so ein unglaublicher Schock für mich! Ich habe mir natürlich sofort einen Anwalt genommen, aber wenn man das andere Testament nicht findet, wird es schwierig, sagt er. Dabei war es doch *sein Wille*! Ist es nicht unerhört, dass der Wille eines Verstorbenen so gar nichts zählt?«

Kastner machte ein mitfühlendes Gesicht.

»Das ist genau, was Günther befürchtet hat – dass sie ihn über den Tisch zieht. Dass sie ihm das Konto leer räumt. Deshalb wollte er noch nicht mit ihr über die Scheidung reden.«

»Hm«, sagte Kastner. Er erinnerte sich an das Telefonat, das Koschnik in der Firma belauscht hatte. War es also Frau Vogel gewesen, mit der Wollreis damals gesprochen hatte? »Sie sagen, Sie waren dabei, als er ein neues Testament geschrieben hat?«

»Aber gewiss.« Christine Vogel schlug die Beine übereinander, die einen halben Meter kürzer waren als die von Jeanette, und beugte sich vor, wie um zu sagen: Sieh genau hin, eine Frau kann auch ohne lange Beine attraktiv sein. Er war geneigt, ihr recht zu geben.

»Es war an meinem Geburtstag. Er hat gesagt: ›Es kann noch eine Weile dauern, bis ich geschieden werde, aber ich will das geklärt haben. Ich traue ihr nicht. Keinen Cent soll sie kriegen.‹« Wollreis habe in ihrem Beisein niedergeschrieben, dass er seine Frau enterbe und stattdessen ihr alles vermache.

»Haben Sie ihn dazu ermuntert? Haben Sie Ihre – Zuneigung davon abhängig gemacht?«

Christine Vogel fuhr empört auf. Sie hatte Temperament. *Unverschämtheit, Unterstellung, Frechheit, Dreistigkeit* und *bo-den-los* zischten Kastner um die Ohren, ehe sie ein Papiertaschentuch aus der Handtasche zog und erneut ihre Wimperntusche verschmierte. »Wir haben uns geliebt ... Ich war seine persönliche Sekretärin, wir sahen uns jeden Tag. Da kommt man sich nahe.«

Kastner erwähnte nicht, dass er auch Wernreuther jeden Tag sah, ohne ihn deshalb in seinem Testament bedenken zu wollen. Er sagte auch nichts von Jeanette, mit der Wollreis so lange ein Verhältnis gehabt hatte, obwohl er Frau Vogel jeden Tag gesehen hatte, und deren Foto noch immer in seiner Brieftasche gewesen war. Stattdessen fragte er: »Sie wussten aber schon, dass ein Testament in irgendeiner Weise bezeugt oder hinterlegt werden muss?«

»Ich bin ja nicht blöd!«, zischte sie. »Er hat es in den Safe in seinem Arbeitszimmer gelegt, hat mir versichert, dass er es bald zu seinem Notar bringen würde. Und ob Sie es glauben oder nicht – für mich war das in diesem Moment gar nicht wichtig! Es war eine Geste, etwas Symbolisches, das unsere Liebe besiegelt hat.« Sie begann zu schluchzen. »Ich konnte ja nicht ahnen, dass er bald darauf tot sein würde!«

»Sie haben gesagt, Herr Wollreis habe sich von seiner Frau bedroht gefühlt – in finanzieller Hinsicht?«

»In *jeder* Hinsicht«, sagte Frau Vogel und stellte zu Kastners Erleichterung das Weinen ein. »Er hatte Angst vor ihr.

Dieser Frau ist alles *zuzutrauen,* hat er gesagt. Und dass er damit recht hatte, haben wir ja nun alle gesehen!«

»Wie meinen Sie das?«

Sie wirkte ehrlich überrascht. »Na, sie hat ihn ja wohl umgebracht? Und das Testament verschwinden lassen?«

»Das wäre eine mögliche Erklärung«, gab Kastner zu. Trotzdem fragte er Frau Vogel nach ihrem Alibi.

»Ich war bei meiner Schwester. Ihr Sohn hatte Hochzeit.« Vormittags Kirche – Sankt Georg in Ziegelstein –, danach Feier im Kreise von Familie und Freunden in Buchenbühl. Sie und ihr Bruder seien zum Abendessen geblieben. Da sie *ein bisschen viel Sekt erwischt* habe, sei sie mit dem Taxi nach Hause gefahren. Um 23:30 Uhr.

»Wir werden das überprüfen«, sagte Kastner und bedankte sich.

Das klang ausnahmsweise nach einem gültigen Alibi.

***

»Der Ärmste«, sagte Claudia fröhlich, als er ihr von Wernreuthers potenziellem Syndesmosebandriss erzählte. Ihre zeitweise Beförderung zur Mitarbeit im Fall Wollreis kommentierte sie mit einem erfreuten Lächeln.

»Jemand muss diese Kontodaten auswerten«, dämpfte Kastner ihre Begeisterung. »Heute Morgen wurden endlich auch die Daten des Privatkontos freigegeben. Ich brauche da einen Überblick. Und wenn du mir ein Dossier über Ingo Rieneck machen könntest?«

»Logisch«, sagte Claudia und griff nach den Auszügen.

»Alibis überprüfen«, fügte Kastner hinzu. »Christine Vogel, hier« – er gab ihr die Unterlagen – »und Elisabeth Metzger. Musst du erst noch abfragen. Hab ich vergessen.«

»Kein Problem«, sagte Claudia. »Ich kann die ja anrufen.« Sie sah ihn erwartungsvoll an, als wolle sie fragen: *Ist das etwa alles?*

»Das ... äh ... wäre erst mal alles. Wenn mir noch was einfällt, melde ich mich.«

»Oh, ehe ich's vergesse: Kai und Margot haben gestern rund um die Wollreis-Villa ein bisschen im Müll und im Altpapier gewühlt. Ganz diskret natürlich, damit die Witwe keinen Aufstand macht. Leider keine Spur von einem Notizbuch – dafür haben sie etwas anderes Hübsches gefunden.« Sie hielt ihm einen zerfledderten, an einigen Stellen wieder zusammengeklebten Zettel in einer Plastiktüte hin.

»Was ist das? Eine Quittung?«

»Genau. Fünf-Gänge-Menü, Piper-Heidsieck, eine Übernachtung im Doppelzimmer in einem schnuckligen Hotel in Gößweinstein. Mit Burgblick. Fünf Wochen nach Wollreis' Verschwinden. Zu unserer großen Freude mit Kreditkarte bezahlt – hier steht die Kartennummer.«

Kastner gönnte ihr die Freude, ihn ein bisschen auf die Folter zu spannen.

»Und, wer hat die Rechnung beglichen? Die Witwe?«

»Aber Kastner«, feixte Claudia. »Ein Kavalier lässt doch nicht die Dame bezahlen. Ob du es glaubst oder nicht, die Rechnung für den Kurzurlaub in der Fränkischen ging auf den kleinen, fleißigen Herrn Koschnik.«

»Gut. Sehr gut. Das muss sofort an Wismeth, damit das mit der Hausdurchsuchung vorangeht! Und dann brauchen wir eine glasklare Aussage vom Hotelpersonal, sonst reden die sich da mit einem Geschäftsessen raus.«

»Da mach ich halt heut Nachmittag eine kleine Landpartie ins fränkische Neuschwanstein, bei dem herrlichen Wetter«, bot Claudia an. »Auf der Homepage der Wollreis AG sind Fotos von Beate Wollreis und Igor Koschnik, die kann ich mir ausdrucken. Sollte für eine Identifizierung unserer heimlichen Turteltäubchen reichen.«

Kastner nickte, äußerst zufrieden. »Und ich gehe zum Nordostbahnhof und spreche mit der Mutter von Elisabeth Metzger.«

»Soll ich dich hinfahren?«

»Ja«, sagte Kastner erfreut. »Das wäre nett.«

***

Die WBG-Siedlung in Schoppershof, von Insidern liebevoll *das Ghetto* genannt, war in den 1930er-Jahren nach Plänen des Architekten Karl Sorg als Arbeitersiedlung entstanden. Fächerartig erstreckte sich die Bebauung vom Leipziger Platz aus nach Osten; einfache, kleine Wohnungen in zweistöckigen, schmucklosen Häusern, um große Innenhöfe arrangiert. Billige Mieten. Sozialhilfeempfänger, Immigranten, Studenten.

Zwischen 2001 und 2011 hatte der Bund aus Mitteln der *Sozialen Stadt* dem Viertel ein Quartiersmanagement spendiert. In dessen Genuss kamen ausschließlich Stadtteile, die über städtebauliche Mängel, schlechte Freiraumversorgung, einen Mangel an Infrastruktureinrichtungen, hohe Arbeitslosigkeit, niedrige Einkommen und einen großen Anteil an nicht deutschen Bewohnern verfügten – *das Ghetto* war also prädestiniert dafür. Seit Sonntag wusste Kastner, dass die gesamte Besetzung der Band Schaissgesicht und große Teile des Thekenpersonals des *Kunstvereins* hier ihre Studentenzeit verbracht hatten, lange bevor das Quartiersmanagement erfunden worden war. Man hatte sich in den 1980er-Jahren sonntags zum Frühstück getroffen, abends ein sogenanntes Absackerbier geteilt, für Diplom- oder Magisterprüfungen gelernt. Das Ghetto war eine Art Kolchose der Subkultur, aus der Maler, Musiker, Schauspieler und andere Kreative hervorgekrochen waren wie Fliegenlarven aus altem Katzenfutter. Aus anderen waren Physiker oder Sozialpädagogen geworden – ganz ohne Quartiersmanagement.

Passend zum Kolchosengedanken waren die Straßen nach ostdeutschen Städten benannt – Eisenach, Leipzig, Chemnitz; als die Bandmitglieder hier eingezogen waren, hatte es noch DDR geheißen, jetzt waren es die neuen Bundesländer. Blühende Landschaften, wie jeder wusste.

Die Mutter von Elisabeth Metzger, Gerlinde Metzger, wohnte am nördlichen Ende der Eisenacher Straße, Erdgeschoss rechts. Kastner drückte einen Knopf auf einem soliden Messing-Klingelschild.

Er musste es mehr als einmal tun.

Mit der Frage *Sind Sie jeck?* öffnete Gerlinde Metzger schließlich die Tür. Sie hatte offenbar einen anderen Tag-Nacht-Rhythmus als Kastner. Sie trug einen zerschlissenen, senfgelben Morgenrock und war noch nicht dazugekommen, sich abzuschminken.

Nachdem er sich vorgestellt hatte, bat sie ihn widerwillig herein und murmelte etwas von Schichtdienst. Eine glatte Lüge, wie Kastner wusste. Es sei denn, sie arbeitete schwarz.

Aus dem winzigen Flur bat sie ihn in eine winzige Küche: Elektroherd, Spüle, Kühlschrank links; ein altes Buffet rechts. Dazwischen war kein halber Meter Platz. Vor dem einzigen Fenster stand ein kleiner Tisch mit zwei Klappstühlen, bis auf den letzten Quadratzentimeter bedeckt mit überquellenden Aschenbechern, leeren Bierflaschen und Pizzakartons.

»Ich bin noch nicht dazu gekommen, aufzuräumen«, erklärte Frau Metzger, ohne deshalb einen verlegenen Eindruck zu machen. »Nehmen Sie doch Platz«, bot sie an und kramte in einer Packung filterloser Zigaretten. »Ich hoffe, diese plötzliche Nähe zu den Lebensumständen des Prekariats bereitet Ihnen keine Unannehmlichkeiten.«

Kastner verneinte und setzte sich vorsichtig auf einen der dünnbeinigen Stühle. Frau Metzger fand in der Zigarettenschachtel nicht das Gesuchte, knüllte sie seufzend zusammen und warf sie zu den anderen leeren Packungen auf den Tisch.

»Diese Raucherei ist schon irgendwie zum Kotzen«, sagte sie, mehr zu sich selbst als zu Kastner. »Und teuer. Der Drecksstaat nimmt uns Raucher aus wie Weihnachtsgänse. Wollen Sie?« Sie hatte in der Schublade des Buffets noch eine halb volle Schachtel gefunden und hielt sie ihm einladend hin.

»Danke, nein. Ich hab vor drei Jahren aufgehört«, sagte er.

»Glückwunsch.« Frau Metzger steckte sich eine an und blies eine Wolke Rauch in den winzigen Raum. »Also? Was ist los?«

Kastner erstattete einen kurzen Bericht über Wollreis' Tod und Elisabeths überraschenden Auftritt bei der Testamentseröffnung. Frau Metzger hörte interessiert zu und nickte gelegentlich. Wenn man von dem verschmierten Make-up und den nikotingelben Fingern einmal absah, war sie eine gut aussehende Frau: schlank, dunkles, langes Haar, strahlend grüne Augen; vielleicht Mitte vierzig.

»Soso. Da hat die Liz also die Veranstaltung gesprengt und den geschniegelten Bonzen einen Heidenschreck eingejagt. Da wär ich ja zu gern dabei gewesen.« Sie lachte fröhlich, dann wurde sie ernst. »Jetzt ist die richtige Zeit für einen Wodka, finde ich. Das Leben ist schon ein Arschloch, oder?« Sie holte eine Flasche aus dem Kühlschrank und schenkte sich ein Wasserglas voll. Diesmal verzichtete sie darauf, ihm etwas anzubieten.

»Stimmt es denn? Ist Elisabeth Günther Wollreis' uneheliche Tochter?«

Gerlinde Metzger verzog den Mund und brachte die Pizzakartons in eine neue Ordnung. Dann nahm sie einen kräftigen Schluck aus dem Wasserglas und fixierte Kastner, als hätte er sie nach ihren sexuellen Vorlieben gefragt. »Ein Arschloch«, wiederholte sie, und zunächst war unklar, ob sie noch vom Leben oder schon von Wollreis sprach.

»Sie haben mit Ihrem Mann im Bayerischen Wald gelebt, als Elisabeth geboren wurde, in Bodenmais ...«, fing Kastner an, und noch während er es sagte, fiel ihm das Telefongespräch mit Ivana ein: der temperierte Chianti, die *Kristallglaskaraffe aus Bodenmais*. Warum war ihm das nicht eher aufgefallen?

»Das ist dumm gelaufen, damals.« Gerlinde Metzger drückte die Zigarette aus und zündete sich sofort eine neue an. »Wollreis hat im Bayerischen Wald Urlaub gemacht. Das war ein klassischer One-Night-Stand. Ich war jung verheiratet, er war auch verheiratet. Und ein Arschloch, wie sich schon in dieser einen Nacht erwiesen hat. Mein Mann war auf Montage, schon seit Wochen, und *er* hat Champagner spendiert und auf Mann von Welt gemacht. So viel ist da nicht geboten, in Bodenmais, wenn Sie verstehen, was ich meine.«

Kastner nickte. Er verstand es tatsächlich.

»Ehrlich, ich habe keine Ahnung, wer Elisabeth gezeugt hat. Mein Mann kam drei Tage später zurück, er kann es genauso gut gewesen sein. Er war begeistert, als ich schwanger war. Wir hatten es vorher schon eine Weile versucht ...« Sie zuckte die Achseln. »Was hätten Sie an meiner Stelle getan?«

»Sie haben es also für sich behalten«, vermutete Kastner.

»Natürlich. Liz war Huberts ganzer Stolz, und sie hat ihn geliebt. Wem hätte es geholfen, von meinen Zweifeln zu erfahren?«

»Wie hat sie es dann erfahren? Wann? Haben Sie nach dem Tod Ihres Mannes ...«

Gerlinde Metzger bedachte ihn mit einem Blick, der besagte: Wie kann ein Dummchen wie du Kommissar sein? »Den Teufel hab ich«, sagte sie. »Denken Sie, es ist psychologisch geschickt, seiner Tochter nach sechzehn Jahren zu erzählen, dass der Mann, den sie all die Jahre für ihren Vater gehalten hat, es vielleicht gar nicht ist? Auf der Beerdigung, oder was? Meiner Ansicht nach ist so was unverantwortlich.« Sie schüttelte den Kopf und biss sich auf die Lippen. »Ich habe es ihr erst erzählt, als sie etwas mit diesem drögen Weichei angefangen hat – Henrik. Wollreis' Sohn. Was ist das denn für ein bescheuerter Zufall? Das meine ich, wenn ich das Leben ein Arschloch nenne.« Sie schlug mit der Faust auf den Tisch. »Das lief schon ein paar Wochen, ohne dass ich davon was mitbekommen hab. Irgendwann komm ich morgens heim und dieser Drolo steht halb nackt im Bad. Stellt sich weltmännisch vor, ganz der Vater. Äh ... öh ... also ich bin ein Freund von der Liz, äh ... öh ... Henrik, Henrik Wollreis ... Ich hab erst gedacht, das muss ein Scherz sein. Erster April oder so. Aber es war kein Scherz.« Sie kippte den Rest Wodka.

»Und dann haben Sie mit Elisabeth über ...«

»Ich hab's erst anders versucht. Was ist das denn für ein Loser, was willst du denn mit dem Spacken – aber sie fand ihn ganz toll.« Gerlinde Metzger schenkte sich Wodka nach. »Er sei so sanft und einfühlsam, er würde sich für ihre Gefühle interessieren – was für eine pubertäre Scheiße! Den hat definitiv nichts interessiert, außer sie zu vögeln, aber erklären Sie das mal einer Sechzehnjährigen. Und dann hab ich ihr halt doch reinen Wein eingeschenkt. Es kann ihr Halbbruder sein! Das geht doch nicht.«

Das sah Kastner genauso. »Wie hat sie darauf reagiert?«

Gerlinde Metzger zog die letzte Zigarette aus der Packung, drehte sie eine Weile hin und her und steckte sie dann wieder zurück. »Der Wievielte ist heut?«

»Der Zwanzigste.«

»Tja. Vor dem nächsten Ersten kann ich mir leider nix mehr kaufen. Bis dahin jeden Tag Nudeln mit Ketchup. Und keine Kippen. Wissen Sie, wie scheiße man sich fühlt, wenn man seinem Kind Geld aus der Sparbüchse klaut, um sich Zigaretten kaufen zu können?« Sie lachte, nicht unfreundlich. »Nein, das wissen Sie nicht. Die Alte soll sich's halt abgewöhnen, denken Sie wahrscheinlich.«

Kastner wusste, dass es nicht einfach war, mit dem Rauchen aufzuhören. Selbst ihm war es schwergefallen, obwohl er kaum mehr als ein Gelegenheitsraucher gewesen war. Wenn Mirjam länger als zwei Stunden ohne Zigarette auskommen musste, hielt man sich besser nicht in ihrer Nähe auf. *Ich rauch ja nicht zum Spaß, Kastner*, pflegte sie dann zu fauchen. *Sag du mal einem Junkie, er soll den nächsten Schuss einfach mal auslassen!*

»Wie hat Elisabeth reagiert, als Sie ...«

Frau Metzger entschied sich nun doch, ihre letzte Zigarette für diesen Monat zu rauchen.

»Sie war außer sich. Solche Dinge kann man nicht richtig machen, nur falsch. Als ich vor neunzehn Jahren mit diesem

Gemütsproleten im Bett war und dieser Scheißgummi geplatzt ist, hab ich automatisch die Arschkarte gezogen. Warum ich ihr das nicht früher gesagt habe. Warum ich noch zwei Wochen zugesehen habe, wie sie mit Henrik zusammen war. Wie ich ihren Vater überhaupt betrügen konnte. Was ich überhaupt für eine Mutter wäre, was für ein Scheißleben ich führen würde ... Das ganze Programm.« Sie schüttelte den Kopf. »Kinder haben zu allem immer eine klare Meinung. Schwarz oder Weiß, nichts dazwischen. Vielleicht neigen wir deshalb dazu, unsere Kindheit zu verklären? Ach, vergessen Sie mein Geschwätz. Wenn ich's recht bedenke, hatte ich als Kind auch schon meine Zweifel.«

Kastner entschuldigte sich für einen Moment.

Am Leipziger Platz fand er einen Zigarettenautomaten, zog zwei Päckchen Filterlose, nahm auf dem Rückweg bei einem türkischen Händler Oliven, eingelegten Schafskäse und zwei Fladenbrote mit.

»Entschuldigen Sie bitte«, sagte er zu Frau Metzger, als er zurückkam. »Es ist Zeit für meine Frühstückspause. Wenn ich nichts im Magen habe, werde ich unausstehlich. Vielleicht leisten Sie mir Gesellschaft?«

Wenn er eine peinliche oder theatralische Szene befürchtet hatte – *ich brauche keine Almosen von Ihnen,* etc. – wurde er aufs Angenehmste enttäuscht.

»Da sag ich nicht Nein«, sagte Frau Metzger heiter und griff nach einer Olive. »Und danke für die Kippen. Sie sind nicht zufällig Single?«

Das musste Kastner verneinen.

»Sie ist kurz danach ausgezogen, ohne noch groß mit mir zu sprechen. Seitdem hab ich nichts mehr von ihr gehört.« Ein Bissen Fladenbrot verschwand in Frau Metzgers Julia-Roberts-Mund. »Man gibt den Scheißern die Brust, wechselt ihre verkackten Windeln, betreut jahrelang ihre Hausaufgaben und legt sich krumm, um ihnen ein Handy zu kaufen. Und dann finden sie einen unmöglich und sind weg. Was kann es Schöneres geben, als Mutter zu sein?« Sie zwinkerte ihm zu, und beinahe hätte er zurückgezwinkert.

»Haben Sie jemals Kontakt mit Günther Wollreis aufgenommen?«

Ihr Blick wurde wachsam. »Wie meinen Sie das?«

»Der Mann hatte Geld. Sie hätten einen Vaterschaftstest beantragen können. Unterhaltszahlungen einfordern. Nach dem Tod Ihres Mannes ...«

»Jetzt passen Sie mal auf, Herr Kastner. Das mit Wollreis war für mich ein Ausrutscher. Ein bedauerlicher Ausrutscher. Bis Liz mit diesem Henrik ankam, hab ich keinen Gedanken mehr daran verschwendet. Für mich war Hubert Liz' Vater, ganz einfach, weil er sich um sie gekümmert hat. Was ist denn ein Vater sonst? Nicht mal, als Hubert unbedingt nach Nürnberg ziehen wollte, weil sein Schwager behauptet hat, er könne ihm hier einen Job verschaffen, hab ich einen Gedanken an Wollreis verschwendet. Wegen dem bisschen Sperma? Das ist nicht Ihr Ernst!«

»Aber ...« Erst denken, dann reden, mahnte Kastner sich selbst. Was hätte er sagen können? Sehen Sie sich doch hier um, in der winzigen Küche mit den leeren Pizzakartons! Wissen Sie, wie Wollreis lebte? Waren Sie schon einmal in einer Villa mit fünfzehn Zimmern? Nicht gut. Die Frage war vielmehr, ob er Frau Metzger glaubte. Sie hätte Wollreis ordentlich in Verlegenheit bringen können. Vielleicht sogar erpressen. Zumindest hätte sie Geld fordern können. Und wenn man sich ansah, wie ihr Leben zusammengebrochen war, seit sie Liz die Wahrheit hatte sagen müssen, hätte sie sogar ein Mordmotiv gehabt. Es waren schon aus weniger gewichtigen Gründen Leute zu Tode gekommen.

»Sie haben also auch nach dem Tod Ihres Mannes keinen Kontakt zu Günther Wollreis aufgenommen?«

Frau Metzger sah ihm tief in die Augen. Mach jetzt bloß nichts falsch, wo ich dich gerade so nett finde, sagte ihr Blick. »Nein!«, sagte ihr Julia-Roberts-Mund.

Kastner *wollte* ihr zumindest gerne glauben.

***

Auf seinem Schreibtisch lag eine weitere Excel-Tabelle, als er nach einer kleinen Mittagspause zurückkam – die Wollreis'schen Kontodaten.

Claudia hatte auffällige Transaktionen mit gelbem Marker gekennzeichnet, mit hochgestellten Zahlen versehen und eine Legende dazu erstellt. Er nahm sich zunächst das Privatkonto vor.

Wollreis hatte zu Lebzeiten die Hälfte der Heimkosten seiner Mutter beglichen, die andere Hälfte hatten sich offensichtlich seine Schwestern geteilt. Eine der Schwestern war mit einem mittelständischen Unternehmer im Modebereich verheiratet und in dessen Unternehmen an der Geschäftsführung beteiligt, sie hatte sich das also wohl leisten können. Die andere war Witwe eines Sparkassenangestellten niederen Ranges.

Wie großzügig also, dass er jetzt, nach seinem Dahinscheiden, den ganzen Unterhalt übernimmt, dachte Kastner.

Die monatlichen Ausgaben des Ehepaares Wollreis waren insgesamt eher hoch. 1.750 Euro kosteten der englische Rasen und die Pflege der *Rabatten* durch den Gärtner Dürsle,

1.500 Euro erhielt Ivana für ihre Dienste *insbesondere zum Wohle der gnädigen Frau*, 1.200 Euro die Köchin Mechthild, drei verschiedene Reinigungsfachkräfte verdienten zusammen 1.800 Euro. Lebensmittel schlugen mit durchschnittlich 2.000 Euro zu Buche – Nudeln mit Ketchup waren offensichtlich kein Teil des Wollreis'schen Ernährungsplanes gewesen. Gehwegreinigung und Schneeordnung waren für 80 Euro vergeben worden. Telefon und Internet: 60 Euro. Strom, Wasser, Gas gingen entsprechend den fünfzehn Zimmern und einem beheizten Schwimmbad nicht unter 600 Euro, dazu kamen Sonderausgaben: Kleider, Schuhe, Schmuck, Möbel, Autoreparaturen, Urlaubsreisen etc.

Einige Sonderausgaben ließen sich durch den Empfänger klären: *Private Zuwendungen* waren bis vor einem halben Jahr in unregelmäßigen Abständen an Jeanette de Bruyn gegangen – mal 150, mal 3.000 Euro –, *Sonderzahlungen* in Summe von immerhin insgesamt 8.000 Euro an Igor Koschnik (Kastner versah diesen Eintrag mit einem Fragezeichen), die Hausangestellten hatten Weihnachtsgeld bekommen. Ivana war für ihre stillen Dienste im Norikus gelegentlich mit ein paar Hundert Euro belohnt worden – *haushälterische Sonderaufgaben*. Claudia hatte die Ausgaben in einer Extraspalte zusammenaddiert: Demnach beliefen sich allein die monatlichen Fixkosten auf 8.990 Euro. Ohne Sonderausgaben.

Kastner musste Luft holen. Auf seinem Gehaltszettel fand sich kein Drittel dieser Summe. Und er arbeitete auch seine fünfzig Stunden die Woche. Da war er wieder, der hässliche, von Beate Wollreis völlig zu Recht bemängelte Sozialneid.

Er griff nach den Auszügen des Geschäftskontos.

Die Wollreis AG hatte ordentlich Gewinne abgeworfen. Außerdem hatte der Baulöwe eine hübsche Summe von seinem Vater geerbt, die er offensichtlich geschickt in Aktienpakete investiert hatte.

Claudia hatte eine Kopie von Ermittlungsakten der Steuerbehörde und der Staatsanwaltschaft beigelegt. Demnach war es wegen Vorteilsnahme 1994 zu einem Gerichtsverfahren gekommen, bei dem jedoch der Hauptbelastungszeuge seine vorherige Aussage plötzlich zurückgezogen hatte. In den Geschäftsjahren 2007 und 2009 waren dem Steuerprüfer Unregelmäßigkeiten aufgefallen, die zu Nachzahlungen geführt hatten. 2009 wäre beinahe ein Verfahren durch die Staatsanwaltschaft eingeleitet worden, das nach »freiwilliger Zahlung einer den Schadensbetrag deutlich übersteigenden Summe« eingestellt worden war, um »auch im Hinblick auf Arbeitsplätze und die Verdienste des Beschuldigten um die städtebauliche Entwicklung der Stadt Nürnberg Schaden durch öffentliches Aufsehen zu vermeiden«. 2011 hatte der Geschäftsführer einer konkurrierenden Wohnbaufirma der Staatsanwaltschaft Unterlagen zugespielt, die den Verdacht der Bestechung politischer Entscheidungsträger nahelegten – trotz Anfangsverdachtes schließlich aus Mangel an Beweisen eingestellt. Allein wegen einer nicht ordnungsgemäß durchgeführten Ausschreibung war Wollreis 1998 zu einem kleineren Bußgeld verurteilt worden, zahlbar in zwanzig Tagessätzen an eine wohltätige Einrichtung.

Wie schön, dachte Kastner.

Er blätterte in der Akte nach dem Namen des wankelmütigen Hauptbelastungszeugen aus dem Jahr 1994 und wurde prompt fündig: Ein Herr Igor Koschnik, damals noch für ein Unternehmen namens traumhaus.jetzt! in der Immobilienvermittlung tätig, hatte sämtliche Anschuldigungen zurückgezogen, sich bei Wollreis öffentlich entschuldigt und drei Monate später bei ihm in der Firma angefangen.

Kastner lächelte in sich hinein. Das Leben war voller Zufälle.

Er zog Claudias Tabelle wieder aus dem Stapel Papier und ersetzte das »?« hinter den *Sonderzahlungen* an Koschnik durch ein »!«.

Da er den Kugelschreiber schon in der Hand hielt, schrieb er *Richtig gute Arbeit! Danke!!* auf einen gelben Klebezettel (*Das heißt »Post-it«, Kastner. Das ist Englisch und bedeutet »kleb es«.* Wernreuther.) und klebte ihn auf Claudias Monitor.

Dann ging er nach Hause.

***

»Da hast du es, Kastner«, sagte Mirjam und hielt ihm die *Nürnberger Nachrichten* vors Gesicht.

»Ärger um wbg-Baupläne«, las Kastner laut. »Verärgerte Nachbarn am Hasenbuck …«

»Nicht das. Unten rechts. Umfrage: Deutsche sind täglich nur 49 Minuten im Bad.«

»Ach so«, sagte Kastner und fragte sich, was Mirjam ihm damit sagen wollte. Er wandte den Blick nach unten rechts, aber sie zog die Zeitung schon weg. Sie schien überzeugt, ihm die Sachlage schneller erklären zu können, als er las, und damit hatte sie sicher recht.

»Ergebnis einer Umfrage: Franzosen brauchen 62 Minuten, Amerikaner 91, Brasilianer sogar 108.«

Er sah sie fragend an. War sie der Meinung, er brauche zu viel Zeit im Bad? Oder zu wenig?

»91 Minuten, Kastner. Täglich. Das ist ein Fußballspiel ohne Verlängerung und Elfmeterschießen!«

Er verkniff sich die Wernreuthereske Bemerkung, dass

zumindest eine Minute Nachspielzeit dabei war, und wartete geduldig auf weitere Erklärungen.

»Eineinhalb Stunden. Spielfilmlänge. Ich meine: *Was zur Hölle machen die da?* Aber was mich eigentlich beschäftigt: Wie viele Stunden hat ein Tag? Und jetzt komm mir nicht mit *24*. Das reicht nämlich nicht. Pass auf: acht Stunden arbeiten, eine Stunde Mittagspause, eine Stunde An- und Abreise. Acht Stunden Schlaf. 242 Minuten Fernsehschauen. 127 Minuten Haushaltsarbeit – das ist ein Mittelwert zwischen Frauen und Männern, und ich erklär jetzt nicht, wer den Schnitt nach oben treibt. Da sind wir schon über die 24. Dazu kommen 18 Minuten Sex, eineinhalb Stunden soziale Kontakte, zwei Stunden Kultur und drei Stunden Kinderbetreuung. Gut – einiges davon fällt bei uns weg …«

»Hm«, sagte Kastner. »Das deckt sich mit meinem persönlichen Eindruck. Äh … Die Tage sind zu kurz.«

»Oder du kannst diese Umfrageergebnisse und Statistiken in der Pfeife rauchen.«

»Man kann selbstverständlich auch Sex im Bad haben«, gab er zu bedenken. »Oder beim Bügeln fernsehen. Eine Kultursendung natürlich. Und nebenbei die Hausaufgaben betreuen …«

»Tja«, sagte Mirjam und ließ sich auf den Küchenstuhl fallen, als hätte auch ihr Tag schon mehr als 24 Stunden gehabt. »Du meinst wohl *frau* kann …«

Sie legte die Füße auf den Küchentisch und runzelte die Stirn. »Aber das wüsste ich jetzt schon gerne, was die Brasilianer *108 Minuten* im Bad machen. Jeden Tag.«

Tödliche Magie*

Erst als der Rasierer stoisch schwieg, erinnerte sich Kastner an das technische Problem. Er steckte den Apparat in seine Aktentasche und nahm sich vor, in der Mittagspause die Trockenrasierer-Zentrale in der Fußgängerzone anzusteuern.

Claudia hatte schon Kaffee gemacht, als er ins Büro kam. Die blaue Thermoskanne stand zusammen mit seiner geblümten Tasse und einer Tüte H-Milch auf seinem Schreibtisch, neben einer Aktennotiz zu den ausstehenden Alibis. *Gößweinstein Volltreffer!* stand auf einem gelben Klebezettel, *Bericht später mündlich!*

Kastner ließ die Jalousien herunter und riss das Fenster auf. Er machte es sich gerade gemütlich, als sein Chef ohne zu klopfen die Tür öffnete.

»Ja, Kastner«, sagte er. »Da hab ich mich richtig ins Zeug legen müssen für Sie.« Er wedelte mit einem Dokument hin und her. »Das wäre dann also die Hausdurchsuchung. Ich hoffe für uns alle, Sie finden irgendetwas.«

Kastner bedankte sich. »Und der Leichensuchhund?«

Wismeth verdrehte die Augen. »Jaja. Sie sind aber auch stur. Ein Hundeführer namens Klenk steht ab 10:30 Uhr mit seinem Hund zur Verfügung – Houndini, so heißt der Hund. Ein Lagotto Romagnolo. Das sind die wohl Besten ...«

»Aha«, sagte Kastner und hob fragend den Blick, als sein Chef so gar keine Anstalten machte, wieder zu gehen.

* Regie: Gillian Armstrong, 2007.

»Das geht so nicht. Das geht so gar nicht. Stellen Sie sich vor, die Presse kriegt Wind von dieser Hausdurchsuchung und der Staatsanwalt sieht morgen beim Frühstück ein Foto von Ihnen als Captain Sparrow in der Zeitung. Und was haben Sie da an den Füßen, Kastner? Sind das Sandalen?«

Er konnte Wismeth dahingehend beruhigen, dass in seinem Büroschrank stets ein Paar schwarze Slipper, ein Jackett und eine Krawatte für den Außendienst bereitlagen. Bezüglich des Bartes vertröstete er ihn auf morgen. Captain Sparrow – beinahe hätte er sich geschmeichelt gefühlt; leider wusste er nur zu gut, dass niemand außer seinem Vorgesetzten auf diesen Vergleich gekommen wäre.

Kastner griff zum Telefon und aktivierte die Spurensicherung, einige IT-Spezialisten und kräftige Männer für die Hausdurchsuchung. Er kam kaum dazu, seinen Kaffee zu trinken.

Kurz überflog er die Alibis – die Familie hatte Christine Vogels Angaben bestätigt. Damit war sie allem Anschein nach aus dem Schneider. Elisabeth Metzger behauptete, am 11. Juni bis 19:00 Uhr in der Stadt einkaufen gewesen zu sein. (Kastner fragte sich, mit welchem Geld? Sie hatte einige Geschäfte genannt, in denen sie gewesen war, aber Claudia war noch nicht dazu gekommen, die Angaben zu prüfen. Selbst sie konnte also nicht an mehr als einem Ort gleichzeitig sein, was Kastner ein wenig beruhigte.) Danach sei sie nach Hause gelaufen, um für Ingo Rieneck ein Abendessen zu kochen, Spaghetti Bolognese. Ingo sei um 19:15 Uhr gekommen und habe die Nacht mit ihr verbracht.

Claudia hatte einige Angaben zu Ingo zusammengestellt, aber es war ihr trotz mehrerer Versuche nicht gelungen, ihn persönlich zu erreichen. Sie hatte ihm auf den

Anrufbeantworter gesprochen, mit der Bitte, sich dringend bei ihr oder Kastner zu melden.

»Wir wären so weit.« Martina Götz von der Spusi stand in der Tür.

»Na dann los!« Er legte die Dokumente zurück in die Akte und kleidete sich unter Martinas belustigten Blicken außendiensttauglich um.

Ingo Rieneck musste warten.

Der *Große Houndini* erwies sich als lockiges, pudelähnliches Wesen, das lächelnd hechelte. Während die Spusi die Villa auf den Kopf stellte und Wollreis' PC und Laptop mitsamt den auffindbaren externen Datenträgern in Kartons packte, trabte der Hund schwanzwedelnd durch das Anwesen, inspizierte die weitläufigen Kellerabteile und schnüffelte im Garten lang an einem Brunnenschacht, ehe er auch daran das Interesse verlor und in die Küche lief, wo Ivana ihm heimlich Wurststücke zusteckte. Alles in allem hatte der Hund einen guten Tag, aber er gab, außer dem Hecheln, keinen Ton von sich. Thorsten Klenk, ein junger, vierschrötiger Mann in kurzärmeligem Holzfällerhemd, schüttelte bedauernd den Kopf. »Wenn hier eine Leiche gelegen hat, dann war sie luftdicht in Plastikfolie eingeschweißt.« Er tätschelte Houndini dennoch lobend den Kopf, ehe er ihn an die Leine legte und abzog.

Kastner notierte *Plastikfolie(?).*

Beate Wollreis, trotz der frühen Stunde wie aus dem Ei gepellt, saß sichtlich aufgebracht im Salon und flüsterte mit Dr. Ludwig. Kastner schnappte die Wörter »Hundesabber«, »Hausfriedensbruch« und »Amtsanmaßung« auf. Gedanklich konterte er mit *Gößweinstein*, *Champagner* und

Doppelzimmer. Er lächelte ihr freundlich zu, ging vor die Tür in den Garten und rief Claudia an.

»Und?«

»Volltreffer«, sagte sie gut gelaunt. »Sowohl der Portier als auch zwei Kellner haben die beiden eindeutig identifiziert. Short oder extended?«

»Die kurze Version, bitte.« Kastner sah sich nach einem Fleckchen Schatten um und stellte sich schließlich unter eine ausladende Kastanie, in deren Ästen eine Taube gurrte. Der Wetterochs hatte für heute einen neuen Hitzerekord angekündigt: 36 Grad. Stabiles Dauerhoch, Regenwahrscheinlichkeit: null Prozent.

»Also, pass auf: getrennte Anreise, jeder im eigenen Wagen. Sie war eine halbe Stunde vor ihm da. Das Zimmer war nicht vorher gebucht, also vielleicht eine spontane Entscheidung ... Saßen in einem Separee und haben ordentlich getafelt und getrunken und sich dabei angeregt unterhalten; kurz nach Mitternacht sind sie dann zusammen aufs Zimmer. Frühstück um halb acht.«

Kastner bedankte sich. Er war beinahe sicher, dass er in der langen Version erfahren würde, was die beiden genau gegessen hatten, ob an Igor Koschniks Jackett ein Knopf gefehlt hatte und wie viel Benzin im Tank von Beate Wollreis' Auto gewesen war. Claudia begann ihm immer mehr ans Herz zu wachsen.

»Ach ja, und Kastner: Ich hab den Rieneck erreicht. Ist ein recht munteres Kerlchen, dem muss man nichts aus der Nase ziehen – sofern man nicht auf seine Drogengeschäfte zu sprechen kommt, da wird er nämlich recht schmallippig. Er bestätigt soweit Elisabeth Metzgers Alibi, will aber nicht über Nacht bei ihr geblieben sein. Soll ich ihn vorladen? Du könntest auch bei ihm vorbeischauen später, ab Mittag ist er zu Hause, hat er gesagt. Er wohnt in der Innenstadt.«

»Alles klar, danke, Claudia. Kannst du mir die Adresse simsen? Wir sind hier sicher bald fertig, dann geh ich da vorbei – mich zieht's bei der Hitze nicht ins Büro. Bis später!«

»Kommst du mal, Kastner? Wir haben den Safe auf!«

Nachdem die Witwe beteuert hatte, die Kombination nicht zu kennen – *jeder Mensch hat das Recht auf etwas private Diskretion*, hatte sie erklärt –, war ein darauf spezialisierter Schlüsseldienst gerufen worden, um den Safe zu öffnen.

Drei Beamte standen nun mit ratlosen Gesichtern davor.

Wollreis' Arbeitszimmer glich eher einem Herrenkabinett als einem Ort, an dem gearbeitet worden war. Beige-braun gemusterte Strukturtapeten und ein üppiger, schwarzer Veloursteppich gaben dem Raum einen höhlenartigen Charakter. Auf dem auf Hochglanz polierten Schreibtisch aus dunklem Holz lag eine Schachtel kubanischer Zigarren neben einem oval geformten Aschenbecher aus grünem Glas und säuberlich gestapelten Abo-Magazinen: *Focus*, *Architektur heute*, *Motorsport*, *Playboy*, *Jagdpraxis*, *Yacht-Magazin* und, ein wenig überraschend, *Bild der Frau*. Die Wände teilten sich ein mit Kinosesseln und Popcorn-Maschine ausgestattetes Heimkino, eine Chaiselongue aus Rindsnappa, eine Bar mit langer Theke und bunten Spirituosen, ganz Glas und Spiegel; und ebenjene Schrankwand aus heller Eiche, in der sich der Safe verbarg. Als Kastner über den dicken Veloursteppich darauf zuging, verstand er den Grund für die fragenden Gesichter.

Der Safe, in etwa so groß wie zwei Kästen Bier, war leer. Keine Wertsachen, keine Papiere, kein Notizbuch, kein Geld. Nicht einmal ein Stäubchen.

Kastner starrte eine Weile hinein.

»Jetzt ist aber mal gut mit den Spielchen«, sagte er laut.

»Aber mein *lieber* Herr Kastner!« Dr. Ludwig hob beschwichtigend die Hände. »Meine Mandantin ist zu jeder Art von Mithilfe gerne bereit. Sie hat ja bereits angegeben, die Kombination des Safes nicht zu kennen, und ihr eine Lüge zu unterstellen wird das Klima sicher nicht verbessern, fürchte ich …«

»Es würde das Klima entschieden verbessern, wenn Frau Wollreis auf meine Fragen antworten würde. Ich habe gefragt, wo ihr Mann seine persönlichen Dinge aufbewahrt hat und wo sie sich jetzt befinden. Sparbücher, Goldbarren, Aufzeichnungen – was auch immer.«

Beate Wollreis zuckte die Achseln. »Es gibt ein Bankschließfach mit Wertgegenständen, die selbstverständlich ins Erbe einfließen. Dr. Ludwig ist darüber informiert. Von anderen Dingen weiß ich nichts. Haben Ihre Männer etwa nichts gefunden, während sie mein Heim verwüstet haben?«

»Das wird sich herausstellen«, sagte Kastner. »Gibt es außer Ihrem Mann jemanden, der die Kombination kannte und Zugang zu dem Arbeitszimmer hatte?«

»Woher soll ich denn wissen, ob jemand die Kombination kannte? Aber es ist zweifellos albern, anzunehmen, dass wildfremde Menschen hier ein- und ausgehen.«

Kastner nickte zustimmend. »Albern ist das richtige Wort. Ebenso albern ist es aber, anzunehmen, dass der Safe leer war, als Ihr Mann ermordet wurde. Uns liegt eine Aussage vor, dass sich kurz vor seinem Tod Papiere und Geld darin befunden haben. Ich wüsste gerne, wo diese Dinge jetzt sind.«

»Tja. Lassen Sie es mich wissen, wenn Sie es herausgefunden haben. Es ist ja schließlich jetzt mein Geld.« Die Witwe lächelte kühl.

»Die Unterschlagung von Beweismitteln in einem Mordfall ist ein strafbares Delikt, Frau Wollreis. Sie sollten darüber mit Ihrem Anwalt sprechen, bevor Sie ernstliche Schwierigkeiten bekommen. Wir sind keine Volltrottel, wissen Sie. Ich kann Sie vorladen lassen. Ich kann Sie in Beugehaft nehmen. Die Hinweise, dass Sie ein Motiv hatten, verdichten sich. Ihr Alibi weist Lücken auf – und Sie könnten einen Helfer gehabt haben.«

»Das ist völlig lächerlich.«

Kastner musterte sie stumm, konnte aber keine Anzeichen von Nervosität entdecken. *Kalt wie eine Hundeschnauze …* Nun denn. »Hatten oder haben Sie ein Verhältnis mit Igor Koschnik?«

»Wie bitte?« Beate Wollreis, ganz moralische Empörung, wandte sich Hilfe suchend an Dr. Ludwig, der nervös mit den Augen zwinkerte.

»Wo waren Sie am Abend des 26. Juli, Frau Wollreis?«

»Also das ist doch … Ich sage jetzt gar nichts mehr!«

Dr. Ludwig räusperte sich und fummelte an seiner Brille. Er bat darum, einen Augenblick allein mit seiner Mandantin sprechen zu dürfen, was Kastner gerne gewährte.

Während die beiden die Köpfe zusammensteckten, ging er einige Schritte im Flur auf und ab und tat, als würde er die Ölgemälde betrachten. In einem mannshohen, üppig mit Blattgold verzierten Spiegel entdeckte er einen Flatschen Vogeldreck auf der Schulter seines dunklen Jacketts und rieb halbherzig mit einem Papiertaschentuch daran herum. Schließlich blätterte er in seinem Notizbuch, bis er die Eintragung *Liebhaber(??)* fand. Das Fragezeichen auszustreichen verschaffte ihm eine Genugtuung, die, wie er sich eingestand, nicht ganz frei von wenig edlen Gefühlen war – ein bisschen Rachsucht, ein bisschen Rechthaberei und ein bisschen Selbstzufriedenheit waren darunter. Und natürlich Sozialneid. *Sei's drum*, dachte er, *das habe ich mir ehrlich verdient.*

Falls das Gespräch mit ihrem Anwalt Beate Wollreis in irgendeiner Weise erschüttert hatte, war ihr das nicht anzumerken. Einzig Dr. Ludwig schien nervös, er nestelte an seiner burgunderroten Fliege herum. »Ja, äh ... Herr Kastner. Meine Mandantin würde gerne morgen zu Ihnen in die Direktion kommen und eine Erklärung abgeben, wenn es Ihnen recht ist.«

»10:30 Uhr«, sagte Kastner. »Und mit einer Erklärung wird es womöglich nicht getan sein. Ich empfehle rückhaltlose Offenheit und ehrliche Antworten auf meine Fragen.«

Zum Abschied lächelte er höflich.

Ingo Rieneck wohnte in der Inneren Laufer Gasse, über einem Asia-Imbiss. Kastner sah es als Zeichen und verzehrte an einem der Stehtische eine Portion gebratene Nudeln mit Gemüse und Hühnchen, die er mit zwei Radler-Halben hinunterspülte. Man konnte nicht immer Wasser trinken.

Dann stieg er ächzend in den zweiten Stock und klingelte an Rienecks Tür.

Nach allem, was er gehört hatte, hatte er mit einer Art Latin Lover gerechnet, aber der Mann, der ihn hereinbat, war schlank, blass und rotblond. Trotz seines jugendlichen Alters hatte sich sein Haaransatz schon weit nach Norden zurückgezogen. Zu dunkelblauen Shorts trug er ein türkisfarbenes T-Shirt. Für jemanden, der davon lebte, nachts in

Clubs Drogen zu verkaufen, sah er überraschend gepflegt und ausgeschlafen aus. Vielleicht war er klug genug, sein Gift nicht selbst zu konsumieren.

Rienecks Wohnung war klein, aber hell und sauber. Allerdings war sie auffallend bunt eingerichtet. Der junge Mann bot Kastner einen Platz auf einem kanariengelben Sofa an und setzte sich schräg gegenüber in einen pinkfarbenen Sessel.

»Was kann ich für Sie tun? Sie ermitteln im Mordfall Wollreis, hab ich gehört. Demnach sind Sie ja nicht von der Drogenfahndung – mit denen hab ich nämlich hie und da Schwierigkeiten. Die wollen mir auf Teufel komm raus irgendwelche Drogengeschäfte in die Schuhe schieben, warum auch immer. Sehe ich etwa aus wie jemand, der kleinen Mädchen Koks verkauft? Vielleicht hab ich früher gelegentlich mal an einem Joint gezogen – ohne zu inhalieren natürlich!« Ingo Rieneck lachte etwas aufgesetzt und Kastner verzog gequält den Mund über diesen alten Witz.

»Sie haben richtig gehört, Herr Rieneck, es geht um den Fall Wollreis. Ihre ... sagen wir: Ihre sonstigen Angelegenheiten fallen nicht in meinen Zuständigkeitsbereich.«

Rieneck schien erfreut.

»Sie waren eine Zeit lang mit Elisabeth Metzger liiert«, begann Kastner mit dem, was er wusste. »Hat sie Ihnen gegenüber jemals erwähnt, dass sie Wollreis' uneheliche Tochter sein könnte?«

»Na ja, erwähnt nicht gerade. Sie hat Andeutungen gemacht.« Rieneck stand auf und holte eine Flasche Cola und zwei Gläser mit Eiswürfeln aus der Küche, die er auf den Tisch stellte. »Ich hab gelegentlich mal Wohnungen oder Häuser weitervermittelt, die Wollreis gebaut hat. Nicht für ihn selbst, sondern für Leute, die die gekauft hatten und dann wieder rauswollten. Wollreis selbst kenne ich gar nicht. Trotzdem kam sie, nachdem ich ihr von diesen Geschäften erzählt hatte, ständig mit Wollreis hier und Wollreis da. Sie war ganz besessen davon, und ich hab mich natürlich irgendwann gefragt, warum. Na, und irgendwann hatte sie ein Whiskey-Cola zu viel, da hab ich's ihr aus der Nase gezogen.« Rieneck füllte sein Glas und hob fragend die Flasche.

Kastner nickte zustimmend. »Was genau hat sie gesagt?«

»Na eben, dass es sein könnte, dass er ihr Vater ist, und dass er das gar nicht weiß. Das ist die kurze Version. Die meiste Zeit hat sie über ihre Mutter gejammert, die sie ihr ganzes Leben lang belogen hat und so weiter. Die Sache mit ihrem Halbbruder.« Er seufzte, eher genervt als mitleidig.

Kastner nippte an seinem Cola. Zu seiner Freude war es so kalt, wie es aussah. »Warum haben Sie sich von ihr getrennt?«, fragte er, eher aus Neugier als aus beruflichem Interesse.

»Braucht man da neuerdings einen Grund? Wir waren ja nicht verlobt oder so ...« Rieneck musterte interessiert einen Rotweinfleck auf der mintgrünen Auslegeware. Kastner schwieg.

»Es hat sich halt was Neues ergeben«, sagte Rieneck schließlich. »Ich bin nicht so der monogame Typ. Sie kam ständig mit Heiraten und Kinderkriegen an, und da hab ich nun wirklich keinen Bock drauf.«

»Natürlich nicht«, sagte Kastner. Er zog sein Notizbuch aus der Hosentasche und blätterte ein wenig darin herum. »Am 11. Juni waren Sie bei Frau Metzger zum Abendessen?«

Rieneck nickte.

»Und wann sind Sie wieder gegangen?«

»Äh … Ja. Das hat Ihre Kollegin auch schon gefragt, sexy Telefonstimme übrigens. Ich hab nicht auf die Uhr geschaut, aber es wird so zehn, halb elf gewesen sein. Ich hatte noch etwas, äh, Geschäftliches zu erledigen.«

»Hm. Können Sie sich erklären, warum Frau Metzger uns gesagt hat, Sie seien über Nacht geblieben?«

Rieneck hob Augenbrauen und Hände, sein Blick sagte: *Kann ich hellsehen?* »Da muss der Wunsch der Vater des Gedankens gewesen sein. Oder sie hat den Tag verwechselt? Ist ja schon ne Weile her. Vielleicht hat sie auch gedacht, ich würde ihr ein Alibi geben – nein, das war ein Scherz.« Er lachte trocken. »Ich kann sie mir wirklich nicht als Mörderin vorstellen – sie ist ja mehr so das Opfer.«

Kastner runzelte die Stirn, zum einen, weil er noch nie hatte feststellen können, dass es einen bestimmten Typ gab, der zum Mörder wurde, zum anderen, weil es ihm nicht gefiel, wie herablassend Rieneck über seine ehemalige Freundin sprach. *Nicht so das Model, mehr so das Opfer* – was dachten sich diese Jungs?

»Es gab ein Hackfleischgericht – Spaghetti Bolognese?«

Diese Frage verblüffte Rieneck. »Ja?«

»Hat's geschmeckt?«

»Äh … Es ging so. Sie hat's mit dem Würzen gern übertrieben. War höllisch scharf.«

»Haben Sie zusammen gekocht?«

»Was sind denn das für Fragen? Nein, es war schon fertig, als ich zu ihr gekommen bin. Kochen ist nicht so mein Ding. Ihres eigentlich auch nicht, sie kann nur drei verschiedene Gerichte, aber um die hat sie dann immer ein richtiges Bohei veranstaltet. *Eine gute Bolognese muss ein paar Stunden kochen* war ihr Credo.« Er zuckte die Achseln.

»Waren Bohnen in der Soße?«

»Bitte?«

»Ob Bohnen …«

»Was hat das alles denn mit Wollreis zu tun? Ist das hier *Versteckte Kamera* oder so was?«

Kastner wartete geduldig, bis Rieneck sich in seinem Wohnzimmer übertrieben nach der versteckten Kamera umgesehen hatte.

»Also nein. NEIN. Soweit ich mich erinnere – keine Bohnen. Wenn Sie das so brennend interessiert, müssen Sie Elisabeth nach dem Rezept fragen.«

Kastner notierte *klassische Bolognese (?)* und *Alibi Metzger/Kochzeit (?)*. Dann kam er zu etwas anderem.

»Welcher Art sind denn Ihre Geschäfte in der Immobilienbranche?«

Ingo Rieneck schien den Themenwechsel zu begrüßen. »Also wie gesagt, den Wollreis hab ich gar nicht persönlich gekannt«, erklärte er eifrig. »Ich habe quasi unglücklichen Käufern seiner Immobilien glückliche Käufer vermittelt.«

Kastner hob fragend die Augenbrauen.

»Na ja, Sie wissen schon. Die Yuppies überschätzen sich da schnell mal. So ein Kredit ist flugs aufgenommen, wenn man zwei Vollzeiteinkommen hat und feste Stellen. Dann kriegt die Tuss… äh, die Frau ein Kind oder der Typ fängt sich irgendeine langwierige Krankheit ein, und schon ist Sense mit der Rückzahlung. Das Haus weg und obendrein noch satte Schulden. Ich kannte mal einen, der hat bis zu seiner Rente diese Schulden abbezahlt, und dann hat er sich im Keller an ein Heizungsrohr gehängt. Mit dem Hals, wenn Sie verstehen. Also such ich nach solventen Leuten, die den Kredit und das Haus mit allem Drum und Dran übernehmen, das kommt die Verkäufer immer noch billiger, als wenn sich die Bank alles in die

Tasche steckt. Trotz der, äh, kleinen Gebühr, die ich dafür verlange.«

»Sie tun den Leuten also einen Gefallen«, schlug Kastner diplomatisch vor. Offenbar sah Ingo Rieneck sich als Wohltäter der Menschheit.

»Genau. Sie sagen es. Andere haben die Kohle, aber ihnen gefällt's einfach nicht. Sieht immer alles so toll aus in den Prospekten, *grüne Lage, ruhige Wohngegend.* Ruhig heißt, dass es da keinen einzigen Laden gibt, drum fahren die alle mit ihren SUVs zum Einkaufen. Und mit der grünen Lage ist es aus, sobald die Häuser stehen. Die pflanzen da dann schon neue Bäume, zwei oder drei, aber halt erst, wenn die Käufer ihre Enkel auf den Knien schaukeln. Das checkt nicht jeder gleich, der so eine Hütte kauft.«

»Also suchen Sie nach Menschen, die weniger romantische Vorstellungen von ihrem Zuhause haben.«

Rieneck nickte. »Genau. Berufstätige, kinderlose Ehepaare mittleren Alters, die schon geerbt haben, sind ideal. Die juckt das nicht, dass der Bus nur alle zwanzig Minuten fährt. Wenn die was Grünes sehen wollen, setzen sie sich in ihren BMW und fahren aufs Land.«

»Und Sie hatten tatsächlich niemals Kontakt mit Wollreis oder vielleicht mit jemandem aus seiner Firma? Schriftlich vielleicht, oder per Telefon oder E-Mail?«

»Äh ... Nö.« Rieneck kratzte sich am Ohr. »Das läuft alles über Privatverträge. Wenn die Häuser erst mal verkauft sind, hat die Wollreis AG ja nichts mehr damit zu tun.«

»Natürlich nicht. Darf ich fragen, wie der Kontakt mit den Kunden zustande kommt, die verkaufen wollen?«

»Der Kontakt mit ... Na ja, ich hab ne Website. Es gibt auch Mundpropaganda. Die meisten nehmen von sich aus Kontakt zu mir auf.«

»Die meisten also. Und die anderen?«

Ingo Rieneck runzelte die hohe Stirn und verschränkte die Arme vor der Brust. »Hören Sie, wollen Sie mir da irgendwas unterstellen?«

»Unterstellen?« Kastner tat überrascht. »Was könnte ich Ihnen denn unterstellen?«

»Was weiß ich – irgendwelche Deals? Irgendwelche Absprachen ...« Rieneck biss sich auf die Lippe.

»Wie schon gesagt, mich interessiert nur der Mordfall«, beruhigte Kastner ihn. »Das hier ist kein Verhör, Herr Rieneck. Wir können das rein hypothetisch besprechen, ich nehme zur Kenntnis, was Sie mir sagen, gehe anschließend durch diese Tür hinaus und Sie werden in dieser Angelegenheit nie wieder von mir hören.« Er unterließ es, zu erwähnen, dass sich das Dezernat für Wirtschaftskriminalität unter Umständen sehr wohl dafür interessieren würde.

Rieneck kaute auf seiner Unterlippe und pulte sich irgendetwas aus dem Ohr. »Na ja, also rein hypothetisch könnte es sein, dass ich gelegentlich Hinweisen auf unzufriedene oder zahlungsschwache Kunden der Wollreis AG nachgehe. Es gibt ja Leute, die sich schon vor der Schlüsselübergabe wegen jedem Schnickschnack beschweren, die gleich mit ihrem Anwalt drohen – das ist ganz schlecht fürs Image der Firma. Ich führe dann behutsame Beratungsgespräche und lege diesen Leuten die Vorteile eines Ausstiegs aus dem geschlossenen Vertrag nahe. So ein Ausstieg kostet natürlich Geld, aber in der Regel sind die Leute einsichtig, wenn man ihnen vorrechnet, was eine Klage gegen den Bauträger kosten würde und wie schlecht die Aussichten auf Erfolg sind. Da entsteht sozusagen eine Win-win-Situation. Also – hypothetisch. Und wenn Sie mir versprechen, dass das unter uns bleibt – Banken sind oft froh über Hinweise, die die Zahlungsunfähigkeit ihrer Kunden betreffen.« Rieneck schwieg und machte ein bedeutungsvolles Gesicht.

»Das heißt – jemand nimmt Kontakt mit Ihnen auf, weil er sein noch nicht abbezahltes Haus verkaufen möchte, Sie fragen ihn gelegentlich nach dem Grund dafür und geben der Bank einen Hinweis, wenn es finanzielle Gründe sind?«

Rieneck nickte. »Sehen Sie, der größte Teil des Kredits ist natürlich durch das Haus oder die Wohnung selbst abgesichert, aber meistens übersteigt die Kreditsumme den Wert des Hauses – oder der Wohnung – deutlich. Die Leute müssen ihre alte Mietwohnung renovieren, einen Umzug finanzieren, Möbel und Teppiche kaufen, Vermittlungsgebühren und den Notar bezahlen ... Und dieses Geld ist für die Bank verloren, wenn einer den Offenbarungseid leistet. Solche Kredite werden dann gerne, äh ... frühzeitig ausgelagert.«

»Bevor der Offenbarungseid geleistet wird. Bevor klar ist, dass der Kredit faul ist. Weil ihn dann ja niemand mehr kaufen würde. Und Sie bekommen vermutlich eine kleine Provision für diese Hinweise?«

Rieneck schien ehrlich erfreut über Kastners rasche Auffassungsgabe. Er lächelte sogar. »Also ... hypothetisch natürlich«, fügte er hinzu.

Kastner war einen Moment sprachlos über den kriminellen Einfallsreichtum des jungen Mannes und wunderte sich, dass er es nötig hatte, in seiner Freizeit Drogen zu verkaufen. Über den Einfallsreichtum von Banken und Bauträgern hatte er sich ohnehin keine Illusionen gemacht.

»Von wem bekommen Sie die Hinweise auf die Kunden, die die Wollreis AG aus ihren Verträgen gerne wieder draußen haben möchte?«

»Da möchte ich jetzt keine Namen nennen«, gab sich Rieneck loyal. »Obwohl das ja nicht illegal ist, einen Vertrag aufzulösen.«

»Natürlich nicht. Wie sagten Sie? *Eine Win-win-Situation. Zumindest hypothetisch.*«

Kastner verabschiedete sich aus Rienecks bunter Wohnung und spülte seinen Frust im Asia-Imbiss mit einem Bier hinunter. Der kleine Mann hinter dem Tresen begrüßte ihn schon wie einen Stammkunden und zählte auf die Frage, welches Bier er anbiete, Helles, Pils, Weizen und Alkoholfreies auf.

»Entschuldigen Sie«, sagte Kastner müde, »die Frage war ungenau gestellt. Ich wollte die Marke wissen.« Er war froh, dass Mirjam ihn nicht gehört hatte. *Mein Gott, Kastner*, hätte sie gesagt, *sei halt nicht so polizistig.*

Es gab die üblichen Verdächtigen – norddeutsche Exportbiere und das Produkt einer lokalen Großbrauerei. Was hatte er erwartet? Er nahm irgendein Helles und trank es direkt aus der Flasche. Immerhin war es kalt.

Eine digitale Wanduhr zeigte 15:42 Uhr an, und er überlegte, ob er noch einmal ins Büro gehen sollte. Claudias genauen Bericht über ihre Ermittlungen in Gößweinstein hätte er gerne noch gehört, aber der Kommentar seines Chefs über den misslungenen Einsatz des Großen Houndini konnte wegen ihm bis morgen warten. Er zog sein dienstliches Mobiltelefon aus der Hosentasche und drückte auf die Kurzwahltaste 5 – Martina Götz' Nummer. Es tutete lange, ehe Martina sich meldete.

»Götz?«

»Kastner. Schon was rumgekommen bei der Hausdurchsuchung?«

»Na du warst doch dabei«, sagte Martina ein bisschen

ungeduldig. »Da war alles sauber geleckt. Keine Reste von eingetrocknetem Chili unter dem Teppich, oder was willst du hören? Knut und Holger sitzen an Wollreis' PC und Laptop, bis jetzt hat keiner von ihnen einen Freudenschrei ausgestoßen.«

»Irgendein ledergebundenes Notizbuch?«

»Notizbuch, Notizbuch ...« Martina raschelte in irgendwelchen Kartons herum. »Irgendwas war da. Nicht das Notizbuch, nach dem wir suchen sollten, eher so eine Art Taschenkalender. Also ich find das jetzt nicht auf die Schnelle. Um ehrlich zu sein, war ich grad mit einem ganz anderen Fall beschäftigt. Können wir das morgen klären, Kastner?«

»Natürlich.« Er entschuldigte sich bei Martina für die Störung, bestellte noch ein Bier und ließ die Ereignisse des Tages Revue passieren. Als er in seiner Aktentasche nach dem Geldbeutel suchte, um zu zahlen, stieß er auf den Rasierapparat und seufzte.

Morgen. Er würde sich morgen darum kümmern.

***

Als Mirjam kurz nach 22:00 Uhr zurückkam – sie war mit Freundinnen essen und Karten spielen gewesen –, fand sie Kastner schlafend vor einer Doku über »Das rätselhafte Sterben der Saurier«. Sie setzte sich dazu und verfolgte die von einem aufgeputschten Sprecher wie einen Boxkampf kommentierte Auseinandersetzung zwischen einem Protoceratops und mehreren Velociraptoren, dann holte sie zwei Flaschen Bier aus dem Kühlschrank.

Als sie den Fernseher ausschaltete, wachte Kastner auf.

»Ich brauch jetzt noch ein Absackerbierchen«, sagte sie zur Begrüßung und hielt ihm eine Flasche hin. »Ich hab den ganzen Abend nur Saftschorle getrunken, weil ich ja noch Auto fahren musste.«

»Hmpf.«

»Da gibt's nichts zu hmpfen, Kastner. Wer schlafen will, sollte ins Bett gehen. Ansonsten hat er kein Mitleid zu erwarten.«

Er rappelte sich hoch und griff nach dem Bier. Mirjam hasste es, wenn er vor dem laufenden Fernseher einschlief. Das sei *asozial*, *proletig* und *würdelos*.

»Wie geht's den Mädels?«, versuchte er von seiner misslichen Lage abzulenken.

Mirjam lächelte. »Bestens. Birgit ist frisch verliebt und Anke hat die Stelle gekriegt, auf die sie sich beworben hat. Und Caro hat uns alle beim Schafkopfen abgezockt. Und bei dir?«

»Teils, teils.«

Mirjam legte die Füße hoch und die Stirn in Falten, während er von der ergebnislosen Hausdurchsuchung, dem Gespräch mit Rieneck und seinem Versagen bezüglich des Rasierapparates berichtete. Als er das Gößweinsteiner Tête-à-Tête erwähnte, richtete sie den Zeigefinger wie eine Pistole auf seine Brust. »Hab ich's nicht gesagt? Das ist es doch, Kastner: Motiv *und* Gelegenheit. Wenn die Witwe einen Helfer hatte, kannst du ihr Alibi in der Pfeife rauchen. Was willst du mehr?«

»Na ja, Hase. Beweise wären zum Beispiel schön. Und Antworten. Wo hat die Leiche bis August gelegen? Wo ist Wollreis' Jacke? Warum verscharren sie ihn ausgerechnet auf einem Acker? Wer hat das Chili gekocht? Warum Eisenhut? Das ist alles noch nicht so richtig stimmig.«

Mirjam zog einen Flunsch, als seien das kleinliche Einwände. »Dieser Koschnik – hat der eigentlich ein Alibi?«

»Gute Frage«, sagte Kastner. Bisher hatte Koschnik ja nicht im Fokus der Ermittlungen gestanden, aber so, wie er Claudia kannte, hatte sie vermutlich diesbezüglich schon Nachforschungen angestellt.

Crazy Little Thing Called Love*

Geduldig hörte Kastner sich die Vorwürfe seines Chefs über das *unnötige Aufgschau* an. Carsten Wismeth war niemand, der seine Untergebenen anraunzte oder zur Schnecke machte, seine Methoden waren eher subtil.

»Soso«, sagte er. »Na ja. Mannomann. Da habe ich mich wohl doch vorschnell überreden lassen zu dieser Hausdurchsuchung, oder wie sehen Sie das, Kastner? Oder was meinen Sie, wie Dr. Ludwig das sehen wird? Oder der Staatsanwalt? Und was das gekostet hat, das zahlen ja letztendlich alles die Bürgerinnen und Bürger ... Ein Leichensuchhund!«

Das ging so eine ganze Weile – insbesondere der ergebnislose Einsatz des Leichensuchhundes hatte es Wismeth angetan –, bis Claudia an die Tür klopfte und ihn mit der Behauptung erlöste, sie habe Neuigkeiten für Kastner, die leider keinen Aufschub duldeten.

Claudia lotste ihn ins kleine Besprechungszimmer, in dem es etwas kühler war als in den Büros, weil es nach Norden lag. Martina Götz und einer ihrer Mitarbeiter waren schon da, die Kaffeemaschine röchelte und spuckte, und auf dem runden Tisch stand ein Teller mit süßen Teilchen zwischen Akten und Kartons.

»Hat jemand Geburtstag?«, fragte Kastner, mehr pro forma, und griff nach einer Quarktasche.

* Queen, The Game, 1980.

»In der Tat«, sagte Martina trocken und wies auf die verlegen lächelnde Claudia.

»Oh ... Das hätte ich ja auch wissen können«, entschuldigte sich Kastner nun seinerseits verlegen und schüttelte seiner Kollegin etwas unbeholfen die Hand. »Herzlichen Glückwunsch. Der, äh, sechsunddreißigste?«

»Der vierunddreißigste«, berichtigte Claudia, und Martina schüttelte still den Kopf über sein wenig diplomatisches Verhalten.

»Also, was haben wir? Martina?«

»Ihr könnt ruhig mit der Gößweinstein-Sache anfangen. Ich hab's heut nicht *so* eilig, und das interessiert mich auch. Claudia hat grad schon angefangen zu erzählen, als du noch bei Wismeth warst ...«

»Okay«, sagte Kastner und biss in die Quarktasche.

Claudia erzählte noch einmal, was er schon wusste, ergänzte jedoch einige Details, so zum Beispiel, dass es sich keinesfalls um ein zufälliges Treffen der beiden gehandelt hatte.

»Der Kellner hat sich genau an die beiden erinnert. Frau Wollreis fuhr wohl in ihrem SUV vor wie vor dem *Grand Hotel* und hat dem verdutzten Mann ihren Autoschlüssel in die Hand gedrückt mit den Worten *Wenn Sie den Wagen parken könnten; und ach, er könnte eine Wäsche vertragen*. Sie war nicht amüsiert, als er ihr erklärt hat, dass das keinesfalls zu seinen Aufgaben gehört. Dann hat sie sich auf die Terrasse an einen eigentlich reservierten Tisch unter einen Sonnenschirm gesetzt, eine große Weißweinschorle bestellt und gesagt, dass sie noch jemanden erwarte. Es war ein Tisch für acht Personen, und deshalb war nun der Kellner nicht amüsiert, als nur noch Koschnik kam.«

Die beiden hatten ordentlich gebechert, Koschnik hatte mehrere Pils gekippt und Beate Wollreis war schnell auf puren Weißwein umgestiegen. Ihre Unterhaltung hatte zunächst einen mehr geschäftsmäßigen Eindruck gemacht, aber nachdem sie um 19:30 Uhr zum Essen nach drinnen gegangen waren, war die Atmosphäre entspannter gewesen. Der Kellner hatte von *mädchenhaftem Kichern* der Witwe, von häufigem Einander-Zuprosten und sich unter dem Tisch berührenden Füßen erzählt.

»Das ist ein Profi, der weiß, was läuft, und deshalb war er nicht überrascht, als Koschnik um kurz vor 22:00 Uhr gefragt hat, ob noch ein Doppelzimmer frei ist.«

Kastner schüttelte ungläubig den Kopf. »Bist du ganz sicher, dass er *mädchenhaftes Kichern* gesagt hat?«

Martina stimmte kurz *Crazy Little Thing Called Love* an, Claudia zuckte die Achseln. »Kann man sich nur schwer vorstellen, was? Aber so hat er's beschrieben. Vielleicht war sie einfach nur angeschickert.«

Der Frühstückskellner wiederum hatte sich an die beiden erinnert, weil sich die Witwe über das Zimmer beschwert hatte – zu heiß, zu lautes Läuten der Kirchenglocken, zu weiches Bett –, während Koschnik die Szene peinlich gewesen zu sein schien. Er hatte dem Kellner einen entschuldigenden Blick zugeworfen – *Frauen!* –, und dieser, ebenfalls ein Profi, hatte sich im Stillen seine Gedanken über Beate Wollreis' schlechte Laune gemacht.

»Ihr wisst schon – schlechter Sex«, sagte Claudia, ohne zu erröten.

Jedenfalls war beim Frühstück nicht mehr geturtelt worden.

»Ich hab natürlich gleich bei Koschnik angerufen und nach seinem Alibi für den 11. Juni gefragt.« Claudia strahlte. »Nichts! Nada! Rien! Bis 15:00 Uhr war er ja mit Wollreis essen, bevor der nach Thon auf die Baustelle gefahren ist. Danach war Koschnik noch in der Firma – bis 17:15 Uhr, und dann ist er angeblich nach Hause gefahren, hat geduscht, ein Käsebrot gegessen, die Zeitung gelesen und ist früh zu Bett gegangen. Alles allein, natürlich.«

»Sehr gut«, sagte Kastner an Claudia gewandt. »Das ist in diesem vertrackten Fall die erste Spur, die irgendwo hinführen könnte. In einer guten Stunde kommt Beate Wollreis mit ihrem Anwalt, um eine *Erklärung* abzugeben. Ich bin gespannt, was sie sich hat einfallen lassen ... Martina?«

Martina Götz schluckte in aller Ruhe den Bissen, den sie gerade im Mund hatte, hinunter und wischte sich die Hände an einer Serviette ab. »Tja«, sagte sie nüchtern. »Mit ähnlichen Highlights kann ich leider nicht aufwarten. Im Hause Wollreis war alles proper. Kein Testament, kein rotes Notizbuch, kein mumifiziertes Chili, kein Folterkeller, keine Kinderpornografie – im Schreibtisch hab ich allerdings einen Taschenkalender gefunden.« Sie zog ein Plastiktütchen aus einem Karton. »Wenn ihr damit was anfangen könnt – bitte. Es stehen aber nur Termine drin, nach meiner Ansicht geschäftliche, und der letzte Eintrag datiert fast sechs Wochen vor Wollreis' Verschwinden. Sonst keinerlei persönliche Notizen, nicht mal Kritzeleien auf der Schreibtischunterlage oder am Rand einer Zeitschrift. Auch im Müll und auf dem Kompost, soweit noch vorhanden, war nichts Auffälliges. Der Kamin wird regelmäßig gereinigt, wir haben nur minimale Spuren gefunden. Wir haben die Aschereste analysieren lassen. Hier.« Sie reichte ihm ein Dokument. »Demnach wurde definitiv eine größere Menge Papier darin verbrannt, aber außer einem Fingerhut voll feiner, weißer Asche ist nichts mehr davon übrig. Falls das die Unterlagen waren, nach denen ihr gesucht habt, sind wir zu spät gekommen.« Sie nickte zu ihrem Mitarbeiter hinüber. »Das ist Holger Lurz. Er hat die digitalen Daten ausgewertet. Holger?«

Holger Lurz, der bisher konzentriert in seine Kaffeetasse gestarrt hatte, nahm Haltung an. »Ja, grüß Gott, also um genau zu sein, sind wir mit der Auswertung noch lang nicht fertig, weil da größere Datenmengen vorliegen. Der Mann hat mehrere externe Festplatten gehabt, eine ganze Schublade voller USB-Sticks und an die vierzig CD-ROMs.« Er lächelte entschuldigend, als trüge er daran eine Mitschuld. »Selbst wenn wir davon ausgehen, dass da viele Urlaubsfotos, oder wegen mir auch Baustellenfotos, drauf sind, dauert das halt seine Zeit. Wir haben uns zunächst mal auf den E-Mail-Verkehr konzentriert.« Etwas umständlich kramte er aus dem Haufen Papier, der vor ihm auf dem Besprechungstisch lag, einen Stapel eng bedrucktes Endlospapier. »Alles, was älter als ein Dreivierteljahr ist, haben wir außen vor gelassen – ein Dreivierteljahr Stand jetzt, also ein halbes vor Wollreis' Verschwinden. Ich hab's vorsortiert in geschäftlich und privat, soweit das erkennbar war. Oft vermischt sich das ja ...«

»Vielen Dank, Herr Lurz«, sagte Kastner und griff nach dem Ausdruck, um ihn an Claudia weiterzureichen. »Haben Sie irgendetwas Auffälliges entdeckt?«

»Wie man's nimmt«, sagte Lurz. »Zunächst mal waren PC und Laptop durch ein gültiges Passwort geschützt – also nicht *Jeanette666* oder *Hasi-08-15*, sondern eine Kombination aus beliebigen Zahlen und Buchstaben, zwölf Zeichen lang und auch nirgends gespeichert oder notiert. Man kann also annehmen, dass niemand Zugriff auf die Daten hatte – ich denke dabei an die Witwe, nach dem, was wir von Martina über die Asche im Kamin gehört haben. Dementsprechend sind auch weder vor noch nach Wollreis'

Verschwinden größere Datenmengen auf einmal gelöscht worden. Das ist die gute Nachricht. Die schlechte ist: Auch hier gibt es bisher keine Hinweise auf ein geändertes Testament oder ein Mordmotiv. Aber wie gesagt, wir sind noch nicht durch.«

»Ist in Wollreis' Mails von Scheidung die Rede, kurz bevor er verschwand?«, wollte Kastner wissen.

Lurz zog eine Grimasse. »Wie sagt man so schön: Weniger ist mehr? Bei diesem Thema wäre weniger auch mehr gewesen. Ich hab's ja nur überflogen, aber in seinen Mails an seine diversen Geliebten ist eigentlich ständig von Scheidung die Rede. Inflationär. Ob man das also so ernst nehmen kann ...«

»Hm«, sagte Kastner. »Und auf dem PC von *Beate* Wollreis? Irgendetwas Verdächtiges?«

»Der Verdacht liegt nahe«, sagte Lurz etwas kryptisch, ehe er erklärte, dass auf dem PC der Witwe gezielt Daten gelöscht worden waren, wenige Tage nachdem man die Leiche ihres Mannes gefunden hatte. »Da war ein Profi dran«, meinte er schulterzuckend. »Tabula rasa. Hat keine Spuren auf der Festplatte hinterlassen. Ich bin nur draufgekommen, weil die Lücken ein bestimmtes Muster aufweisen.«

Kastner knirschte mit den Zähnen.

»Dafür haben wir etwas anderes gefunden, auf Beate Wollreis' Handy. Am 11. Juni um 17:15 Uhr hat sie Igor Koschnik angerufen.«

»Ja schau einer an«, sagte Kastner grimmig. »Claudia, ich will den Koschnik noch mal hier haben. Wir vernehmen ihn als Verdächtigen. Verhörzimmer, Videoaufzeichnung, Rechtsbelehrung – das ganze Programm. Und bei der Vernehmung der Witwe solltest du auch dabei sein. Man braucht ja wohl keinen Profiler, um bei diesem Mord an eine

Beziehungstat zu denken – eine akribisch geplante Tat. Ein Mord im Affekt mit vergiftetem Chili ist nur schwer vorstellbar. Ihr Motiv war finanzieller Natur, und ihr Liebhaber hat kein Alibi und profitiert obendrein selbst von Wollreis' Tod.«

Kastner schlug mit der Hand auf den Tisch.

»Wir ziehen jetzt mal die Samthandschuhe aus und zeigen der Dame die Folterinstrumente.«

Beate Wollreis war diesmal auf die Minute pünktlich.

Sie trug ein helles Leinenkleid, italienische Pumps und eine Halskette mit eisblau glitzernden Steinen. Kastner fiel auf, dass sie ihren Ehering nicht mehr trug.

Dr. Ludwig, heute mit einer hellgrünen Fliege zum sandfarbenen Anzug, machte ein ernstes Gesicht, als er ihm die Hand schüttelte. »Tja, also ... Meine Mandantin wird heute eine Erklärung abgeben, und ich hoffe, dass die Angelegenheit dann endlich erledigt ist. Das alles belastet Frau Wollreis psychisch sehr, sie hat ja gerade erst auf tragische Weise ihren Mann verloren.«

»Hm«, machte Kastner, dann klärte er Frau Wollreis über ihre Rechte auf. Die Witwe verzog keine Miene, erst als sie im Verhörzimmer an dem fleckigen Tisch Platz nahm und nicht umhinkonnte, die abgestandene Luft einzuatmen, stahl sich eine Mischung aus Ekel und Missbilligung auf ihr Gesicht.

Claudia schaltete das Aufnahmegerät ein, nannte Datum, Anwesende und den Grund für die Befragung: den dringenden Verdacht, dass Frau Wollreis Beweismittel in einem Mordfall unterschlagen und wissentlich falsche Angaben gemacht hatte, sowie den Verdacht, mittelbar oder unmittelbar an der Ermordung ihres Ehemannes beteiligt gewesen zu sein.

Dr. Ludwig wurde rot im Gesicht, sagte aber nichts. Beate Wollreis schlug die Beine übereinander.

»Also«, sagte Kastner. »Dann lassen Sie mal hören.«

Dr. Ludwig räusperte sich und zog mehrere Dokumente aus seiner Aktenmappe. »Meine Mandantin möchte folgende Aussagen machen: Bezüglich des Vorwurfs, Beweise unterschlagen zu haben, räumt sie ein, den Safe ihres Mannes geöffnet zu haben. Die Kombination des Zahlenschlosses war ihr bekannt. Da die Öffnung des Safes erst nach der Testamentseröffnung erfolgte und somit bekannt war, dass Frau Wollreis, von den kleineren Begünstigungen anderer abgesehen, die alleinige Erbin ist, ist in der Öffnung des Safes und der Entnahme der darin befindlichen Wertgegenstände keine strafbare Handlung zu sehen. Ich übergebe jetzt eine Liste der Gegenstände, die Frau Wollreis aus dem Safe entnommen hat«, sagte er ins Mikrofon und schob das Dokument über den Tisch zu Kastner, der es mit gerunzelter Stirn überflog. »Frau Wollreis möchte sich für die Umstände entschuldigen, die der ermittelnden Behörde dadurch entstanden sind, dass sie in diesem Punkt die Unwahrheit gesagt hat. Die psychische Ausnahmesituation, in der sie sich befand – nicht zuletzt durch die unterschwellige Anschuldigung, sie hätte irgendetwas mit der Ermordung ihres Mannes zu tun – sollte dafür eine gewisse Erklärung sein. Ich habe hier weiterhin eine eidesstattliche Erklärung meiner Mandantin, dass sich in dem Safe weder ein Testament ihres verstorbenen Mannes noch sonstige persönliche Unterlagen befanden, die der Aufklärung des Mordfalles dienlich hätten sein können. Ich übergebe diese ebenfalls an Herrn Kastner.« Ein weiteres Schriftstück wurde über den Tisch geschoben. »Ferner räumt Frau Wollreis ein, die Nacht vom 12. auf den 13. Juli mit dem Geschäftsführer ihrer Firma, Herrn Igor Koschnik, in einem Hotel verbracht zu haben. Frau Wollreis und Herr Koschnik hatten am 12. Juli einige Baugrundstücke in der Gegend von Gößweinstein besichtigt und sich danach zu einer geschäftlichen Besprechung getroffen. Da Alkohol getrunken wurde, beschloss man, die Nacht dort zu verbringen.«

»Sie wollen nicht ernsthaft behaupten, das sei ein rein geschäftliches …«

»Nein, nein«, winkte Ludwig ab, »meine Mandantin räumt ein intimes Verhältnis ein, legt jedoch Wert auf die Feststellung, dass ein solches *vor* diesem Abend nicht bestanden hat. Ein Zusammenhang mit dem Verschwinden ihres Gatten, fünf Wochen vorher, ist demnach wenig wahrscheinlich, und alles andere ist die Privatsache meiner Mandantin.« Ludwig reichte Kastner einen weiteren Bogen Papier; die schriftliche Fassung des eben Gesagten. Dann lehnte er sich zurück und lächelte verbindlich.

»Schön«, sagte Kastner, obwohl er lieber etwas anderes, weniger Positives, gesagt hätte. »Sie geben also zumindest eine Falschaussage zu, Frau Wollreis. Das ist ein Anfang. Ich habe natürlich noch einige Fragen.«

»Nur zu, Herr Käst… Entschuldigung, Herr *Kastner.*«

»Die Spurensicherung hat im Kamin im Arbeitszimmer Ihres Mannes Reste von Papier gefunden.« Er blätterte in seinem Notizbuch. »Größere Mengen von mit einem Tintenstrahldrucker bedrucktem handelsüblichem Druckerpapier, aber auch Asche von einem linierten oder karierten Notizblock, der mit Tinte beschrieben war. Dieselbe Tinte, die sich im Füllfederhalter Ihres Mannes befindet.«

Letzteres war eine reine Behauptung.

Beate Wollreis hob die Augenbrauen. »Ja, und? Wenn Sie auf das angebliche Testament anspielen – vielleicht hat mein Mann selbst es verbrannt? Falls er es überhaupt jemals geschrieben hat, was ich für eine glatte Lüge dieses vulgären Busenwunders halte. *Ich* habe jedenfalls in diesem Kamin nichts verbrannt. Das würde ich natürlich auch beeiden.«

Ich gebe Ihnen mein Ehrenwort, ich wiederhole, mein Ehren*wort*, dachte sich Kastner, nickte der Witwe aber freundlich zu. »Aus den bei der Hausdurchsuchung sichergestellten Unterlagen und Daten geht hervor, dass Ihr Mann sich von Ihnen scheiden lassen wollte. Hätte das finanzielle Einschränkungen für Sie bedeutet?«

Sie kniff die Augen zusammen und überlegte offensichtlich, welche Beweise er für diese Behauptung haben konnte. »Vielleicht hat er einmal aus einer momentanen Verstimmung heraus ...«

»Bitte beantworten Sie meine Frage, Frau Wollreis. Hätte eine Scheidung für Sie zu finanziellen Einbußen geführt?«

»Hätte, hätte, Moulinette«, reimte die Witwe erzürnt, wohl um anzudeuten, was er ihretwegen mit seinen Mutmaßungen anfangen könne. Kastner war aufrichtig erfreut über diese erste spontane und unverstellte Äußerung aus ihrem Mund. Sie zupfte an ihrer Halskette und wechselte einen Blick mit ihrem Anwalt. »Also, vermutlich ja«, gab sie zu. »Wir hatten einen Ehevertrag.«

»Sie haben also vom Tod Ihres Mannes zu diesem bestimmten Zeitpunkt finanziell profitiert«, stellte Kastner fest.

»Das ist sachlich richtig«, mischte Ludwig sich ein. »Immer vorausgesetzt, er wollte sich wirklich scheiden lassen, was meines Erachtens nicht klar bewiesen ist. Aber da meine Mandantin ein Alibi hat, ist es völlig belanglos.«

»Es ist nicht belanglos, es ist ein *Motiv*«, korrigierte Kastner gut gelaunt. »Und das Alibi Ihrer Mandantin weist zwischen 17:00 Uhr und 18:15 Uhr eine beachtliche Lücke auf.« Er zog erneut seine Notizen zu Rate. »Von Erlenstegen bis zum Weinmarkt sind es knappe siebeneinhalb Kilometer. Das ist in einer Viertelstunde mit dem Auto zu schaffen. Selbst wenn Sie eine weitere Viertelstunde nach einem Parkplatz gesucht haben, bleibt eine Dreiviertelstunde übrig. Können Sie uns erklären, was Sie in dieser Zeit gemacht haben, Frau Wollreis?«

Sie starrte ihn ungläubig an und wirkte zum ersten Mal beunruhigt. »Sagen Sie mal: Geht's bei Ihnen noch, Herr Kommissar? Ich meine – was glauben Sie denn? Dass ich in dieser Dreiviertelstunde meinen Mann vergiftet und seine Leiche auf diesem – diesem Acker vergraben habe, um mir danach mal eben die Hände zu waschen und mit meiner Freundin essen zu gehen?«

Kastner lächelte. »Nein, das glaube ich nicht. Wie Sie sehr wohl wissen, wurde Ihr Mann am 11. Juni lediglich ermordet, vergraben wurde er irgendwann im August. Ich glaube, dass Sie einen Helfer hatten. Sie haben um 17:15 Uhr mit Herrn Koschnik telefoniert?«

»Äh ...« Für Dr. Ludwig schien das eine neue Information zu sein, aber Beate Wollreis war nun in Fahrt.

»Ja und?«, fauchte sie. »Ist das irgendwie verboten? Wir sind schließlich Geschäftspartner!«

»Der Tod Ihres Mannes hat auch die Karriere Ihres Liebhabers ziemlich beflügelt«, fuhr Kastner in ruhigem Ton fort. »Er ist jetzt Geschäftsführer. Und er hat für den Abend, an dem Ihr Mann ermordet wurde, kein Alibi. Ziemlich genau ab 17:15 Uhr. Ist Igor Koschnik von der Firma direkt zu der Baustelle in Thon gefahren? Hat *er* Ihren Mann umgebracht?«

»Das ist doch gequirlte Scheiße!« Beate Wollreis' Ausdrucksweise wurde zunehmend leger, was Kastner für ein gutes Zeichen hielt. »Man bringt doch niemanden um, nur um Geschäftsführer zu werden!«

»Ach nein? Haben Sie ihm zusätzlich Geld dafür geboten?«

»Sie sind ein Arschloch, Kästner! Sie können sich richtig auf was gefasst machen! Sie scheinen noch immer nicht kapiert zu haben, mit wem Sie es zu tun haben, Sie kleinkarierter Beamtenf...«

Dr. Ludwig fiel seiner Mandantin buchstäblich ins Wort. Er hielt ihr die Hand vor den Mund und zog sie in eine Ecke des Verhörzimmers, wo er flüsternd auf sie einredete. Nach einer Weile kam er zurück an den Tisch, während Beate Wollreis in der Ecke stehen blieb und die Arme vor der Brust verschränkte.

»Nichts für ungut, Herr Kastner«, sagte er. »Meine Mandantin möchte sich in aller Form entschuldigen, da ist wohl ihr Temperament etwas mit ihr durchgegangen. Sie wollte Sie keinesfalls beleidigen. Ja, äh ... Offensichtlich gibt es Sachverhalte, die Frau Wollreis und ich erst besprechen müssen, bevor sie sich dazu äußern wird. Könnten wir eventuell einen neuen Termin ...«

»Natürlich«, sagte Kastner. »Wir können gerne morgen weitersprechen.«

Dr. Ludwig seufzte erleichtert und machte Anstalten, mit der Witwe den Raum zu verlassen.

»Oh«, sagte Kastner. »Nicht dass wir uns da missverstanden haben: Frau Wollreis wird so lange hierbleiben. Sie ist vorläufig festgenommen. Die zugegebene Falschaussage in Zusammenhang mit einem Kapitalverbrechen lässt befürchten, dass sie weitere Spuren der Tat beseitigen könnte und die Ermittlung der Wahrheit zu erschweren versucht.«

Dr. Ludwig schnappte nach Luft. »Damit kommen Sie

nicht durch, Herr Kastner! Es gibt nicht den mindesten Beweis für eine Beteiligung meiner Mandantin …«

»Man wird sehen«, fiel Kastner ihm ins Wort. »Wenn Frau Wollreis sich morgen kooperativ zeigt und unsere Fragen beantwortet, spricht ja nichts gegen eine sofortige Entlassung. Ansonsten wird der Haftrichter darüber befinden. Guten Tag, Herr Ludwig!«

»Da hat der Anwalt recht«, meinte Claudia, nachdem Beate Wollreis in eine Zelle gebracht worden war. »Ich meine, es besteht ja wohl keine Fluchtgefahr, mit der Firma und allem – das bringt dir höchstens einen Rüffel vom Chef ein.«

»Genau«, sagte Kastner und schloss die Augen, »da freu ich mich schon drauf. Ich habe gute Lust, den Koschnik auch gleich noch festzusetzen, damit es sich rentiert. Kannst du mit einem der Kollegen in die Firma fahren und ihn zum Verhör abholen?« Er sah auf die Uhr. »So in zwei Stunden?«

»Freilich.«

»Gut. Ich hab in der Mittagspause etwas zu erledigen, aber bis halb zwei bin ich sicher wieder hier.«

Kastner ging in sein Büro und sortierte die Unterlagen auf seinem Schreibtisch. Das Dossier über Ingo Rieneck überflog er nur kurz – es enthielt wenig Neues. Das Alibi von Kerstin, der zweiten Frau Wollreis, war endlich bestätigt worden: Claudia war es gelungen, den *ältlichen Typ mit Vollbart und Cordhose* ausfindig zu machen, einen Herrn Peter Wolfram, der sich in der Tat an seine Sitznachbarin bei dem Schulkonzert erinnerte. Somit blieb noch eine Lücke zwischen 16:00 und 17:00 Uhr, als sie sich zu Hause zurechtgemacht hatte.

Bassenfredt von der Stadtplanung hatte die versprochene Liste mit Wollreis' aktuellen Projekten gemailt, eine recht karge Aufstellung von Bebauungsplannummern mit umständlichen Bezeichnungen: *B-Plan Nr. 0815 für ein Gebiet nördlich der X-Straße, westlich der Y-Straße und südlich des Sowieso-Rings*. Immerhin hatte er einen Übersichtsplan angehängt, auf dem allerdings wenig zu erkennen war. Vermutlich mehrfach kopiert und dann eingescannt. Claudia hatte sich die Mühe gemacht, neben einzelne Bebauungspläne Kommentare zu schreiben: *Probleme mit den Nachbarn, Probleme mit dem Artenschutz, Konflikt mit Biotopschutz, bisher landwirtschaftliche Fläche* etc. Schon beim bloßen Gedanken daran, welche Fülle möglicher Motive sich dahinter verbergen könnte, wurde Kastner schlecht.

Er legte den Ausdruck beiseite und wählte Elisabeth Metzgers Handynummer.

»Hallo?«

»Frau Metzger? Schön, dass ich Sie gleich erreiche, hier ist Kriminalhauptkommissar Kastner vom Dezernat eins. Haben Sie einen Moment?«

»Äh ... Ja? Wenn's sein muss?«

»Es geht noch mal um den Abend des 11. Juni. Sie haben ausgesagt, dass Sie um 19:00 Uhr vom Einkaufen zurück in Ihre Wohnung kamen – ist das richtig?«

Schweigen.

»Frau Metzger?«

»Ja, äh ... Klar. So ungefähr halt. Warum?«

»Und Herr Rieneck ist um 19:15 Uhr bei Ihnen eingetroffen, zum Essen?«

Schweigen. Vermutlich übte sich Elisabeth gerade im Kopfrechnen.

»Frau Metzger?«

»Ja, genau. Um viertel acht. Das hab ich doch schon ...«

»Und in dieser Viertelstunde haben Sie die Bolognese gekocht?«

»Hä? Was soll das denn jetzt?« Sie schnaubte ins Telefon. »Natürlich hab ich nicht in einer Viertelstunde die Bolognese gekocht! Sie kochen wohl nicht sehr oft? Eine gute Bolognese muss mehrere Stunden bei geringer Hitze schmoren.«

Kastner nickte dazu, was Frau Metzger natürlich nicht sehen konnte. Er wartete, aber es kam nichts mehr.

»Das heißt, Sie haben die Nudelsoße schon vorher zubereitet«, half er ihr auf die Sprünge.

»Ja, natürlich. Genau genommen war die von vorgestern. Also vom äh ... Na, zwei Tage vor dem 11. Juni halt. Ich koch immer gleich mehr davon, die kann man gut aufwärmen.«

Und variieren, dachte Kastner.

»Und variieren«, sagte er.

»Bitte?«

»Variieren. Abwandeln. Man könnte zum Beispiel recht einfach Chili daraus machen.«

»Zweifellos«, sagte Elisabeth. »Hören Sie, wenn's das jetzt war? Ich hätte nämlich ...«

»*Haben* Sie Chili daraus gemacht? Vielleicht am 9. oder am 10. Juni?«

»Nein? Warum reiten Sie denn jetzt so auf dieser Bolognese herum?«

»Schon gut, Frau Metzger. Es hat mich nur interessiert. Hören Sie, noch etwas: Ingo Rieneck hat angegeben, dass er am 11. Juni nicht über Nacht bei Ihnen geblieben ist. Können Sie sich das erklären?«

Schweigen.

»Oh. *Scheiße*. Entschuldigung ... Ja, das stimmt. Ich hab's verwechselt. Das war dann wohl ein paar Tage vorher oder nachher. Es ist ja schon so lange her.«

»Kein Problem, Frau Metzger. Jetzt haben wir es ja geklärt. Ach, gibt es eigentlich schon etwas Neues von dem Vaterschaftstest?«

Elisabeth schwieg eine Weile, vermutlich überlegte sie, was ihn das anging. »Ja«, sagte sie schließlich zögernd. »Er war's. Wollreis.« Trotz des Geldes, das sie nun erben würde – genau wie Wollreis' ehelichen Söhnen stand ihr ein Pflichtteil zu –, klang ihre Stimme nicht froh, und Kastner verkniff sich daher eine Gratulation. Vermutlich wäre es dem Mädchen lieber gewesen, wenn der Mann, der es aufgezogen hatte, auch sein leiblicher Vater gewesen wäre. Aber immerhin würde sich nun ihre finanzielle Situation merklich entspannen. Am Ende würde sie sich tatsächlich eine von Wollreis' Wohnungen leisten können ...

Er bedankte sich freundlich für das Gespräch und legte auf.

»Nun denn«, sagte er laut, um sich aufzumuntern, und griff nach seiner Aktentasche.

Auf zur Trockenrasierer-Zentrale.

***

Die Hitze in der Fußgängerzone war unerträglich. Etwas Dumpfes, Schwüles lag in der Luft, staute sich zwischen den hohen Gebäuden und dem Steinpflaster und ließ vor Kastners innerem Auge thematisch recht einseitige Visionen entstehen: eiskalte Gletscher, tiefe, kalte, türkisblaue Bergseen, schneebedeckte Wälder mit Bäumen, von deren Ästen lange Eiszapfen hingen, kaltes Bier in einem Glas, an dessen Oberfläche sich die Feuchtigkeit in perlenden Tropfen niederschlug. Er trug die Bürosandalen und hatte die Socken ausgezogen, dennoch fühlte er sich, in Hemd und Anzughose, overdressed im Vergleich mit den nackten Armen, Beinen und Bäuchen, die ihm begegneten. Auf der Museumsbrücke schwitzten Bananen und Krautköpfe unter rot-weiß gestreiften Sonnenschirmen, die Verkäufer fächelten sich mit dreieckigen Papiertüten Luft zu. Wenn auf dem Hauptmarkt eine Veranstaltung war – zurzeit fand dort der Herbstmarkt statt, der Haushaltswaren von der Gardine bis zur Zuckerdose feilbot –, mussten die Marktstände ausweichen.

Kastner stellte sich in die Schlange vor dem italienischen *Eiscafé Sirena* und orderte Haselnuss und Schokolade, als er an der Reihe war. Der Mann seufzte, als wäre er von dieser phantasielosen Bestellung maßlos enttäuscht. »Wolle nicht probiere etwas Neues? Wir habe Zucchini-Karamell-Sorbet, ganz frisch? Oder vielleicht Prosecco-Sellerie?«

Mit der Eiswaffel in der Hand suchte Kastner nach einem halbwegs schattigen Plätzchen, fand jedoch keines. An der Ecke Kaiserstraße/Königsstraße, beim nördlichen Zugang zum U-Bahnhof Lorenzkirche, hatte bis vor Kurzem noch eine ausladende Robinie gestanden. Mirjams Kollegen von Sör hatten sie inzwischen gefällt. »Die war hin, Kastner«, hatte sie ihm erklärt. »Brandschaden. Irgendwelche Vollpfosten haben da Gelbe Säcke abgefackelt.« Immerhin sollte zumindest dieser Baum in Nürnbergs *guter Stube* bald ersetzt werden.

Notgedrungen stellte Kastner sich in den überdachten Eingangsbereich von Karstadt und schleckte genüsslich an seinem altmodischen Eis. Einmal mehr wunderte er sich über das rege Treiben an einem normalen Werktag – die ganze Stadt schien auf den Beinen zu sein. Zwei jugendliche Punks mit einem zotteligen Hund an der Leine schnorrten höflich Kleingeld, japanische Touristen fotografierten sich gegenseitig vor der wenig pittoresken Auslage eines Haushaltswarengeschäfts und vor der Lorenzkirche hielt ein Grüppchen Demonstranten Schilder in die Luft. Eine ältere Frau, die ihren Einkaufsroller wie eine Ramme vor sich herschob, drängte ihn unsanft zur Seite und murmelte etwas von »Tagedieben«, »Rücksichtslosigkeit« und »Im-Weg-Stehen«.

So hatte eben jeder seine eigenen Probleme.

Kastner leckte sich die Finger sauber und steuerte die Breite Gasse an.

Die Trockenrasierer-Zentrale war ein kühler Ort beschaulicher Stille. Eine Ladenglocke ging, als Kastner die Tür öffnete, sonst geschah zunächst nichts. In den wandhohen Regalen drängten sich Rasierapparate, elektrische Zahnbürsten, Ohr- und Nasenhaartrimmer und weitere Elektrogeräte, deren Funktion sich weder aus ihrer Form noch aus ihrer Bezeichnung ergab. *Der neue AJK 217 – erleben Sie die Verschmelzung von Funktion und Design*. Aha, dachte Kastner und räusperte sich laut.

Eine Frau lugte aus dem Hinterzimmer. »Allmächd, häddenshald was gsachd. Ich hör doch hinden die Gloggn nedd.«

Eine fränkische Entschuldigung implizierte immer einen latenten Vorwurf.

»Kein Problem«, sagte Kastner und kramte in seiner Tasche nach dem kaputten Rasierer. »Mein Rasierapparat hat irgendeinen Defekt. Er macht keinen Mucks mehr.«

Die Verkäuferin musterte Kastners Rasierer. »Allmächd«,

sagte sie erneut, dann rief sie nach hinten: »Maria! Mariia! Kommst du ämol vor?«

Maria, offensichtlich die *Senior Managerin* der Trockenrasierer-Zentrale, würdigte Kastner keines Blickes. Sie hob den Rasierer am Kabel hoch wie eine tote Maus und kniff die Augen zusammen. »Museum Industriekultur«, sagte sie zu ihrer Kollegin, dann verschwand sie wieder im Hinterzimmer.

»Äh«, sagte Kastner, dem nichts Gutes schwante. »Vielleicht ist es ja nur das Kabel?«

»Des brobier mer aus«, stellte die Frau fest, zog das Stromkabel aus seinem Rasierer und nestelte umständlich einen neuen Apparat aus seiner Originalverpackung. Resigniert schüttelte sie den Kopf. »Naa. Leider. Da bassd der Anschluss gar nimmer, sehngs? Also selbst wenn's bloß des Kabel is – für den Abbaraad griengs kans mehr.«

»Aber so alt ist der noch gar nicht«, versuchte Kastner zu widersprechen und rechnete im Kopf. »Vielleicht acht Jahre? Oder neun?«

Die Frau sah ihn mitleidig an und nickte.

»Ja dann ... Ist da gar nichts mehr zu machen?«

Als Kastner aus dem Laden trat, war es schon 13:15 Uhr. Er kämpfte sich durch eine Truppe halb nackter Schulmädchen, die sich ausgerechnet vor der Auslage der Trockenrasierer-Zentrale versammelt hatten, um auf die Displays ihrer Smartphones zu starren, und machte sich eilig auf den Rückweg ins Büro. Er hielt nur noch einmal an, um sich eine Bratwurstsemmel mit Senf zu kaufen. Es wäre ihm peinlich gewesen, die Aufnahme von Koschniks Geständnis mit einem Knurren seines Magens zu trivialisieren.

»Piano, piano«, sagte Claudia zur Begrüßung. »Der Koschnik kann schon noch einen Moment warten, bis du dich umgezogen hast.« Sie musterte seine nackten Füße in den Sandalen und das durchgeschwitzte Hemd. »Du hast übrigens Senf auf dem Kragen.«

»Oh ... danke«, sagte Kastner. »Im Prinzip ist es bei Elisabeth Metzger und Ingo Rieneck ja genau das Gleiche.«

»Bitte?«

»Eine ähnliche Situation wie mit der Witwe und Koschnik. Zumindest einer der beiden – Elisabeth hat ein Motiv. Sie erbt eine ganze Menge Geld. Und dieser windige Rieneck ist ihr einziges Alibi, so wie sie seines ist. Er könnte ihr geholfen haben.«

»Hm«, sagte Claudia und wandte diskret den Kopf ab, während Kastner sein Hemd auszog und sich mit einem Frotteehandtuch den Oberkörper abwischte. »Hältst du das für wahrscheinlich? Ist das Mädel nicht viel zu verpeilt, um so was zu planen?«

»Das Mädel vielleicht«, gab er zu. »Aber Rieneck sicher nicht. Ich habe selten jemand kennengelernt, der dermaßen auf Zack ist, wenn es um Geld geht. Er wusste, dass Elisabeth vielleicht Wollreis' Tochter ist. Sie war ihm ja quasi hörig, er könnte sie zu allem Möglichen überredet haben. Vielleicht haben sie versucht, Wollreis zu erpressen.«

»Er hat sich nicht darauf eingelassen, und dann haben sie beschlossen, ihn zu töten. So in etwa?«

»So in etwa. Sie hat etwas von ihrer Bolognese abgezweigt und ein Chili gekocht. Dann hat sie ihn angerufen und zum Essen eingeladen. Um über alles zu reden ... Was weiß ich. Er hat sich darauf eingelassen, um ihr klarzumachen, dass bei ihm nichts zu holen ist. In der Hoffnung, sie ein für alle

Mal loszuwerden. Dann Chili, Ende, aus, und Rieneck hat die Leiche verschwinden lassen.«

»Hm«, sagte Claudia erneut. »Und warum Eisenhut? Bei der Witwe wächst das Zeug ja immerhin im Garten, aber was wussten Elisabeth Metzger oder Ingo Rieneck davon?«

Kastner stellte bedauernd fest, dass er kein frisches Hemd mehr im Büro hatte. Er kramte ein Papiertaschentuch aus seiner Hosentasche und wischte an dem Senffleck herum. »Tja. Das ist mir auch noch nicht klar. Vielleicht haben sie ja einfach in Biologie aufgepasst?«

Igor Koschnik war auch diesmal äußerst korrekt gekleidet. Seine eisblauen Augen wanderten interessiert über das Aufnahmegerät, Claudias Beine und den Senffleck auf Kastners verschwitztem Hemd. Er wirkte eher wie ein Teilnehmer eines Rundgangs des Vereins *Geschichte für alle*, der überraschend einen Einblick ins Innerste der Nürnberger Polizeibehörde erhält, als wie ein Mörder, dem ein Verhör bevorsteht.

»Herr Koschnik«, begann Kastner, nachdem die Formalitäten fürs Protokoll erledigt waren und der Verdächtige auf den Beistand eines Anwalts verzichtet hatte. »Warum haben Sie bei Ihrer ersten Befragung verschwiegen, dass Sie eine intime Beziehung mit Frau Wollreis unterhalten?«

Koschnik fuchtelte mit den Händen in der Luft herum und lächelte verschmitzt, als hätte man ihn beim Stehlen von Süßigkeiten ertappt. »Ich wusste ja nicht, dass das von Relevanz ist.«

»Ich habe Sie nach Wollreis' Privatleben gefragt, und Sie haben mir allerhand über seine Ehefrauen und seine Geliebten erzählt; und jetzt wollen Sie allen Ernstes behaupten, Sie hätten die Relevanz dieses Sachverhalts nicht erkannt?«

»Diskretion«, versuchte Koschnik sich an einer anderen Erklärung. »Man ist ja einer Dame gegenüber zu Diskretion verpflichtet. Beate hat mich darum gebeten. Das hätte doch zu diesem Zeitpunkt einen ganz falschen Eindruck gemacht.«

»Seit wann besteht diese Beziehung?«

Koschnik zuckte die Achseln. »Das ist schwer zu sagen. Wir kennen uns schon lange. Wir waren schon locker befreundet, ehe sie Wollreis geheiratet hat. Ich habe ihr damals die Stelle bei ihm im Büro beschafft ... Aber intim wurde unsere Beziehung natürlich erst nach Günther Wollreis' Tod.«

»Sie meinen, nachdem Wollreis vermisst wurde?«

»Genau. Beate musste sich ja um die Firma kümmern, und das hätte sie ohne meine Hilfe wohl kaum geschafft. Wir mussten sehr eng zusammenarbeiten ...«

»Und wie sah Ihre Beziehung vorher aus? Vor Wollreis' Verschwinden?«

»Wir haben öfter telefoniert, uns E-Mails geschrieben, es gab Geschäftsessen oder Besprechungen. Das Geschäftliche stand immer im Vordergrund, aber man hat dann eben bei einer Flasche Wein auch mal über Privates gesprochen.«

»Was wussten Sie über Frau Wollreis' Ehe?«

»Nun, sie war nicht gut.« Koschnik schwieg eine Weile. »Sie haben sich oft gestritten, über die Firma, über Geld, über seine Affären. Ich habe Ihnen ja gesagt, dass Wollreis kein einfacher Mensch war, und Beate hat ja auch ihre Ecken und Kanten. Sie ist eine sehr selbstbewusste Frau.«

So kann man es auch nennen, dachte sich Kastner. »Wollte Herr Wollreis sich von seiner Frau scheiden lassen?«

»Darauf habe ich Sie ja bei unserem ersten Gespräch schon hingewiesen«, rechtfertigte sich Koschnik. »Es war wirklich respektlos, wie er in ihrer Abwesenheit von ihr gesprochen hat. Auch Beate hätte sich lieber heute als morgen von ihm getrennt, aber sie war ja finanziell und beruflich von ihm abhängig. Nach einer Scheidung hätte sie wohl kaum noch in der Firma arbeiten können. Und ohne ihre Arbeit könnte sie nicht leben ...«

»Für Frau Wollreis kam also eine Scheidung nicht infrage?«

»Leider nein«, sagte Koschnik. »Aber nun hat sich ja alles in Wohlgefallen ...« Er verstummte, als ihm bewusst wurde, was er eben gesagt hatte.

Kastner lächelte. Der adrette Herr Koschnik war ein richtiges Plaudertäschchen.

»Durch Wollreis' Tod hat sich also alles in Wohlgefallen aufgelöst, für Sie und für Frau Wollreis. Sie hat finanziell ausgesorgt, Sie leiten mit ihr zusammen die Firma, Sie können endlich Ihre Gefühle füreinander ausleben ...«

»Ja, äh ... Manchmal meint es das Schicksal gut. Aber bitte verstehen Sie das nicht falsch – wir wollten natürlich nicht, dass Herr Wollreis zu Tode kommt. Das wäre ja ...«

»Genau genommen ist er nicht *zu Tode gekommen*, er wurde ermordet, Herr Koschnik. Sowohl Sie selbst als auch Ihre Geliebte hatten ein Motiv für diesen Mord. Und keiner von Ihnen hat ein ausreichendes Alibi.«

Koschnik wurde blass. »Aber nein«, fing er an und fuchtelte wieder mit den Händen.

»Aber ja«, sagte Kastner. »Das sind Tatsachen.« Er blätterte in der Akte. »Im Jahr 1994 gab es ein Gerichtsverfahren gegen Günther Wollreis, in dem Sie als Hauptbelastungszeuge benannt waren. Sie erinnern sich?«

»Dunkel.« Koschnik fing seine Hände ein und verschränkte sie auf dem Tisch. Er schien jetzt auf der Hut zu sein.

»Warum haben Sie die Anschuldigungen plötzlich zurückgenommen?«

»Es war ... Ich hatte mich geirrt. Ich hatte einige Vorkommnisse wohl falsch interpretiert.«

»Soso. Und aus Dankbarkeit hat Herr Wollreis Ihnen eine Stelle in seiner Firma verschafft.«

»Das hat sich damals halt so ergeben.«

»Haben Sie zusätzlich zu dieser Stelle auch Geld von Wollreis erhalten?«

»Aber ich bitte Sie, das wäre ja ...«

»Bestechung?«, schlug Kastner vor. »Strafvereitelung? Uneidliche Falschaussage vor Gericht?« Er hielt Koschnik den Auszug von Wollreis' Kontodaten vors Gesicht. »Wir haben Unterlagen, aus denen hervorgeht, dass Wollreis Ihnen mindestens 8.000 Euro hat zukommen lassen.«

Koschnik wurde blass. »Ich sage jetzt nichts mehr«, kündigte er an. »Ich möchte jetzt doch meinen Anwalt anrufen.«

Kastner nickte. »Das ist Ihr gutes Recht. Wir unterbrechen die Vernehmung des Verdächtigen Igor Koschnik, es ist ...« – er sah auf die Uhr – »... 14:08 Uhr. Bis später, Herr Koschnik.«

»Er kann einem beinahe leidtun«, sagte Claudia, nachdem sie den in sich zusammengesunkenen Mann im Verhörzimmer zurückgelassen hatten. »Wenn die beiden Wollreis wirklich um die Ecke gebracht haben, dann war ja wohl die Witwe die treibende Kraft. Soll ich ihm nicht wenigstens einen Kaffee bringen, bis sein Anwalt eintrifft?«

»Wenn dein gutes Herz dich dazu treibt – mein Mitleid hält sich in Grenzen. Das ist doch ein gewissenloser Karrierist, der sich das Deckmäntelchen des gewissenhaften Geschäftsmannes und besorgten Liebhabers nur locker um die Schultern gelegt hat.«

»Glaubst du wirklich? Auf mich macht er eigentlich einen ganz sympathischen Eindruck.«

»Hm«, sagte nun Kastner.

Er nutzte die Pause, um seinen neuen AJK 217 auszuprobieren. Der Monitor seines Computers gab einen leidlichen Rasierspiegel ab, und über die Tastatur legte er die Akte Wollreis, damit keine Bartstoppeln zwischen die Tasten fallen konnten. Gebrauchsanweisungen zu lesen lehnte Kastner aus Prinzip ab, daher dauerte es eine Weile, bis der Apparat ein sonores Schnurren von sich gab. Eben war er mit der linken Seite fertig – er musste zunächst den Langhaarschneider benutzen –, als unvermittelt Carsten Wismeth hinter dem Bildschirm auftauchte.

»Ja, äh ... Kastner. Ich habe angeklopft, aber Sie haben mich wohl nicht gehört. Ich habe auch schon versucht, Sie telefonisch zu erreichen.« Er deutete auf das blinkende Lämpchen an Kastners Telefon.

»Oh. Das ist hier nur eine kurze Pause, Chef. Wir verhören gerade Igor Koschnik.«

Wismeth nickte. »Genau. Das ist der Grund meiner ... Stippvisite. Wie schön, dass Sie Zeit gefunden haben, sich zu rasieren! Ich frage mich allerdings, warum das ausgerechnet im Büro während der Dienstzeit geschehen muss? Ja, aber das nur am Rande. Der Staatsanwalt hat mich angerufen. Dr. Ludwig hat sich bei ihm beschwert – er hat behauptet, Sie hätten Frau Wollreis vorläufig festgenommen?«

Kastner nickte zustimmend und wandte sich kurz von seinem Chef ab, um das Grübchen an seinem Kinn vom Wildwuchs zu befreien.

»Jetzt machen Sie doch das Ding mal aus, Kastner! Wir sind ja hier nicht in einem türkischen Bad. Danke.«

Während Wismeth kopfschüttelnd die Haarbüschel auf der Akte Wollreis musterte, erklärte Kastner ihm seine Beweggründe. »Selbst wenn sie mit dem Mord nichts zu tun hat, hat sie auf jeden Fall die Ermittlungen behindert. Außerdem hat sie sich vor laufendem Aufnahmegerät der Beamtenbeleidigung schuldig gemacht«, schloss er etwas lahm.

»Meine Güte, Kastner. Beamtenbeleidigung. Deshalb können Sie vielleicht einen Demonstranten aus der autonomen Szene vorübergehend festsetzen, aber doch nicht die Inhaberin einer Firma, die über hundert Arbeitsplätze sichert!«

»Den Unterschied sehe ich jetzt nicht«, widersprach Kastner, was seinem Chef einen tiefen Seufzer entlockte.

»Offensichtlich. Der Staatsanwalt hält diese Maßnahme jedenfalls für nicht gerechtfertigt. Zumindest – zu*aller*mindest, hätten Sie sie mit mir abstimmen müssen. *Polizeiliche Willkür, Rechtsbeugung, privat motivierter Rachefeldzug, Polizeistaat* ... Das macht dann die Presse aus solchen Vorgängen. Ein bisschen Fingerspitzengefühl, Kastner! Die Hausdurchsuchung hat ja wohl keine verwertbaren Ergebnisse gebracht. Keine Beweise. Dieser Leichensuchhund ...«

»Koschnik hat nach einem Anwalt verlangt«, unterbrach Kastner ihn. »Und der steht bestimmt bald hier auf der Matte. Ich müsste mich schnell noch fertig rasieren.« Er lächelte entschuldigend und schaltete den Rasierapparat wieder an.

»Wollen Sie Koschnik etwa auch festnehmen?«

»Das würde ich für sinnvoll halten«, sagte Kastner. »Die beiden stecken unter einer Decke, geschäftlich wie privat, und vermutlich auch bei dem Mord. Koschnik ist deutlich weniger eisenbereift als die gnädige Frau, vielleicht knickt er nach einer Nacht in der Zelle ein. Zumindest uneidliche Falschaussage und Bestechlichkeit kann ich ihm nachweisen, auch wenn sein Anwalt ihm gleich erklären wird, dass diese Delikte bereits verjährt sind.«

Wismeth strich sich nachdenklich über seinen kahlen Schädel. »Na wenn Sie meinen, Kastner. Ich hoffe nur, Sie kommen mit diesem Fall endlich mal voran. Das zieht sich jetzt ja schon ewig. Die Presse wird sich da nicht mehr lange hinhalten lassen, und dann kommen wir ganz schnell unter Rechtfertigungsdruck. Wie lange ist der Wernreuther eigentlich krankgemeldet? Auf Claudias Schreibtisch stapelt sich die Arbeit, ich hab einfach nicht genug Leute …«

»Er hat am Montag einen Termin beim Orthopäden. Da erfährt er dann Genaueres.«

»Am Montag erst?« Wismeth schien erschüttert. »Ist der bei Dr. Müller-Wohlfahrt oder was? Kann der nicht zu seinem Hausarzt gehen und sich eine Spritze geben lassen?«

Dazu gab es wenig zu sagen. Kastner zuckte die Achseln und widmete sich den letzten Feinheiten seiner Rasur.

»Am Ende will der noch auf Reha …«, murmelte Wismeth im Hinausgehen.

Igor Koschniks Anwalt war ein mageres Kind mit abstehenden Ohren. Kastner war versucht, ihn nach seinem Ausweis zu fragen, um festzustellen, ob er schon volljährig war. Statt einer Aktenmappe trug er einen Laptop unter dem Arm, den er, nachdem er sich als Dr. Hersfeld vorgestellt hatte, mit einer eleganten Bewegung vor sich auf den Tisch stellte und aufklappte.

»Also …«, sagte er, ohne Kastner anzusehen. Stattdessen bediente er mit spitzen Fingern die Tastatur. »Eine uneidliche Falschaussage aus dem Jahr 1994. Das wäre verjährt. Das Gleiche gilt für eine mögliche Bestechlichkeit. Für beide Tatbestände könnte Herr Koschnik ohnehin nicht mehr belangt werden, selbst *wenn* Sie sie nachweisen *könnten*. Mein Mandant bestreitet allerdings beides.« Er hob den Blick von seinem Laptop und seine Ohren überzogen sich mit einer feinen Röte, als er weitersprach. »Für den Eingang gewisser Summen auf Herrn Koschniks Konto gibt es eine ganz natürliche Erklärung. Es handelt sich um Sonderzahlungen seines Arbeitgebers aufgrund von erfolgreichen Geschäftsabschlüssen durch Herrn Koschnik, die der Firma Wollreis gute Gewinne eingebracht haben.« Dr. Hersfeld starrte wieder auf seinen Monitor. »Wenn Sie sich die Mühe machen und einen Blick in Herrn Koschniks Arbeitsvertrag werfen, werden Sie feststellen, dass derartige Sonderzahlungen darin ausdrücklich vorgesehen sind. Es dürfte schwerfallen, eine Falschaussage aufgrund einer Bestechung nachzuweisen, wenn dafür kein Geld geflossen ist.«

»Soso«, sagte Kastner. »Das glauben Sie doch selbst nicht. Der Arbeitsvertrag an sich *ist* ja das Ergebnis der Bestechung. Herr Koschnik hat sich durch seine Falschaussage einen geldwerten Vorteil verschafft – die Anstellung in der Firma Wollreis, mitsamt diesem formidablen Arbeitsvertrag.« Der Anwalt war weiterhin ganz auf den Laptop konzentriert. *Vielleicht ersteigert er gerade etwas auf eBay*, vermutete Kastner. »Aber wie dem auch sei«, fuhr er fort, »Sie haben ja ganz richtig bemerkt, dass diese Straftaten verjährt sind. Sie werfen allerdings ein bezeichnendes

Licht auf die Glaubwürdigkeit Ihres Mandanten. Vielleicht hat Herr Koschnik den Ernst der Lage ja noch nicht ganz verstanden – es geht hier um Mord aus niederen Beweggründen. Herr Koschnik hatte ein Motiv, Herr Koschnik hatte die Gelegenheit, und Herr Koschnik hat kein Alibi.«

»Hm ... Ja ...«, murmelte Hersfeld und brachte seine Aktion im World Wide Web mit einem letzten Klick zum Abschluss, ehe er den Laptop zuklappte.

Drei, zwei, eins ... meins, dachte Kastner.

»Ja, Herr ... Kastner. Das sind ja schwere Vorwürfe, die Sie da erheben.«

»Richtig, Herr Hersfeld.«

»Aber wir sind ja hier nicht bei Agatha Christie, *Mord im Orient-Express*, wo die Verdächtigen ein tränenreiches Geständnis ablegen, weil sie sich durchschaut fühlen, sondern im echten Leben. Gibt es denn irgendeinen *Beweis* für eine Beteiligung meines Mandanten an dieser verabscheuenswürdigen Tat? Zeugen, Fingerabdrücke ... etwas in der Art?«

»Wir haben Indizien. Und wir haben Frau Wollreis verhaftet. Sie hat Beweismaterial unterschlagen und gelogen. Ich bin sicher, sie wird uns ihre Version des Tatherganges bald erzählen – es könnte für Sie, Herr Koschnik, von einigem Vorteil sein, uns zuvor *Ihre* Sicht der Dinge zu schildern. Oder glauben Sie ernsthaft, Beate Wollreis wird Sie schützen? Sie wird Ihnen alles in die Schuhe schieben. Am Ende wird es so aussehen, als seien Sie die treibende Kraft gewesen.«

»Aber ich habe damit nicht das Geringste zu tun! Denken Sie wirklich, dass Beate ...« Koschnik verstummte und wischte sich den Schweiß von der Stirn. Auf seinen Wangen erschienen weiße Pusteln, umgeben von einem roten Hof.

»Was ich denke, muss Sie nicht kümmern, Herr Koschnik. Sie haben andere Sorgen, glauben Sie mir. Hat Beate Wollreis jemals davon gesprochen, ihren Ehemann töten zu wollen?«

»Mein Gott, wie man das halt mal so sagt ...«

»Wie man das halt mal so sagt ...«, wiederholte Kastner. »Und was genau hat sie *mal so* gesagt?«

Koschnik wechselte einen Blick mit seinem Anwalt, der ihm aufmunternd zunickte. »Na ja ... ›Ich könnte ihn umbringen, wegen mir kann der Fettsack verrecken‹ ... Solche Sachen.«

Kastner lächelte. »Solche Sachen also. Frau Wollreis hat Sie am 11. Juni um 17:15 Uhr angerufen. Was genau wollte sie von Ihnen?«

Koschnik zuckte die Achseln. »Es ging um ein Bauprojekt in der Nordstadt. Die Firma plant dort hochpreisige Stadtvillen, und es gab irgendwelche Probleme mit dem Bebauungsplanverfahren. Das Übliche ... Eine alte Eiche steht im Weg, der Kiebitz brütet da, den Nachbarn sind die Gebäude zu wuchtig, irgendein Bauer will nicht verkaufen ... Das ist immer dasselbe. Jedenfalls wollte das Umweltamt, dass wir die Planung ändern. Das geht natürlich nicht – wir bauen ja auch nicht aus reiner Nächstenliebe, wir müssen ja da auf unsere Kosten kommen. Also hatte Günther ein Abstimmungsgespräch mit dem Wirtschaftsreferenten und Oberbürgermeister Lamy vereinbart, um unseren Argumenten auf politischer Ebene zur nötigen Durchschlagskraft zu verhelfen. Immer das gleiche Spiel: Erst jammert die Verwaltung ein bisschen, aber dann geht's schon. Beate hat mir ein paar Instruktionen für das Gespräch gegeben – wollen Sie das wirklich alles wissen?«

Kastner nickte.

»Na ja, Günthers Auftreten war da nicht immer hilfreich. Er hat den erfolgreichen Unternehmer und seine Verbindungen raushängen lassen, das provoziert oft nur unnötig Widerspruch. Beate verfolgt da eine andere Linie – hie und da ein kleiner Kompromiss, der niemandem wehtut; das Ergebnis ist dasselbe, aber man macht sich weniger Feinde.«

Kastner wusste von Mirjam, wie solche Kompromisse aussahen: *Das ist ganz einfach, Kastner. Da planst du frech ein energieeffizientes Pilotprojekt, dann muss das Umweltamt stillhalten, und wenn sich später rausstellt, dass das alles zu teuer ist und sich nicht verkaufen lässt, machst du so lange Abstriche von deinem Energiekonzept, bis davon nichts mehr übrig bleibt.*

»Also gut, Instruktionen«, sagte Kastner. »Und außerdem? Auf privater Ebene?«

»Sie hat gesagt, dass sie mit der von Wertheim zum Essen verabredet ist. Hat ein bisschen gelästert über die von Wertheim, ganz belanglos war das alles!«

»Hat sie etwas über ihren Mann gesagt?«

Koschnik kratzte an seinen hektischen Flecken herum und zögerte.

Der Anwalt sah auf seine Armbanduhr und klappte den Laptop wieder auf.

»Herr Koschnik?«, sagte Kastner.

»Ja ... Aber nichts Besonderes. ›Stell dir vor, er hat schon wieder eine Neue‹, hat sie gesagt. ›Das D-Körbchen aus dem Büro‹, und dass sein Geschmack immer vulgärer würde. Und ... Na ja, wenn ich's recht bedenke, das war schon beunruhigend: dass er sie angeschrien hat und damit gedroht, ihr den Zugang zum gemeinsamen Konto zu sperren ...« Koschnik kontrollierte seine Schnürsenkel. Kastner wartete.

»Na ja … Sie hat gesagt: ›Der ist jetzt gerade in Thon auf der Baustelle, vielleicht fällt ihm ja was auf den Kopf. Vielleicht sollte man da hinfahren und dafür sorgen.‹ Das hat sie gesagt.«

»Vielleicht sollte man da hinfahren und dafür sorgen«, wiederholte Kastner. »Danke, Herr Koschnik. Das wär's für heute. Sie dürfen gehen, aber bitte halten Sie sich zu unserer Verfügung.«

***

Kastner ging zu Fuß nach Hause. Im Celtistunnel stauten sich die Autos stadteinwärts; eine junge Mutter, die einen mit Einkaufstüten behangenen Kinderwagen an ihm vorbeischob, fluchte laut über die Abgase. Kastner stieg über eine tote Taube, die mit ausgebreiteten Flügeln auf dem Gehsteig lag wie das Opfer eines Ritualmordes, und ließ den Tag Revue passieren.

Nach Koschniks Vernehmung war es turbulent weitergegangen: Wismeth war noch einmal in sein Büro gekommen und hatte ihn davon in Kenntnis gesetzt, dass *höchste politische Kreise* wegen Frau Wollreis' Verhaftung *beunruhigt seien*, Claudia hatte in Erfahrung gebracht, dass der Vetter wegen der alten Erbschaftsangelegenheit eine Klage auf Herausgabe von 800.000 Euro gegen Beate Wollreis erhoben hatte. In Wollreis' Taschenkalender hatte er unter der Rubrik *Persönliche Notizen* einen interessanten Eintrag gefunden: *Metzger??*, mit zwei dicken Fragezeichen.

Ohne besonderen Anlass kaufte Kastner bei einem türkischen Gemüsehändler zwei Auberginen und rote Paprika.

»Heiß«, sagte der Mann gut gelaunt und musterte interessiert den Senf auf Kastners Kragen.

»Sie haben nicht zufällig auch Rotwein?«, fragte Kastner.

»Freilich. Bester italienischer Chianti, nur eins neunundneunzig.« Er zwinkerte Kastner zu und wickelte die Flasche diskret in Packpapier.

»Danke«, sagte Kastner und zahlte.

Er war unglaublich müde.

Erpressung*

»Wann kommst du heute Abend heim?«, wollte Mirjam am nächsten Morgen wissen, während sie sich gleichzeitig die Zahnpasta aus dem Mund spülte. »Bernd hat mich zum Essen eingeladen. Wir treffen uns so um acht im *Paradies*, und der freut sich sicher, wenn er dich auch mal wieder sieht – he! Was ist das denn? Neuer Rasierer?«

»Das ist ein AJK 217«, sagte Kastner.

»Ach so«, sagte Mirjam. »Sieht aus wie ein Rasierer. Was ist jetzt mit heut Abend? Nach dem Essen könnten wir auch mal wieder ins Kino gehen ...«

»Ich versuch's, Hase. Du weißt ja, die Witwe. Vielleicht komm ich nach.«

»Die gesteht heut. Die zappelt noch ein bisschen und dann gesteht sie. Wirst sehen.«

»Das wäre gut«, seufzte er. »Wenn sie nicht gesteht, war's das nämlich. Der Haftrichter lässt sie wieder gehen, und ich habe nicht das Geringste in der Hand.«

Mirjam band sich die kinnlangen Locken am Hinterkopf zusammen und brachte ihre Augenbrauen mit Spucke in Form. Sie war nach eigener Aussage *nicht so der Schminkpüppchen-Typ*. »Sag mal, Kastner – was war denn das für eine Plörre, die du da gestern angeschleppt hast? Sollte das Wein sein? Ich hab direkt Sodbrennen von dem Zeug ...«

»Hm«, sagte Kastner. »Das muss an dir liegen. Das war bester italienischer Chianti.«

---

* Regie: Alfred Hitchcock, 1929.

***

»Ich glaube, Sie haben Kontakt mit Wollreis aufgenommen, weil Sie erfahren haben, dass er Ihr Vater sein könnte. Was sich ja als wahr herausgestellt hat.«

Elisabeth Metzger saß mit hängenden Schultern auf einem der Plastikstühle, den Kopf auf die Hand gestützt und den Ellbogen auf Ingo, den Tisch. Sie kaute auf ihrer Unterlippe.

Kastner unterdrückte ein Seufzen. Er hatte im Dezernat angerufen und Claudia gebeten, Beate Wollreis schon mal ins Verhörzimmer zu setzen. »Die darf noch ein bisschen im eigenen Saft schmoren«, hatte er gesagt, »und ich schau noch mal bei Elisabeth Metzger vorbei.«

Elisabeth war barfuß, sie trug einen türkisfarbenen Jogginganzug über einem Schlafshirt mit fröhlich trompetenden rosa Elefanten, Kastner hatte sie aus dem Bett geklingelt. Er hatte gehofft, sie würde ihm Kaffee anbieten, aber da hatte er sich getäuscht.

»Haben Sie mal mit Ihrer Mutter gesprochen?«, fragte er angesichts ihres Elends, obwohl ihn das gar nichts anging.

»Nein. Wieso ... Das geht Sie gar nichts an.«

»Das ist richtig«, sagte Kastner und trommelte mit den Fingern auf dem Tisch. »Hören Sie, Frau Metzger, bei allem Respekt, Ihre Mutter hat vor neunzehn Jahren eine Dummheit gemacht. Und danach hat sie getan, was sie für das Richtige hielt. Wollen Sie ihr das bis zu ihrem Lebensende vorwerfen? Und was Ihren Kummer wegen diesem Rieneck betrifft: Sie können froh sein, dass Sie ihn loshaben. Der Mann ist ein Krimineller.« *Toll, Kastner*, dachte er, als die Tränen aus Elisabeths Augen quollen, *das hast du richtig gut gemacht.*

»Das verstehen Sie nicht«, beschied ihn die junge Frau. »Wie verletzend das ist. Diese ganze Lügerei!« Sie wischte sich mit einem Zipfel ihrer Sweatjacke über das Gesicht.

»Und Sie? Lügen Sie nicht auch? Wann haben Sie zum ersten Mal Kontakt mit Günther Wollreis aufgenommen? Was haben Sie zu ihm gesagt?«

»Das Arschloch!«, zischte Elisabeth. »Das blöde Arschloch! Und ausgerechnet der hat mich gezeugt ...«

»Was hat er gesagt?«

»Dass ich ihn nicht im Geringsten interessieren würde. Dass ich ihn in Ruhe lassen soll. ›Da könnte ja jede kommen‹, hat er gesagt, und dass er immer aufgepasst hätte, dass ihm *so was* nicht passiert.«

»Haben Sie mit ihm telefoniert oder haben Sie persönlich mit ihm gesprochen?«

»Te...le...foniert«, schluchzte Elisabeth.

Kastner konnte nicht anders, er legte tröstend seine Hand auf ihren Arm. »Und danach?«

Sie zuckte die Achseln und tastete in den Taschen der ausgeleierten Jogginghose nach einem Taschentuch. »Für mich wär's das gewesen. Ich wollte von dem Arsch gar nichts mehr wissen. Ingo hat dann gesagt, so einfach soll der nicht davonkommen. Wenn der sich so mies verhält, sollte man andere Töne anschlagen. Ingo war das. Er war so fürsorglich, er ist der Einzige, der sich wirklich für mich interessiert hat!« Ein neuer Strom Tränen.

»Ist Ihnen nie in den Sinn gekommen, dass Ingo das nur aus eigenem Interesse gesagt haben könnte?«

Elisabeth schien ehrlich überrascht. »Wieso? Was hätte *Ingo* denn da für ein Interesse dran haben können?«

Noch immer kopfschüttelnd machte sich Kastner auf den Weg ins Dezernat. Nachdem sie von ihrer Mutter erfahren hatte, dass Wollreis womöglich ihr Vater war, hatte Elisabeth online seine Geschäftsnummer eruiert – sein Privatanschluss hatte eine Geheimnummer – und dort so lange angerufen, bis es ihr tatsächlich gelang, ihn persönlich zu sprechen. Wollreis hatte schlicht geleugnet, ihre Mutter überhaupt zu kennen, und sich weitere Anrufe verbeten. Sie hatte es noch einige Male probiert, war aber stets vom Vorzimmer abgewimmelt worden. Alles Weitere war Rienecks Idee gewesen, und Elisabeth hatte brav alles getan, was er wollte: sich ein letztes Mal mit Henrik treffen, die Schubladen von Kerstin Wollreis nach Telefonnummern durchwühlen, Wollreis durch Kurznachrichten und Anrufe auf sein Mobiltelefon *etwas in die Enge treiben*. Sie hatte nicht gelogen, als sie ausgesagt hatte, bei ihrem Anruf am Tag von Wollreis' Verschwinden sei es um eine Wohnung gegangen: Elisabeth Metzger und Ingo Rieneck hatten versucht, Wollreis um ein 180-Quadratmeter-Neubauapartment mit Südbalkon und Marmorbad zu erpressen. Im Gegenzug, so hatten sie ihm versichert, würden weder seiner Firma noch seiner Ehefrau oder der Klatschpresse Informationen über seine folgenreiche Affäre zugehen. Kastner war sich sicher, dass Rieneck es auf die eine oder andere Weise geschafft hätte, sich das Apartment allein unter den Nagel zu reißen; leicht verdientes Geld, geringes Risiko. Er hatte stets darauf geachtet, dass ausschließlich Elisabeth als Erpresserin in Erscheinung trat.

Allerdings hatte er sich bei der Wahl seines Opfers ziemlich verkalkuliert.

Nach Elisabeths Angaben war das letzte Telefongespräch am 11. Juni folgendermaßen verlaufen:

Elisabeth: Hallo?

Wollreis: ...

Elisabeth: Hallo? Hier ist ...

Wollreis: Ich weiß, wer Sie sind. Passen Sie jetzt gut auf, ich sage es nur noch einmal: Sie hören umgehend auf, mich zu belästigen, sonst lasse ich meinen Anwalt von der Kette. Verleumdung, Rufschädigung, versuchte Erpressung, suchen Sie sich etwas aus. Mein Anwalt hat bisher noch jeden Prozess gewonnen. Ich kenne Sie nicht, ich kenne Ihre Mutter nicht, und es ist mir scheißegal, wem Sie Ihre Lügengeschichten erzählen. Nur zu. Geben Sie der BILD *ein Interview. Ziehen Sie Ihre Mutter als Schlampe in den Dreck. Mir ist das wirklich scheißegal.*

Elisabeth: ...

Wollreis: Ich leg jetzt auf, du dumme Kuh, und wenn du mich noch ein Mal *anrufst, mach ich dich so fertig, dass du in diesem Leben sowieso kein Apartment mehr brauchst.*

Damit hatte er das Gespräch beendet, und Elisabeth, die gerade vor einem Friseursalon in der Inneren Laufer Gasse stand, in dem sie sich für den Abend mit Ingo die Haare hatte schön machen lassen, weinte vor Enttäuschung und Wut. Die geringe Neigung von Wollreis, sich erpressen zu lassen, traf sie dabei weit weniger als die Grobheit und Ablehnung, mit der er ihr von Anfang an begegnet war. Sie ging in die Frauenkirche – um alleine zu sein und weil es dort kühl war – und dachte darüber nach, wie grausam ihr das Leben seit dem Tod ihres Vaters, ihres *wirklichen* Vaters, Hubert Metzger, mitgespielt hatte. Als eine Gruppe hessischer Touristen einfiel und ein älterer Herr mit Schirmmütze und kaum gedämpfter Stimme Detailwissen über den Tucheraltar und das Peringsdörffersche Sandstein-Epitaph von Adam Kraft preisgab, setzte sie ihre Sonnenbrille auf, um ihre verquollenen Augen zu verbergen, und ging wieder hinaus. Die Schaufensterscheibe einer teuren Boutique spiegelte ihre neue 60-Euro-Frisur, und Elisabeth fasste wieder etwas Mut. Immerhin hatte sie ja Ingo, und notfalls konnte man auch ohne Marmorbad glücklich werden. Sie zählte die wenigen Geldscheine in ihrem Portemonnaie und beschloss spontan, ein paar weniger teure Boutiquen abzuklappern und sich passend zur Frisur neu einzukleiden. Ingo machte manchmal abfällige Bemerkungen, wenn sie ein ausgeblichenes T-Shirt trug – *so kann ich mit dir nicht aus dem Haus, was ist, wenn ich jemanden treffe, den ich kenne? Lass uns zu Hause bleiben und vögeln. Holst du mir ein Bier aus dem Kühlschrank, Schatz?* Dabei war sein Ton aber nicht verletzend, eher amüsiert, und sie war zu dem Schluss gekommen, dass er es nicht böse meinte. Trotzdem kaufte sie sich bei C&A ein heruntergesetztes Top, hellblau mit einer lustigen Comic-Ente vorne drauf, und weiße Shorts. Dann nahm sie am Hauptmarkt noch eine Gurke und ein paar Karotten mit und ging nach Hause, um die Bolognese aufzuwärmen, einen Salat zu machen und Ingo von dem Scheitern seines Plans zu berichten.

Was ist das denn, Hartz-IV-Fashion?, hatte er angesichts ihres neuen Outfits gefragt, und ob sie an den Altkleidertüten beim Roten Kreuz gewesen wäre. Die Bolognese war ihm viel zu scharf gewesen, er hatte vier Bier dazu getrunken und war anschließend in wütende Tiraden gegen Wollreis ausgebrochen. Dass sie beim Friseur gewesen war, hatte er gar nicht bemerkt, und kurz nach 22:00 Uhr war ihm eingefallen, dass er noch eine wichtige Verabredung hatte.

Elisabeth hatte das Geschirr gespült, nachdem er gegangen war. Er meint es nicht so, hatte sie sich gesagt, man muss den Männern ihre Freiheiten lassen. Vorwürfe machen alles nur schlimmer. Wenn wir erst zusammenwohnen, wird er schon häuslicher werden.

Kastner war in Versuchung, sofort in Rienecks drogenfinanzierte, bunte Welt einzubrechen und den jungen Mann zur Schnecke zu machen, zumindest das, denn strafrechtliche Konsequenzen würde es für ihn nicht geben. Selbst wenn Elisabeth ihren Ex vor einem ordentlichen Gericht belasten würde, gäbe es keinerlei Beweise dafür, dass er Anstifter und Mittäter war. Er würde Elisabeth eine falsche Beschuldigung aus enttäuschter Liebe unterstellen, und selbst wenn der Richter zu demselben Schluss wie Kastner kam, dass nämlich Rieneck ein gerissenes Arschloch war und dass sich Elisabeth vor allem einer grenzenlosen Naivität schuldig gemacht hatte, würde er sie schuldig und ihn freisprechen müssen.

Aus Mangel an Beweisen.

Kastner atmete tief durch. *Professionelle Distanz, Kastner*, pflegte sein Chef zu sagen, *da haben Sie noch Verbesserungspotenzial.*

Er ging also nicht zu Ingo Rieneck.

Während er den Blasen auswich, die der Asphalt in der Hitze warf, konzentrierte er sich wieder auf seinen Mordfall. War es denkbar, dass Rieneck Wollreis ermordet hatte? Aus Wut? Um einer Klage wegen Erpressung zuvorzukommen? Es war zumindest ein Motiv, aber er hätte es nach zehn Uhr abends tun müssen. Und Wollreis war schon um 16:00 Uhr spurlos verschwunden ...

Am Maxfeld nahm Kastner die U2 Richtung Innenstadt und bemühte sich, die Körperausdünstungen seiner Mitreisenden zu ignorieren. Nicht einmal in der U-Bahn war es noch kühl. Er vertrieb sich die Zeit, indem er sich Beate Wollreis im Verhörzimmer vorstellte. Die Sehnsucht nach einer Dusche nach der Nacht in der stickigen Zelle. Das Schwanken der Stimmung von Wut über Ungeduld zu der inneren Leere, die sich bei langem Warten einstellt. Der zunehmende Wunsch, sich mitzuteilen. Wenn er junge Kollegen zur Ausbildung bei sich hatte und mit ihnen das Für und Wider einer vorläufigen Festnahme erörterte, empfahl er gern Kafkas *Der Prozeß* als thematisch passende Lektüre.

Als er endlich im Dezernat ankam – wegen einer *technischen Störung* hatte es am Hauptbahnhof eine Verzögerung gegeben –, begrüßte Claudia ihn mit hochrotem Kopf und lotste ihn mit hektischen Handzeichen von den anderen Kollegen weg.

»Ich glaub, es gibt dicken Ärger«, sagte sie und zog Kastners Bürotür hinter sich zu. »Der Lamy muss mit dem Staatsanwalt telefoniert haben, und der hat dann Wismeth angerufen, und der hat schon fünfmal nach dir gefragt.«

»Ist die Wollreis noch ...?«

»Ja, die sitzt noch im Verhörzimmer.«

»Na dann«, sagte Kastner gelassen, »werd ich mich mal bei Wismeth zurückmelden. Du kannst der Dame ja inzwischen einen Kaffee anbieten. Und mach dir keine unnötigen Sorgen, wir sind eine von politischer Einflussnahme unabhängige Behörde. Der Lamy weiß das, der ist ja nicht blöd. Er interessiert sich nur nicht für Umweltthemen.« Mit dieser für Claudia rätselhaften Bemerkung – einer Einschätzung von Mirjam – ließ er sie zurück.

In der Tat stellte es sich rasch heraus, dass der Oberbürgermeister nur ein zügiges und rechtlich einwandfreies

Vorgehen angemahnt hatte und jegliches Aufsehen zu vermeiden bat.

Wismeth war dennoch äußerlich und innerlich in Auflösung begriffen.

»Sie müssen Frau Wollreis sofort wieder auf freien Fuß setzen, Kastner. Der Staatsanwalt hat anklingen lassen, der Oberbürgermeister könnte denken, wir ermitteln im völlig falschen sozialen Umfeld.«

Kastner kommentierte weder das interpretierte Hörensagen noch dessen zweifelhafte Botschaft. Er nickte vielmehr zustimmend. »Natürlich«, sagte er. »Es gab ein kleines Problem mit der U-Bahn, daher die Verzögerung. Ich werde Frau Wollreis sofort vernehmen, und wenn sich nichts Konkretes ergibt, kann sie nach Hause gehen.«

»Dann wäre das ja geklärt«, sagte Wismeth erleichtert.

Beate Wollreis war offensichtlich nicht Josef K. aus Kafkas *Prozeß*. Sie hatte die Beine übereinandergeschlagen und musterte Kastner kühl, ihre Frisur saß tadellos. Im Gegensatz zu seiner Mandantin sah Dr. Ludwig aus, als hätte er unter dem Schreibtisch geschlafen: Sein Haar bildete über dem rechten Ohr das, was Mirjam einen *Schlafschöbbel* zu nennen pflegte, auf dem türkisfarbenen Jackett schmiegte sich eine Staubfluse in eine Knitterfalte. Die Fliege saß jedoch tadellos, sie war schwarz.

»Frau äh, Wollreis«, begann Kastner, wobei er in der Akte blätterte, als hätte er den Namen nicht parat. »Wenn es Ihnen recht ist, setzen wir jetzt die unterbrochene Vernehmung vom 22.09. fort. Das Aufnahmegerät ist eingeschaltet. Haben Sie Daten von Ihrem PC gelöscht, nachdem man die Leiche Ihres Mannes gefunden hat?«

»Ich lösche immer wieder mal Daten vom PC, Sie nicht?«

»Nein«, antwortete Kastner ehrlich. »Was waren das für Daten?«

Beate Wollreis zuckte die Achseln. »Schriftverkehr mit Kunden und Handwerkern, alte Exposés, bezahlte Rechnungen, überholte Projektskizzen …«

»Auch Daten aus dem privaten Bereich? Es war Ihr privater PC.«

»Sicher. Ja, auch private Daten. Aber Sie können davon ausgehen, dass die Daten nicht das Geringste mit der Ermordung meines Mannes zu tun hatten.«

»Haben Sie einen Profi mit der Löschung der Daten beauftragt?«

»Natürlich.« Beate Wollreis lächelte verbindlich. »Das ist ja auch eine Frage des Datenschutzes, nicht wahr? In meiner Position kann ich mir ein unprofessionelles Vorgehen nicht leisten.«

»Natürlich nicht«, sagte Kastner. »Hat Koschnik die Leiche allein beseitigt?«

Zwischen Anwalt und Mandantin wurde ein Blick gewechselt. Ludwig räusperte sich. »Dazu kann meine Mandantin naturgemäß keine Angaben machen, da sie mit der Ermordung ihres Gatten nichts zu tun …«

»Womöglich«, sagte die Mandantin zeitgleich. »Aber da müssen Sie Herrn Koschnik fragen. Ich weiß nichts davon.«

»Ihr Liebhaber hat Ihren Ehemann also aus eigenem Antrieb und ohne Ihr Wissen getötet?«

»Womöglich«, wiederholte Beate Wollreis. Dr. Ludwig starrte sie an.

»Herr Koschnik hat ausgesagt, dass Sie Ihrem Mann den Tod gewünscht haben. Oder sogar mehr als das? Ich zitiere: *Der ist jetzt gerade in Thon auf der Baustelle, vielleicht fällt ihm ja was auf den Kopf. Vielleicht sollte man da hinfahren und dafür sorgen*. Zitat Ende. Das ist die Aufforderung zu einer Straftat, finden Sie nicht?«

»Da muss Herr Koschnik mich ganz falsch verstanden haben. Vielleicht versucht er auch nur, den Verdacht von sich abzulenken? Er hat kein Alibi, nicht wahr? Im Gegensatz zu mir.«

»Sie halten es also für möglich, dass Herr Koschnik Sie falsch verstanden hat und daraufhin losgefahren ist, um Ihren Mann zu ermorden?«

Dr. Ludwig meldete sich wie ein Schüler mit erhobenem Finger. »Liebe Beate, du solltest jetzt keinesfalls ...« Aber Beate Wollreis beachtete ihn nicht. »Das wäre denkbar. Aber ich kann in die Köpfe anderer Menschen ja nicht hineinschauen. Was Herr Koschnik getan oder nicht getan hat, müssen Sie schon mit ihm selbst klären.«

Kastner nickte zustimmend. »Danke, Frau Wollreis«, sagte er. »Sie können jetzt gehen.«

»Das war ja wohl ein Schlag ins Kontor«, kommentierte Claudia, während sie die Kaffeemaschine befüllte.

»Dieser ganze Fall ist ein Schlag ins Kontor. Ich träume nachts davon. Ich träume, dass der Mörder – oder die Mörderin – Wollreis' Leiche in Säure auflöst, sodass sie nie gefunden wird, dass ich eine Expertise erstelle, *in dem Sinn, dass es an seinem Tod keinen vernünftigen Zweifel gibt*, dass er für tot erklärt wird und dass alle glücklich und zufrieden bis ans Ende ihrer Tage leben.« Kastner wurde gewahr, dass Claudia ihn anstarrte. »Entschuldige«, sagte er, »aber genau davon träume ich. Wer ist so blöd, eine Leiche, die zuvor zwei Monate unauffindbar war, auf einem Acker zu vergraben, wo sie unweigerlich gefunden wird? Warum tut jemand so etwas? Warum lässt er sie nicht einfach dort, wo sie vorher war? Oder bringt sie wenigstens an einen Ort, an dem es weniger wahrscheinlich ist, dass man sie findet?«

Claudia schaltete die Maschine ein und zuckte die Achseln. »Keine Ahnung. Etwas muss sich geändert haben an den äußeren Umständen. Die Leiche war da, wo sie lag, nicht mehr sicher. Und dann – eine Kurzschlusshandlung?«

»Genau. Sie lag ruhig und kühl, von niemandem vermisst, und dann hat sich etwas geändert. Eine Kurzschlusshandlung.«

Kastner und Claudia lauschten dem Röcheln der Kaffeemaschine.

»Sie war es nicht«, sagte Kastner plötzlich.

»Wer? Die Witwe?«

Kastner nickte. »Sie ist ganz und gar nicht der Typ für eine Kurzschlusshandlung.«

»Dann war es Koschnik allein?«

»Das glaube ich nicht. Und das nicht einmal, weil ich ihm einen Mord in Eigeninitiative nicht zutraue.«

»Sondern?«, fragte Claudia.

»Der Acker. Der verfluchte Acker. Er hat etwas zu bedeuten. Wenn ich nur wüsste, was …«

Der Rest des Nachmittages verlief erfreulich. Claudia spulte das Band des Aufnahmegerätes bis zu der Stelle zurück, an der Beate Wollreis anfing, ihren Liebhaber ans Messer zu liefern. Koschnik lauschte den Aussagen schweigend, mit zunehmend versteinertem Gesicht, dann packte er aus.

Er habe Belege dafür, dass Beate Wollreis schon damit begonnen habe, Geld beiseitezuschaffen, als ihr Mann noch lebte. Nach dem Fund der Leiche habe sie sofort große Mengen Bargeld sowie Wertgegenstände aus einem Bankschließfach an einen *sicheren Ort* transferiert, Wollreis'

Safe leer geräumt und dabei wohl auch ein handschriftlich aufgesetztes Testament gefunden, das sie verbrannt habe. Letzteres könne er allerdings nicht beweisen, sie habe es ihm lediglich erzählt. Auch verfüge er über Unterlagen, die *gewisse Geschäftspraktiken* der Firma erhellen würden: Preisabsprachen, regelwidrige Ausschreibungen, versuchte Einflussnahme auf politische Entscheidungen; auch Grundstückseigentümer seien gelegentlich mit *unlauterem Druck* zum Verkauf genötigt oder bezüglich des Preises übervorteilt worden. Koschnik räumte ein, dass die Höhe der *Sonderzahlungen*, die auf seinem Gehaltskonto eingegangen waren, in direktem Zusammenhang mit diesem Wissen gestanden hatte. »Nicht dass Sie glauben, ich hätte Wollreis erpresst, das habe ich nie getan; ich war lediglich diskret. Auch um die Firma und die Arbeitsplätze nicht zu gefährden, und das wusste er zu schätzen. Ich bin eher der Typ des moralischen Geschäftsmannes, der ja leider ein bisschen aus der Mode gekommen ist«, betonte er.

Kastner nickte und dachte sich seinen Teil. Sowohl Beate Wollreis als auch Igor Koschnik würden sich wegen dieser Delikte vor Gericht verantworten müssen, aber das war Sache der Kollegen. Er suchte nach wie vor einen Mörder – oder eine Mörderin. »Wer hat Wollreis ermordet?«, fragte er abschließend, ohne sich noch etwas davon zu versprechen.

Koschnik zuckte die Achseln. »Ich habe nicht die geringste Ahnung. Ich war es jedenfalls nicht.«

Das Fenster zum Hof*

»Ein moralischer Geschäftsmann also«, kicherte Mirjam, »am Ende sieht der sich wirklich so.« Sie stand in ihrem hellgrünen Nachthemd an der Arbeitsplatte und schnitt Obst in kleine Stückchen. Nach den Ausschweifungen der letzten Nacht – sie und Bernd waren nach dem Essen noch durch einige Kneipen gezogen und letztendlich im *Schanzenbräu* in Gostenhof abgestürzt – verlange ihr Körper nach Vitaminen, hatte sie behauptet. Bernd lag noch schnarchend auf dem Sofa im Wohnzimmer, er hatte es nicht mehr nach Hause geschafft. Kastner hatte ihn früh um vier im Bad würgen hören und war froh gewesen, dass er sich den beiden nicht mehr angeschlossen hatte. Stattdessen hatte er seinen Feierabend geruhsam mit einem Bier auf dem Sofa genossen und eine DVD eingelegt – *Das Fenster zum Hof*. Grace Kellys Schlüsselbeine waren immer wieder eine Augenweide.

»Die große Liebe war das ja dann wohl nicht«, fuhr Mirjam fort, wobei sie Nüsse und Haferflocken in eine Schüssel füllte. »Koschnik und die Witwe. Eher ein Arrangement zum beiderseitigen Nutzen. Was für eine Welt!« Sie schüttelte sich.

Nur mit seiner Unterhose bekleidet kam Bernd in die Küche geschlurft und grüßte Kastner mit einem Schlag auf die Schulter. »Er kann nicht sprechen, bevor er seinen Kaffee hatte«, entschuldigte Mirjam ihn. Bernd nickte zustimmend und ließ sich auf einen Stuhl fallen. Er sah übel aus.

* Regie: Alfred Hitchcock, 1954.

»Paula holt ihn gleich ab.« Mirjam stellte Bernd einen großen Becher Milchkaffee hin und kicherte wieder. »Sie findet das, glaub ich, gar nicht lustig. Die beiden sind heute zum Mittagessen bei Paulas Eltern eingeladen.«

Bernd grunzte, und Kastner bekam nun doch Mitleid. Solidarisch kramte er ein Aspirin aus der Tischschublade und schob es ihm hin. Vor fünfzehn Jahren war er mit Bernds jüngerer Schwester liiert gewesen. Danach hatten sie eine eher lockere Freundschaft gepflegt, bis Bernd unversehens in Mirjams weitläufigem Bekanntenkreis aufgetaucht war. Seither sahen sie sich wieder öfter. Bernd ging stramm auf die fünfzig zu und war Designer – Designer *gibt's der Herr im Schlaf*, pflegte Mirjam seinen gut situierten Lebensstil zu kommentieren, aber seit er vor drei Jahren seine Frau und die Kinder verlassen hatte, um mit der fünfundzwanzigjährigen Paula zusammenzuziehen, neigte er zu unkontrollierten Abstürzen. Paula war hübsch, aber *emotional unglaublich anstrengend*. Sagte Mirjam. Kastner kannte Paula bisher nur vom Hörensagen, und damit war er recht zufrieden.

»Und wie geht's jetzt weiter, Kastner? Mit deinem Fall?« Mirjam ließ sich ihr Müsli schmecken.

Kastner zuckte die Achseln, er wollte vor Bernd keine Ermittlungsdetails diskutieren. Bernd hingegen schien langsam wieder zu Kräften zu kommen.

»Für den Wollreis haben wir mal eine Hochglanzbroschüre gemacht«, sagte er. »Sieben Seiten. Irgendein hochpreisiges Bauprojekt ... Das war ein Aufwand, das könnt ihr euch gar nicht vorstellen. Ich hab da drei Wochen dran gearbeitet, echte Models engagiert und über sechzig Fotos gemacht, aber Wollreis hatte an allem etwas auszusetzen. Und als er dann endlich leidlich zufrieden war, haben wir ein Jahr auf unser Geld warten müssen. Ein echtes Ekel.« Bernd hielt Mirjam die Tasse zum Nachfüllen hin. »Oh!«, sagte er an Kastner gewandt. »Komm ich jetzt auf die Liste der Verdächtigen?«

»Tut mir leid«, antwortete Kastner, »aber für solche wie dich ist auf der Liste wirklich kein Platz mehr.«

Woher wir kommen, wohin wir gehen*

Während Mirjam die Nase an die Glasscheiben der Vitrinen presste, trat Kastner von einem Bein aufs andere. »Die haben eine Klimaanlage, Kastner«, hatte sie versprochen, »da ist es so kühl wie im Arsch der Schneekönigin. Und wir waren da schon ewig nicht mehr.« *Ewig* bedeutete in diesem Fall drei oder vier Wochen, was Mirjam anging. Er selbst war mit dem Deutsch-Leistungskurs zum letzten Mal im Germanischen Nationalmuseum gewesen. Mirjam hatte in Aussicht gestellt, er werde positiv überrascht sein, wie modern und informativ die Ausstellungen inzwischen konzipiert seien, aber seines Erachtens hatte sich seit seiner Schulzeit nichts verändert. In schummrig beleuchteten Räumen standen oder hingen alte Möbel, alte Musikinstrumente, alte Gemälde und alte Haushaltsgegenstände, und jeder Besucher bekam einen vermeintlich diskreten Museumswächter zur Seite gestellt, der ihm durch die unübersichtlich verschlungenen Gänge folgte und ihn mit Argusaugen beobachtete. *Ich weiß genau, was du vorhast*, sagte sein Blick. *Du willst dir Peter Henleins erste Taschenuhr in den Rucksack stopfen und damit zum Ausgang rennen, aber ich werde schneller sein.*

Kastner räusperte sich. »Was hältst du davon, wenn wir mal einen Kaffee trinken gehen, Hase?«

»Hm«, machte Mirjam. »Wir sind doch höchstens eine Viertelstunde hier. Schau mal, Kastner, das ist ja Wahnsinn: Mikrolithen aus dem Jungpaläolithikum.«

---

* Ton Steine Scherben, Schritt für Schritt ins Paradies; aus: Keine Macht für Niemand, 1972.

»Mikro*was*?« Mirjam zuliebe beugte er sich über die Vitrine und betrachtete eine Handvoll kleiner, scharfkantiger Steinsplitter. Sie befanden sich gerade in der Dauerausstellung Vor- und Frühgeschichte, und die Vitrinen waren voller Steine und Steinsplitter. Diese hier erinnerten Kastner an den Bodenbelag von Biergärten in ländlichen Gebieten.

»Deshalb gibt es die Informationstafeln, Kastner. Mikrolithen sind jungsteinzeitliche Werkzeuge. Hier steht, dass Mikrolithen in ihrer klassischen Formenvielfalt in Europa seit dem Aurignacien auftreten, insbesondere aber im späten Magdalénien, also ungefähr 13.000 bis 12.000 Jahre vor der Gegenwart. Das ist doch hochinteressant.«

Kastner nickte.

»Weißt du was«, sagte Mirjam, »geh du schon mal einen Kaffee trinken. Ich guck hier noch ein bisschen und komm dann auch in die Cafeteria runter. Ach, und Kastner«, rief sie ihm nach, »eins musst du zugeben: Es ist angenehm kühl!«

Kastner bestellte einen Cappuccino und einen Apfelkuchen mit Sahne. Die Cafeteria war nur mäßig besucht, eine junge Frau trank Cola und las in einer Zeitschrift, zwei Rentnerpaare saßen einen Tisch weiter und unterhielten sich flüsternd, als säßen sie in einer Kirche. Gelegentlich kamen Leute die breite Steintreppe herunter, um in der Garderobe ihre Taschen in Schließfächer zu sperren. Niemand wollte in den Verdacht geraten, er hätte es auf Henleins Taschenuhr abgesehen.

Kastner entspannte sich. Es würde lange dauern, bis Mirjam kam.

Verdacht*

Kastner stand in der Kaffeeküche und ärgerte sich darüber, dass er derjenige war, der ein neues Päckchen Kaffee öffnen und in die aromadichte Vorratsdose einfüllen musste. Es galt als Ehrensache, frischen Kaffee zu kochen, wenn man die letzte Tasse getrunken hatte, ebenso wie es selbstverständlich war, die Dose aufzufüllen, wenn sie leer war. In der Praxis führte diese Gepflogenheit allerdings dazu, dass der letzte Rest Kaffee in der Kanne über Stunden zu einer braunen Masse eindampfte und stets zwei oder drei Löffel Kaffee in der Dose übrig blieben. Die Kollegen machten einen Sport daraus.

»Guten Morgen«, ertönte eine bekannte Stimme hinter ihm. Verblüfft drehte Kastner sich um.

»Felix! Wieso ...? Was ist mit deinem Syndesmosebandriss – ich dachte, du hättest heute erst den Termin beim Orthopäden?«

»Äh ... ja«, sagte Wernreuther kleinlaut. »Daher komme ich grad, der Termin war schon heut früh um halb acht.«

»Ja und? Darfst du das Bein schon wieder belasten?«

»Schwer zu sagen.« Wernreuther humpelte zum Kühlschrank und stellte die Tupperdose mit seinem Frühstücksbrot hinein. »Der Orthopäde wurde mir zwar als Koryphäe empfohlen, aber jetzt bin ich mir da nicht mehr so sicher. Vielleicht hole ich noch eine zweite Meinung ein.«

»Was hat er denn gesagt?«

---

* Regie: Alfred Hitchcock, 1941.

Wernreuther rang sichtlich mit sich. »Er hat behauptet, dass mit meinen Bändern und Muskeln alles zum Besten stehe. Es sei allenfalls eine leichte Reizung aufgrund übertriebener Belastung. Aber verstehst du, Kastner: Der hat mich nicht mal geröntgt, geschweige denn in die Röhre geschoben, der hat nur ein bisschen daran herumgetastet. Das ist doch nicht Stand der Technik!«

»Auf keinen Fall!«, stimmte Kastner zu und ärgerte sich darüber, dass die Aromadose offensichtlich zu klein war, um ein ganzes Päckchen Kaffee aufzunehmen. Er versuchte, den Kaffee in der Dose durch energisches Klopfen zu verdichten. Unweigerlich gab es dabei eine Sauerei.

»Das ist Zweiklassenmedizin!«, fuhr Wernreuther empört fort. »Jeder Profifußballer wird bei solchen Symptomen mit dem Hubschrauber in die Klinik geflogen, und mir sagt man, ich solle beim Laufen etwas weniger Ehrgeiz an den Tag legen! Ich sei schließlich nicht mehr der Jüngste. Ich bin fünfunddreißig, Kastner! Das ist doch eine Frechheit.«

»Genau«, nickte Kastner und verschmierte die Reste des Kaffeepulvers mit einem Schwämmchen auf der Theke. »Du solltest unbedingt eine zweite Meinung einholen, Felix. Und krankgeschrieben hat er dich auch nicht?«

»Äh ... Nein. Aber das ist schon okay, ich weiß ja, dass ich hier gebraucht werde. Ich bin ja kein Weichei oder so.« Ächzend ließ er sich auf einen Stuhl fallen und legte das Bein auf den Tisch. »Oh, machst du gerade Kaffee? Ich könnte jetzt wirklich eine Tasse vertragen.«

***

Die Luft war drückend schwül, von Fürth her zogen dunkle Wolken auf. Kastner hatte Wernreuther überredet, nach

Wetzendorf zu fahren, und nun liefen sie seit einer halben Stunde schwitzend über einen Feldweg. Von Wernreuthers Hinken war nichts mehr zu bemerken.

Ein Traktor mit mannshohen Reifen raste vorbei. Der Fahrer sah offensichtlich keinen Grund, sein Tempo zu mindern. Missmutig beobachtete Kastner die Wolke braunen Staubs, die sich auf seine dunkelblaue Stoffhose und die schwarzen Slipper legte. Er hatte den Entschluss, sich die Umgebung des Fundortes noch einmal genauer anzusehen, spontan getroffen und war für eine solche Exkursion offensichtlich falsch gekleidet.

»Was suchst du hier eigentlich?«, wollte Wernreuther wissen. »Hier ist doch der Hund verreckt, und selbst das scheint schon eine Weile her zu sein.«

Kastner nickte. Schon während er Wernreuther über die letzten Entwicklungen im Fall Wollreis in Kenntnis gesetzt hatte, hatte er begonnen, Claudia zu vermissen.

Einige Feldarbeiter hoben den Kopf, als sie vorübergingen. Eine ältere Frau legte, wohl von Wernreuthers Uniform eingeschüchtert, ihren Dobermann an die Leine. Aber sonst war hier wirklich nicht viel los. Braun-weiße Vögel zogen hektische Kreise und kreischten schrill. Ob das diese Kiebitze waren, von denen die Biologin im Umweltamt gesprochen hatte?

Kastner atmete schwer. Er blieb stehen und drehte sich einmal um die eigene Achse, legte die Stirn in gewichtige Falten und versuchte den Eindruck zu erwecken, die Umgebung würde ihm Geheimnisse verraten, die seinem Kollegen auf immer verschlossen bleiben würden. Er wollte sich wegen seiner Atemnot vor Wernreuther keine Blöße geben.

Von bäuerlicher Romantik war hier draußen nichts zu sehen: keine windzerzausten Hecken, keine mohnblumenumkränzten Kornfelder, keine malerischen Gehöfte. Hier war alles erwerbsoptimiert: flach, gerade und unkrautfrei; und so musste es wohl sein, wenn jemand von der Landwirtschaft leben wollte, in einer Stadt, die immer weiter in die Fläche wuchs.

Bei Sonntagsreden schmücken sich die Oberen gern mit regionalen Produkten und betonen ihre Wertschätzung für die Kulturlandschaft, hatte Mirjam gesagt, *aber wenn Bauflächen gebraucht werden, scheißt der Hund drauf.*

Wernreuther wippte ungeduldig auf und ab. *ADHS*, dachte Kastner. Er bereute es schon, nicht alleine herausgefahren zu sein, aber die Busverbindung nach Wetzendorf wies, wie er ja dank Mara und Pupsie wusste, einen eher lockeren Takt auf.

»Hast du eigentlich noch mal mit dem Vetter gesprochen, der sich in dieser Erbschaftsangelegenheit von Wollreis übervorteilt gefühlt hat? Geld, Rache, gekränkte Ehre, das sind hervorragende Motive …«

Kastner nickte und spähte durch die Glasscheiben eines riesigen Gewächshauses. Menschenleer. *So wird das aussehen, wenn der Mars besiedelt wird*, dachte er. *In sich geschlossene Systeme. Kein Kontakt zur Außenwelt.*

Während Wernreuther eifrig Spuren und Verdächtige ins Gespräch brachte, die er für *vielversprechend* hielt, spähte Kastner über die Gartenzäune der Kriegsopfersiedlung. Es gab Gartenzwergkitsch oder modernen Minimalismus, selten auch mal naturnahe Wildnis. Vermutlich ebl-Kunden, aber wahrscheinlich keine Mörder.

Sehr zu Wernreuthers Unwillen entschloss er sich, auch noch den Ortskern von Wetzendorf zu inspizieren.

»Kastner«, sagte Wernreuther vorwurfsvoll. »Dein Interesse an der bäuerlichen Folklore in allen Ehren, aber es wird gleich wie aus Kübeln schütten. Da vorn bei der Bushaltestelle ist ein Pizzastand, lass uns wenigstens eine Mittagspause machen ...«

Wernreuther nahm Pasta mit gegrilltem Gemüse, Kastner bestellte Pizza Spezial mit doppelt Käse. Immerhin war er über eine Stunde gelaufen. Das ebenfalls bestellte Bier erwies sich als Produkt der lokalen Großbrauerei, und er schüttelte traurig den Kopf.

»Das war jetzt glatte Zeitverschwendung«, teilte Wernreuther seinem Vorgesetzten wenig diplomatisch mit, während er ein Tütchen Parmesan auf seine Nudeln streute.

Nach dem Essen überkam Kastner eine steinschwere Müdigkeit. Doppelt Käse erwies sich fast immer als Fehler. Wernreuther hingegen schien aus seinen Nudeln neue Energie gezogen zu haben, er sah demonstrativ auf seine Armbanduhr – eine Geste, die Kastner in zehn gemeinsamen Dienstjahren zu hassen gelernt hatte.

»Ja dann. Ich hätte in Klingenhof noch ein paar Zeugen zu befragen, wegen einer Schlägerei. Und das Wetter wird hier nicht besser ...« Er deutete auf die regengeblähten Wolken, als hätte Kastner sie übersehen können, und ließ den Schlüssel des Streifenwagens um den rechten Zeigefinger kreisen.

»Fahr du ruhig schon mal«, sagte Kastner. »Ich schau mich hier noch ein bisschen um und fahr dann mit dem Bus.«

»Du weißt aber schon, dass der nur alle zwanzig Minuten fährt. Was suchst du hier eigentlich, Kastner? Glaubst du etwa, dass Wollreis zufällig einem Wetzendorfer Straßenräuber zum Opfer gefallen ist? Wir haben doch noch ein paar vielversprechende Spuren, aber – hier?« Wernreuther umfasste die zwei Stehtische des Pizzastandes und den angrenzenden Schrottplatz mit einer fragenden Handbewegung. Dann zuckte er die Achseln. »Aber gut, *du* bist der leitende Ermittler, ich bin ja nur ein besserer Streifenbeamter.«

Kastner seufzte. Wernreuther war jung und ehrgeizig, und manchmal ging er ihm gewaltig auf die Nerven. »Lass gut sein, Felix. Fahr du nach Klingenhof und befrag deine Zeugen, ich schau hier noch ein bisschen über die Gartenzäune. Ich werd schon heimkommen, notfalls kann ich ja bis Thon laufen.«

Wernreuther maß die Figur seines Chefs mit einem skeptischen Blick. »Bis Thon laufen ... Wenn du meinst.«

»Also bis später«, sagte Kastner, während Wernreuther schon mit athletischen Schritten in Richtung des Streifenwagens ging. *Eine Wunderheilung*, dachte Kastner.

Im Ortskern von Wetzendorf gab es nun doch einige malerische Details: aus Sandstein gebaute, einstöckige Höfe, Blumenkästen mit roten Geranien. Er wusste nicht recht, wonach er suchte, aber er spähte über Meisners Gartenzaun, um zu sehen, ob der Hund im Hof lag. Das Tier war jedoch nicht zu entdecken, nur leere Gemüsekisten und Paletten stapelten sich im Hof, und die verwitterte Vogelscheuche hatte endlich etwas zum Anziehen bekommen. Helle Rockschöße blähten sich im aufkommenden Wind.

Kastner stutzte.

Während die ersten Regentropfen fielen und kleine Krater in das staubige Erdreich schlugen, beugte er sich über den Zaun, griff der Vogelscheuche in den Kragen und las das Etikett.

Er las es zweimal.

Armani stand darauf.

Bauer Meisner stand vor einem großen, nach vorne hin offenen Holzschuppen, in dem Fahrzeuge und Bodenbearbeitungsgeräte in allen Stadien des Verfalls zu sehen waren. Er machte sich an einem Spaten zu schaffen, dessen Stiel gebrochen war, und schien nicht recht zu verstehen, warum der Kommissar sich für die Kleider seiner Vogelscheuche interessierte.

»Naa, mir ghördd des sicher nedd. Ä beeschs Schaggedd!« Meisner lächelte freundlich. »Dou häddmer ä Aufgschau, wenn iich im beeschen Schaggedd meine Boddaggn sedzn däd. Vielleichd im Heinzi seins, des woar meiner Fraa ihr Bruder – ä Schdudierder. Dä Heinzi is äjeeds Monadd in die Oober odder ins Deooder. Kulduur, wissens ...«

Kastner nickte. »Aber Sie haben der Vogelscheuche die Jacke angezogen? Wo haben Sie sie denn her?«

»Däi woar innerner Blassdichdüüdn, dou hindn im aldn Kühlraum, Aldgleider hald.«

»Eine Plastiktüte im Kühlraum«, sinnierte Kastner. Kühlraum. Suchte er nicht seit mehr als zwei Wochen nach dem rätselhaften Ort, an dem man die Leiche des Bauunternehmers frisch gehalten hatte – warum auch immer? Er wollte dem kulturbeflissenen Heinzi keineswegs zu nahe treten, aber dieses Armani-Jackett musste das von Wollreis sein. Farbe, Größe, Schnitt, Marke. Hatte er den Großen Houndini durch das falsche Anwesen schnüffeln lassen?

»Dürfte ich vielleicht einen Blick in diesen Kühlraum werfen, Herr Meisner?«

Meisner zuckte die Achseln. Seine strahlend blauen Augen waren von einem Kranz tiefer, erdbrauner Falten umgeben.

»Wennsmaaner.« Der Bauer schlurfte Kastner voraus in den nun strömenden Regen, bog bei dem Häuschen, in dem das Gemüse verkauft wurde, links ab und wies auf einen gedrungenen Sandsteinbau mit einer schweren Holztür, der sich ans Wohnhaus anlehnte.

Eine kleine Rampe führte in einen recht geräumigen, fensterlosen Keller mit Steinboden, in dem sich Gerümpel und große Gemüsekisten redlich den Platz teilten. An der gegenüberliegenden Wand war ebenfalls eine Rampe, die vermutlich ins Haus führte. Als Meisner das Licht einschaltete, huschten Weberknechte die ehemals weiß verputzten Wände hoch.

»Dourenners, däi Hobergaas«, kommentierte Meisner, dann sah er Kastner an, als erwarte er nun langsam eine Erklärung. Während seiner ganzen bisherigen Ermittlung hatte Kastner mit keinem Menschen gesprochen, dessen Blick auch nur annähernd so arglos und aufrichtig gewesen war. War er auf einer völlig falschen Fährte? Oder war Bauer Meisner ein hervorragender Schauspieler?

Kastner ging ein paar Schritte in den Keller hinein, stocherte in den Gemüsekisten, in denen Möhren in feuchtem Sand eingeschlagen waren, bewunderte den altertümlichen Flaschenzug, der von der Balkendecke hing, und zog dann ein paar mit alten Kleidern vollgestopfte Aldi- und Lidl-Tüten unter einem relativ modernen, aber mit Spinnweben überzogenen Schreibtisch hervor.

»Erinnern Sie sich, in welcher Tüte Sie die Jacke Ihrer Vogelscheuche gefunden haben?«

»Allmächd«, meinte Meisner und kratzte sich den Kopf. »Des is alls weecher derer Leich am Agger, gell? Weecher dem Wollreis. Dass am der als Dooder aano än Ärcher machd ...«

»Als Toter? Hatten Sie denn Ärger mit Wollreis, als er noch am Leben war?«

»Mei, än Ärcher ... Däi Flächn wärd hald gnabb wecher derer schdändichn Häuslerbauerei. Obber däi Undernehmer bauer ja a blouß dou, wous derffen. Un iich bin ja mei eichner Herr, wenninix vergaff, vergaffi haldnix. Ärcher hobbimibm Lehmann ghabbd, weecherm Schaddenwurf vum Gwäxhaus und weecher denner elendicher Zufahrdsrechde ...«

»Und mit Wollreis selbst hatten Sie keinen Ärger?«

Meisner verzog abschätzig die Mundwinkel und schüttelte energisch den Kopf.

»Hm«, sagte Kastner. »Die Plastiktüte ...?«

»Däi vielleichd.« Meisner deutete auf die Lidl-Tüte. »Odder däi.« Aldi-Tüte. »Also Sie sehngscho, dou herinner is awenger Kuddlmuddl, un in meine Aung schaud ä Blassdichdüüdn aus wäi die ander ... Fräiers simmer midderm Korb zum Loudn ganger, obber edzer wärd alles in däi Blassdichdüüdn neigschdopfd, un än Loudn gibds a scholang nimmer, edz wärd hald mibm Audo zum Margdgauf gfohrn ...«

»Ja«, sagte Kastner, »das ist – schade. Herr Meisner, ich muss jetzt leider die Spurensicherung rufen, die werden Ihren Kühlkeller untersuchen – und das Jackett Ihrer Vogelscheuche. Ich hoffe, das macht Ihnen keine Umstände.«

Der Biobauer zuckte erneut die Achseln. »Wennsmaaner.«

Außerhalb des Erdkellers war es inzwischen so finster wie darin, nachdem Meisner das Licht wieder ausgeschaltet hatte. Böiger Wind drosch Regen gegen Schuppen und

Haus, im Westen schlug Thors Hammer auf Fürth ein, und der Hund stand mit eingeklemmtem Schwanz winselnd vor der Küchentür.

»Gehrei, mei Guuderler«, sagte Meisner. Er meinte den Hund, aber Kastner schloss sich einfach an. Während der Bauer aus der Thermoskanne Kaffee in zwei Tassen goss, rief Kastner zuerst seinen Chef und dann Martina Götz an.

Der Hund legte sich seufzend unter den Tisch und roch nach nassen Socken.

***

»Und die Witwe lässt du jetzt einfach von der Angel, Kastner?« Mirjam schnitt Gurken für einen Salat – mit Kümmel und Sahne, so wie er es mochte – und schien aufrichtig empört.

»Sie war's nicht«, sagte Kastner und lugte in die Pfanne, in der zwei panierte Schnitzel brutzelten.

»Sie war's nicht, sie war's nicht – Intuition? Bauchgefühl?« Mirjam schüttelte den blond gelockten Kopf und wandte sich zu ihm um. »Ein braver Biobauer – ich bitte dich! Giftmorde sind Frauensache.« Sie sah ihn eindringlich an und fuchtelte ein wenig mit dem Messer herum.

»Muss man den Kartoffelsalat noch einmal durchmischen?«

»Du versuchst, abzulenken«, stellte Mirjam fest.

Kastner nickte.

»Also gut, sprechen wir darüber. Du hast ein Armani-Jackett auf den hölzernen Schultern einer Vogelscheuche. Die Witwe hat es als das ihres Mannes erkannt – woher willst du wissen, dass sie die Wahrheit sagt? Die würde jede Spur gutheißen, die weit von ihr wegführt ...«

»Ivana. Das Hausmädchen. Ivana hat die Angabe der Witwe bestätigt.«

»Ivana.« Mirjam lächelte säuerlich. »Ist sie hübsch?«

»Ob sie ... Was hat das jetzt ...?«

»Das liegt doch auf der Hand, Kastner! Hausangestellte nach Gutsherrenart hartnäckig mit dem Vornamen anzusprechen ist ja wohl jetzt nicht so dein Ding – also muss sie dir den Kopf verdreht haben.«

»Ich bitte dich«, sagte Kastner.

Mirjam hob die Augenbrauen.

»Sie ist ein netter Kerl«, wiegelte er ab. »Sie hat einen kleinen Jungen ... Jurij ...«

»Na das beruhigt mich ungemein.« Mirjam wandte sich wieder der Gurke zu, fuchtelte aber weiter mit dem Messer durch die Luft. »Wie auch immer – gibt es nicht hundert Möglichkeiten, wie Wollreis' Armani-Angeberjacke an diese Wetzendorfer Vogelscheuche gekommen sein kann?«

Kastner dachte ernsthaft darüber nach, aber ihm fielen keine zwei ein.

»Jemand kann sie beim Roten Kreuz erstanden haben«, schlug Mirjam vor. »Oder der Mörder – die Mörderin vielmehr! – hat sie über Meisners Zaun geworfen, um sie loszuwerden. Immerhin wurde ja Wollreis' Leiche da draußen gefunden.«

»Du sagst es. Und vielleicht habe ich diesen Umstand bisher nicht genügend gewürdigt. Hase, der Acker, auf dem die Leiche gefunden wurde, ist zu Fuß gute fünf Minuten von Meisners Hof entfernt. Es ist ausgeschlossen, dass jemand Wollreis zufällig auf Meisners Acker verscharrt und dann ebenso zufällig die Jacke ausgerechnet über Meisners Zaun wirft ...«

»Du meinst, jemand will ihm den Mord anhängen?«

Nein, das meinte Kastner eigentlich nicht. Er mischte den Kartoffelsalat noch einmal durch und schenkte sich dann ein Landbier ein. Regen prasselte gegen das Küchenfenster, Blitze erhellten stroboskopisch die Skyline des südstädtischen Hinterhofs. Ein Gewitter habe etwas Reinigendes, hatte seine Mutter immer behauptet, aber als Kind hatte ihn die Macht der Elemente verstört. Und selbst jetzt noch stimmte sie ihn zumindest melancholisch.

»Ich bin so weit«, sagte Mirjam. »Holst du die Schnitzel aus der Pfanne?«

Alien III*

Martina Götz hatte dunkle Ringe unter den Augen – offensichtlich hatte die Spurensicherung am Vorabend Überstunden gemacht. Wegen der *besonderen Dringlichkeit* der neuen Spur hatte Carsten Wismeth per Outlook für 11:30 Uhr in seinen persönlichen Besprechungsraum geladen und moderierte selbst.

Kastner wusste diesen Umstand zu schätzen, bedeutete er doch, dass Wismeths Sekretärin neben Wasser und Apfelsaft auch zwei Thermoskannen Kaffee und einen Korb mit Laugenbrezen auf den ovalen Tisch gestellt hatte. Das Gewitter hatte sich über Nacht ausgetobt und war in einen gefälligen Nieselregen übergegangen, der die Fensterscheiben hinunterlief und der Besprechung die Anmutung eines Unterwasser-Dokumentationsfilms gab.

»So«, eröffnete Wismeth die Sitzung. »Wenn wir dann vollzählig …«

»Wernreuther kommt später«, meldete sich Claudia zu Wort. »Der ist wohl in Klingenhof in ein Handgemenge geraten und dann hat ihm jemand den Streifenwagen geklaut.«

»Soso«, sagte Wismeth. »Das ist … Ja. Frau Götz? Ich weiß Ihren Einsatz – und den Ihres Teams – sehr zu schätzen. Wir alle wissen, dass dieser Fall sowohl in politischen als auch in gesellschaftlichen Kreisen einiges Aufsehen erregt und dass von uns erwartet wird, ihn baldmöglichst

* Regie: David Fincher, 1992.

aufzuklären. Nachdem sich also schon gestern durch Zeugenaussagen bestätigt hat, dass Herrn Wollreis' bisher vermisstes Jackett im Stadtteil ... Wetzendorf als Bekleidung einer ... Vogelscheuche aufgetaucht ist, können Sie doch sicher heute, äh ...«

»Ja. Die DNA-Analyse hat bestätigt, dass es Wollreis' Jackett ist«, sagte Martina Götz. »Außerdem wurde DNA von Herrn Meisner gefunden – was zunächst nicht überraschend ist, da er ja dem Kollegen Kastner gegenüber zugegeben hat, dass er der Vogelscheuche das Jackett angezogen hat. Außerdem gab es genetische Fingerabdrücke von Frau Wollreis und dem Hausmädchen, Frau Sobolew, sowie von mindestens zwei weiteren, bisher unbekannten Personen – einem Mann und einer Frau, die Haare beziehungsweise Hautschuppen auf der Jacke hinterlassen haben.«

»Unbekannte Personen«, wiederholte Wismeth verstimmt. »Was ... Wer ...«

Martina Götz zuckte die Achseln. »Das muss nix heißen. Kann eine Angestellte der chemischen Reinigung gewesen sein, einer von Wollreis' Firmenangestellten oder eine Geliebte. Allerdings weder Frau de Bruyn noch Frau Dings ...« Martina sortierte ihre Unterlagen, »Frau Vogel. Das haben wir abgeklärt.«

»Pff ...«, machte Wismeth. »Das heißt ... Ja. Der Kühlraum. Sie haben doch den Kühlraum ...«

Martina Götz nickte müde und bat Kastner, ihr den Kaffee zu reichen, was er gerne tat.

»Der Kühlraum ist der steingewordene Albtraum jeder Spurensicherung«, fuhr sie fort, während sie sich einschenkte. »Was auch immer Sie suchen, Sie finden es dort. Blut, Sperma, Fingerabdrücke – Generationen von Bauern und Landarbeitern haben sich dort verewigt. Leider konnten wir keine DNA von Wollreis finden, obwohl wir wirklich gründlich danach gesucht haben.«

Carsten Wismeth schien in sich zusammenzufallen. »Das heißt also …«

»Muss es nicht.« Martina Götz kippte den schwarzen Kaffee wie einen Obstbrand. »Dort, wo die Gemüsekisten stehen – also wenn man den Keller betritt auf der rechten Seite –, hat jemand vor Kurzem gründlich sauber gemacht. Dampfdruckreiniger, würde ich schätzen. Was so oder so Sinn ergibt – also, entweder jemand wollte Spuren beseitigen, oder jemand wollte seine Möhren nicht in den Dreck stellen. Beides wäre eine gute Erklärung. Ich kann Ihnen Fotos von dem Keller zeigen, da essen Sie nie wieder Gemüse.«

Wismeth legte die Stirn in Falten. »Wollreis' Leiche könnte also dort gelegen haben – aber wir können es nicht beweisen?«

Martina Götz lächelte ihn freundlich an. »So ist es, Herr Wismeth. Zumindest nicht mit forensischen Mitteln. Wenn Wollreis geblutet hätte, wären sicher Spuren zurückgeblieben, die wir mit Luminol hätten nachweisen können – trotz des Dampfreinigers. Aber er hat ja nicht geblutet. Vielleicht könnte ein Leichensuchhund …«

Wismeths Hand zuckte zu seiner Brust, als wolle er sich bekreuzigen. »Da sollte man nichts überstürzen. Seit dem letzten übereilten Einsatz eines Suchhundes habe ich das Gefühl, dass in gewissen Kreisen hinter meinem Rücken gelacht wird.« Ein Seitenblick ging an Kastner. »Ja, dann … Vielen Dank, Frau Götz. Wir werden also irgendwie …«

Die Tür ging auf.

»Ich bin untröstlich«, beteuerte Wernreuther. »Aber ich hatte einige Formalitäten wegen des gestohlenen Streifenwagens.«

»Jaja«, sagte Wismeth. »Setzen Sie sich und ... Wir sind hier schon gerade ...«

***

Auf den Fensterscheiben der Rathauskantine kondensierte die Feuchtigkeit aus den nassen Kleidern städtischer Angestellter und anderer Hungriger; man bot Zürcher Geschnetzeltes oder Scholle nach Finkenwerder Art. In der Glasvitrine wurde das Dessert des Tages auf Augenhöhe präsentiert: adrette Häufchen Tiramisu in Teelichthaltern. Es waren wirklich Teelichthalter; Kastner wusste das, weil er die gleichen zu Hause hatte – Mirjam hatte sie bei Ikea erstanden, für fünfzig Cent das Stück.

Er nahm den Plattfisch, dazu Salzkartoffeln und einen gemischten Salat. Obwohl von einer esslöffelgroßen Menge Tiramisu keine negativen Auswirkungen auf die weniger gut definierten Teile seines Körpers zu befürchten waren, verkniff er sich das Dessert – aus reiner Freude an der Kasteiung.

Aus den Augenwinkeln beobachtete er Wismeth, der sein Essenstablett auf einem freien Vierertisch abstellte; und während er dem Kassierer einen Fünfzig-Cent-Gutschein für städtische Mitarbeiter in die Hand drückte – ein Fall von Leistungserschleichung, denn er hatte den Gutschein widerrechtlich von Mirjam bekommen –, überschlug Kastner seine Möglichkeiten, ohne Gesichtsverlust an einem anderen Tisch zu essen.

Glücklicherweise winkte Claudia ihm von Wismeths Nebentisch aus zu.

»Guten Appetit!«, wünschte er seinem Chef nonchalant im Vorübergehen, ehe er sich zu Claudia setzte.

»Dass man sich über Nieselregen so freuen kann«, sinnierte Claudia, während sie ihr Geschnetzeltes mit Hörnchen-Nudeln vermischte.

»Es ist mal was anderes.«

»Nach der grauenhaften Hitze ist das die reine Wohltat! ›Guck mal, Mama, es regnet! Super cool! Darf ich meine grüne Regenjacke anziehen?‹, hat Jannik heut morgen gesagt. Eigentlich ist die ihm schon viel zu klein, aber er hängt so an ihr. Ist das nicht süß?«

Kastner nickte. Im letzten Herbst hatte Claudia ihren Jüngsten einmal mit ins Dezernat gebracht, weil der Kinderladen wegen eines Organisationstages geschlossen hatte. Jannik hatte sich an der Polizeiarbeit sehr interessiert gezeigt – er war von Büro zu Büro gegangen und hatte allen Löcher in den Bauch gefragt. Eine richtige Vanessa – *Was machst du? Warum?* Auch damals hatte es geregnet, und Jannik hatte voller Stolz die grüne Regenjacke getragen. *Der Horrorfrosch*, hatte Wernreuther ihn genannt, nachdem der Junge ihm einen halben Tag lang überallhin gefolgt war.

Claudia kaute nachdenklich ihr Geschnetzeltes und spülte mit Tafelwasser nach. Dann verstieß sie gegen das Gebot, in der Mittagspause nicht über die Arbeit zu sprechen: »Wie geht das jetzt weiter mit der Wetzendorf-Spur? So schön es ist, dass der Chef ne Kanne Kaffee ausgegeben hat, weitergebracht haben uns Martina Götz' Erkenntnisse jetzt nicht direkt, oder? Oh – da kommt Felix! Wollen wir wetten, dass er sich zu Wismeth setzt? Ich würde glatt mein Tiramisu in die Waagschale werfen ...«

Kastner ging auf dieses rein rhetorische Angebot nicht ein. »Irgendwas hat Meisner mit der Sache zu tun«, sagte er. »Oder einer seiner Arbeiter.« Er schubste den Speck von seiner Scholle, zerdrückte die Kartoffeln mit der Gabel und vermischte beides. Dann schob er sich eine Gabel Salat in den Mund. »Das schmeckt ja bescheiden ... oh. Ich hab vergessen, das Dressing draufzutun«, ärgerte er sich, was Claudia ein Grinsen entlockte. Bei der letzten Weihnachtsfeier im Dezernat hatten einige Kollegen ein Quiz veranstaltet, und auf die Frage: *Was sagt Kollege Kastner in der Kantine am häufigsten?* hatten alle volle Punktzahl bekommen.

»Es kann kein Zufall sein, dass Wollreis' Jacke an Meisners Vogelscheuche zu hängen kam«, lenkte Kastner ab.

»Das glaube ich auch nicht«, meinte Claudia. »Aber der Meisner ... Ich weiß nicht. So wie du den beschrieben hast? Hältst du den ernsthaft für einen *Giftmörder*?«

Kastner ging die ständige Betonung der Todesursache allmählich auf die Nerven. Dennoch musste er Claudia zustimmen – er konnte sich den sanftmütigen Biobauern nicht wirklich als Mörder vorstellen. Aber was hieß das schon? Vielleicht hatten besondere Umstände ...

»Mahlzeit!«, wünschte Wernreuther, ehe er neben Carsten Wismeth Platz nahm und mit weittragender Stimme ein oder zwei Anekdoten über den gestohlenen Streifenwagen zum Besten gab.

»Mahlzeit!«, nuschelte Kastner. Er hatte den Mund voll Plattfisch mit Speck.

»Mahlzeit, Felix!«, flötete Claudia.

»Martina hat das schon richtig gesagt«, griff Kastner das Thema wieder auf. »Wollreis' Leiche kann durchaus in diesem Kühlraum gelegen haben. Wenn die Forensik diesbezüglich nichts hergibt, müssen wir das halt jetzt kriminalistisch lösen. Wenn wir das Motiv finden, dann haben wir auch den Mörder.«

»Oder die Mörderin«, ergänzte Claudia und senkte den Löffel in ihr Tiramisu.

Kastner seufzte.

***

Am Nachmittag nahm er sich Bassenfredts Aufstellung von Wollreis' Bauvorhaben noch einmal vor. Er rief beim Liegenschaftsamt an und fragte nach den Eigentümern der Grundstücke, die betroffen waren.

»Haben Sie die Flurnummern?«, fragte die Fachkraft, zu der man ihn schließlich durchgestellt hatte. »Ohne Flurnummern findet die Datenbank nix.«

Kastner wusste nicht, wovon sie sprach. »Hier steht: *B-Plan Nr.* Insbesondere interessiert mich, ob eines der Grundstücke einem Herrn Meisner ...«

»Jaja«, sagte die Fachkraft. »Sie haben die Nummern der Bebauungspläne. Ich brauche aber die Flurnummern.«

»Flurnummern«, wiederholte Kastner etwas stupide.

Die Fachkraft lächelte durchs Telefon. »Herr ... Kastner? Von einem Bebauungsplan sind meist mehrere Grundstücke betroffen, und jedes Grundstück hat eine eigene Flurnummer. Wir als Liegenschaftsamt haben die *Flurnummern* in unserer Datenbank.«

»Ach so«, sagte Kastner. »Dann muss ich wohl ...«

Er legte auf und rief Bassenfredt an.

»Der Herr Kommissar!« Die rauchige Stimme der Sekretärin. Sie lachte trocken, als er darum bat, mit dem Abteilungsleiter verbunden zu werden. »Ja, das möchten viele. Ein sehr begehrter Mann. Wir haben andere Abteilungsleiter, die in einem ganzen Jahr nicht so oft angerufen werden wie Herr Bassenfredt an einem Nachmittag. Man könnte sagen: Kompetenz ist schön, macht aber viel Arbeit. Mal sehen. Im Moment ist er auf einer Bebauungsplanbesprechung, danach hat er einen wichtigen Termin beim Referenten. Ich fürchte, da ist keine Luft für einen Rückruf dazwischen, Herr Kommissar. Diese Stadt ist ziemlich pleite, wussten sie das? Und wo kann eine Stadt schon sparen? Natürlich an den Angestellten. Das ist eine einfache Rechnung: Die Bauvorhaben nehmen zumindest nicht ab, die Fachkräfte werden aber immer weniger. Irgendwann kracht's da gewaltig – auch für einen Herrn Bassenfredt hat der Tag nur vierundzwanzig Stunden ...«

»Das verstehe ich«, fiel Kastner ihr ins Wort, »aber bitte verstehen Sie, dass auch mein Tag nur vierundzwanzig Stunden hat. Vielleicht kann mir ja jemand anders helfen?«

Die Sekretärin lachte noch einmal trocken und verband ihn dann mit einem von Bassenfredts Mitarbeitern.

»Hm«, sagte der, während Kastner die Nummern der Bebauungspläne von Bassenfredts Liste herunterbetete. »Hm. Das weiß ich jetzt gar nicht, ob ich solche Auskünfte einfach ... Also ein paar von den Nummern sagen mir was, aber da müsste ich jetzt auch erst die zuständigen Sachbearbeiter nach den Plänen fragen, aus denen die Flurnummern ersichtlich sind, und einige von denen sind nachmittags gar nicht da. Die einen machen Nürnberg-Nord, die anderen Nürnberg-Süd. Nürnberg-Süd geht mich gar nichts an, da kann ich nicht einfach in die Büros und in den Schubladen kramen ... Eine Datenbank? Sie meinen ... eine Datenbank.« Es raschelte, als der Mitarbeiter die Hand über die Sprechmuschel legte. »Marianne?«, hörte Kastner gedämpft, »Haben wir eine Datenbank? Aha. Aha. Sind da die Flurnummern von allen B-Plänen drin? Aha. Das ist einer von der Kriminalpolizei. Genau. Ja, genau.«

Es raschelte wieder. »Herr ... Kastner? Also die IT-Stelle des Stadtplanungsamtes ist schon 2009 gestrichen worden, seither kümmert sich Orga um unsere Datenbank. Das Organisationsamt. Und da kam es dann wohl irgendwie zu Reibungsverlusten zwischen den verschiedenen Dienststellen ... Also bis 2009 haben wir Daten, und danach haben wir auch Daten, aber eben nicht vollständig.«

»Wie bitte?«, sagte Kastner – ohne jeden Vorwurf. Er wollte es wirklich gerne verstehen.

»Na ja, manche Mitarbeiter geben ihre Daten in die Datenbank ein, andere nicht.«

»Andere nicht.«

»Genau. Da spielt natürlich der persönliche Hintergrund eine Rolle – Fortbildungen im EDV-Bereich und dergleichen. Aber auch die Sinnfrage.«

Kastner hob die Augenbrauen, was Bassenfredts Mitarbeiter natürlich nicht sehen konnte.

»Ich bin ja ein Laie«, gab er zu, »aber wäre der Sinn einer Datenbank nicht, mit ein paar Mausklicks, zum Beispiel, die von einem Bebauungsplan betroffenen Flurnummern ausdrucken und, zum Beispiel, an die Kriminalpolizei faxen zu können?«

»Hm«, sagte der Mitarbeiter nachdenklich. »Im Übrigen weiß ich gar nicht, ob ich solche Auskünfte einfach ... Das müsste ich zunächst ohnehin mit Herrn Bassenfredt klären ...«

Kastner dankte und legte auf.

In der Kaffeeküche leerte er die Kanne bis auf den letzten Rest in seine geblümte Tasse. Dann schaltete er die Maschine aus, ohne neuen aufzusetzen – er fand irgendwie, das habe er sich nach diesem Gespräch verdient.

»Na, das ist ja heute ein Sauwetter«, sagte Wernreuther. Er warf seine Mütze mit elegantem Schwung auf den Tresen und füllte Wasser in den Wasserkocher. »Ihr Bürohengste habt's schön, ihr sitzt mit trockenen Füßen hinter euren Schreibtischen und telefoniert ein bisschen herum, während unsereins im strömenden Regen nach geklauten Streifenwagen suchen muss. Ja verflixt, wer hat denn meinen grünen Tee verräumt? Die haben mich hier bald so weit, dass ich jeden einzelnen Teebeutel mit meinem Namen beschrifte.« Er lachte, als habe er einen Scherz gemacht, und kontrollierte die gespülten Tassen in der Spülmaschine, bis er eine fand, die seinen Ansprüchen genügte.

Kastner musterte ihn stumm.

»Ja, Kastner – was macht denn jetzt der Wollreis-Fall? Gibt's was Neues? Kann ich irgendetwas tun? Für den Streifenwagen sind ja inzwischen wahrscheinlich schon die polnischen Kollegen zuständig.« Wernreuther kicherte und verhakte die Schnur seines Teebeutels sauber in der dafür vorgesehenen Lasche. Der Wasserkocher röchelte und stieß Dampf aus.

»Jetzt, wo du danach fragst – du könntest in der Tat etwas für mich tun, Felix«, sagte Kastner und nippte bedächtig von dem Kaffeekonzentrat in seiner Blümchentasse. »Ich habe eine Liste mit Bebauungsplänen und brauche die betroffenen Flurnummern und die Eigentümer der Grundstücke. Am besten heute noch, spätestens morgen. Meinst du …«

»Freilich«, grinste Wernreuther und wartete die vorgeschriebene Minute, ehe er das heiße Wasser über seinen Teebeutel goss. »Das klingt nach einer überschaubaren Aufgabe, bei der man nicht nass wird.«

»Du wirst telefonieren müssen«, gab Kastner zu bedenken.

Wernreuther zögerte. *Ich könnte ja auch zu den entsprechenden städtischen Dienststellen fahren und mit den Sachbearbeitern sprechen*, las Kastner auf seiner gerunzelten Stirn, *aber womit? Einen Ersatzstreifenwagen bekomme ich frühestens morgen* ... Aber Wernreuther gab sich ungern eine Blöße. »Ja und? Soll das etwa ein Problem sein? Also her mit der Liste!«

Kastner lächelte. »Ich faxe sie dir«, sagte er. »Danke.«

Die Mailbox seines Dienstanschlusses teilte ihm mit, dass die Kollegen vom Wirtschaftsdezernat Ingo Rienecks Geschäftspraktiken überprüften. Auch auf Koschnik und Beate Wollreis habe man einen Mitarbeiter angesetzt – wegen eines Anfangsverdachtes auf Steuerhinterziehung und Vorteilsnahme.

Wismeth hatte ebenfalls eine Nachricht hinterlassen:

»Ja ... Kastner? Wo sind Sie denn schon wieder? Ihr Mobiltelefon ist auch aus – so geht das nicht. Wir sollten bald das weitere Vorgehen ... Nachdem ja auch Ihre neueste Spur leider *forensisch* nicht zwingend ... Na ja. Bitte melden Sie sich bei mir.«

Die dritte Nachricht war von Mirjam. »Kastner? Pass auf – die Gaby ist da. Hier bei uns. Dieses Sackgesicht Robert oder Roland oder wie auch immer – der unglücklich Verheiratete mit der schwangeren Frau – hat seine Frau nun verlassen. Du erinnerst dich? Gaby-du-bist-die-Frau-meines-Lebens-Ronald? Gaby-du-allein-verstehst-mich ... Rüdiger! Rüdiger heißt der Spack. Also der ist jetzt mit einer anderen durchgegangen. Gaby ist völlig am Ende und die Frau auch. Also die Frau von dem Sackgesicht. Die sind jetzt beide hier, ich hoffe, das passt für dich, bring einfach ne Buddel Wodka mit und ein paar Pizzen, wenn du heimkommst. Gaby will – Moment mal … Gaby? Schinken-Champignon und die Lea hätte gerne Meeresfrüchte ohne Knoblauch. Ich bin Artischocken-und-Sardellen-Fan, wie du ja wohl weißt. Danke!«

Artischocken und Sardellen also. Kastner schnitt bei Partnerschaftspsychospielen immer ganz schlecht ab. Er hatte keine Ahnung, welchen französischen Film-noir-Regisseur seine Partnerin bevorzugte (wenn überhaupt), ob sie lieber an Rosen oder an Duftveilchen roch oder ob sie einer ayurvedischen Nackenmassage den Vorzug vor Aspirin geben würde. In seinen Augen waren dies Feinheiten, deren Gewicht überschätzt wurde. Ganz andere Dinge gaben einer Partnerschaft Tiefe und Stabilität – zum Beispiel die Bereitschaft, überraschende Übernachtungsgäste nach einem langen Arbeitstag mit einer Flasche Wodka willkommen zu heißen.

Er faxte Wernreuther die Bebauungsplanliste. Dann nahm er seinen Regenschirm, schrieb *Dringender Außentermin* auf einen gelben Klebezettel und *postete* diesen an seine Bürotür, ehe er ging.

***

»Der is am Agger«, beschied ihn die Frau mit dem Dutt, als er über den Zaun nach Meisner fragte. Dem andauernden Nieselregen zum Trotz hielt sie die gelbe Plastikgießkanne in der Hand. Der Neufundländer stand neben ihr und wedelte matt mit dem Schwanz.

»Ach so … Vielleicht …«

»Kummershald rei«, bot die Frau ihm an.

Der Hund begrüßte Kastner freudig – er speichelte ihm auf die Hose und machte sich dann daran, sein linkes Bein zu begatten.

»Gehweider, Heggdor, du alder Saubaazi«, wies die Frau das Tier milde zurecht.

»Auf welchem Acker ist er denn? Ich müsste den Herrn Meisner sehr dringend sprechen.«

Die Frau verfolgte interessiert Hektors Bemühungen, zum Höhepunkt zu kommen. »Dringend«, sagte sie ernst. »Des is relladiv, maanersnedd a?«

»Freilich«, sagte Kastner und versuchte, Hektor von seinem Bein zu trennen, ohne gegen das Tierschutzgesetz zu verstoßen. »Aber vielleicht können Sie mir auch ein Frage beantworten, Frau ...«

»Irmi. Weecher derer Leich, odder? Froongs hald.«

»Wächst in diesem Garten ... Also wächst auf Herrn Meisners Hof irgendwo Eisenhut? Das ist eine Staude mit blauen Lippenblüten.« Kastner deutete die Höhe an, indem er die Hand knapp über Hektors ruckenden Kopf hielt.

»Nofreili, der Eisnhuud. Den hoddi Marchered seelich bflanzd, im Bauer sei Fraa, wäis neigheirerd hodd. Douhindn, am Zaun. Gengers miid. Der werddedz eh gossen.« Irmi lüpfte die gelbe Gießkanne. »Newer derer Vuuchelscheing. Allmächd, edz is däi schowidder naggerd ...«

Zu Füßen der nackten Vogelscheuche tat der Eisenhut das, was Wollreis' schwäbischer Gärtner *remontieren* genannt hatte – er hatte neu ausgetrieben und eine zweite Blüte angesetzt. Hektor verlor das Interesse an Kastners Bein, als eine Maus unter dem Eisenhut hervorschoss und mit langen Sätzen über den Hof flüchtete.

»Sehngs, edziss des dringend«, merkte Irmi philosophisch an. Ihr Blick folgte Hektor und der Maus, während sie gleichzeitig die Gießkanne über dem Eisenhut entleerte.

Fränkisches Multitasking, dachte Kastner beeindruckt.

Er fand Meisner zehn fußläufige Minuten später auf einem alten Fendt-Trecker beim Unterpflügen vertrockneten Salats und winkte ihm vom Feldweg aus zu.

Meisners Blick sagte deutlich *Sie schon wieder*, aber er hob freundlich die Hand und brachte den grünen Traktor bei der nächsten Wende neben Kastner zum Stehen.

»Grüß Gott, Herr Meisner«, schrie Kastner gegen den tuckernden Dieselmotor an. »Es tut mir leid, Sie schon wieder bei der Arbeit stören zu müssen, aber ich hätte noch ein paar Fragen. Die Irmi war so nett, mir zu sagen, wo ich Sie finden kann.«

Der Trecker stotterte unwillig nach, als Meisner den Zündschlüssel herauszog.

»Mei«, sagte Meisner, »Sie machn hald aa Ihr Ärberd.« Von der Kapuze seines olivgrünen Regenmantels troff das Wasser. Er deutete auf Kastners schlammverschmierte Slipper: »Dou häddns Ihner doch ä boar Gummischou leiher könner vudä Irmi.«

Kastner fühlte sich von dieser Fürsorglichkeit angerührt. Konnte dieser nette Mann ein Mörder sein?

»Herr Meisner – seit wann stehen denn die Kisten mit den Möhren in dem Kühlraum?«

»Däi Gelleroum? Des sinn ä boar su grumme Gribbel, däi si nedd vergaffd hom. *Reste.* Däi hobbidounei – Midde Augusd? Iich schmaaß nedd gern wos wech. Un innerä Subbm ...«

»Mitte August. Haben Sie da vorher mit dem Dampfstrahler sauber gemacht?«

»Naa.« Meisner schnäuzte sich in die Finger. »Iich nedd. Dä Reinhold. Des isserwengä Binglicher. Odder er dudd eimbfach gern mibm Dampfschdroohler umernand – ämol der Dregger, ämol däi Derrassn –, Haubdsach, es machd ä Gwerch.«

»Der Reinhold. Das ist …?«

»Mei Schdift. Azubi, sachdmer edzerdler. *Auszubildender*.«

»Das hat der Reinhold also aus eigenem Antrieb getan? Sie haben ihm das nicht angewiesen?«

»Naa, fei wärgli nedd. Weecher däi boar Hobergaas – däi fressn kä Gmäis.« Um die blauen Augen des Bauern erschienen bei dieser Feststellung Lachfältchen.

»Kann ich mit diesem Reinhold sprechen? Wo finde ich ihn?«

Meisner sah auf seine Armbanduhr. »Der hoddedz glei Feieroomd. *Jugendschutz*. Mehr als achd Schdund derffen däi nedd, un mir fanger ja um Sechser oh. Wenns äweng renner, isserno im Schubfn, am Huuf.«

Kastner rannte.

Der Auszubildende Reinhold Laubert hängte gerade seine Lederschürze an einen Haken, als Kastner den Schuppen betrat, und er wurde nervös, noch ehe der Kommissar sich vorgestellt hatte. Kleine Schweißperlen erschienen auf seiner hohen Stirn, und seine Hände flogen wie nervöse Vögel hin und her.

»Sie dürfen gleich Feierabend machen«, versprach Kastner. »Müssen Sie den Bus erwischen?«

»Den Bus … Äh, nein. Ich bin mit dem Moped da, ich wohn ja gleich drüben in Höfles. Da fährt kein Bus hin. Also, zumindest nedd von hier.«

Laubert war mittelgroß und sehnig, ein Blondschopf mit Sommersprossen. Er war ähnlich milchgesichtig wie Koschniks Anwalt, aber für einen Auszubildenden ging das, nach Kastners Meinung, in Ordnung.

»Herr Meisner hat mir gesagt, dass Sie den Kühlraum mit dem Dampfstrahler gereinigt haben, bevor er Mitte August die Möhren eingelagert hat?«

Lauberts Gesicht entspannte sich ein wenig. »Ja?«

»Warum?«

»*Warum?* Na – da war's halt dreggerd. Seit die Liesel ihr Grümbl da auch noch neibferchd hat ... Da tanzen die Spinnen Samba.«

»Ist Ihnen in dem Kühlraum irgendetwas aufgefallen? War etwas anders als sonst?«

Laubert runzelte die Stirn. »Anders? Dreggerd war's halt, aber ungewöhnlich war des nedd. Um was geht's denn eigentlich?« Mit der Fußspitze stocherte der junge Mann einen Kippenstummel hinter einen Blecheimer.

»Es geht um Mord, Herr Laubert«, sagte Kastner wahrheitsgemäß. »Vielleicht haben Sie davon gehört – ein bekannter Bauunternehmer wurde ermordet. Und seine Leiche wurde auf Herrn Meisners Lauchacker gefunden.«

»Ach, des.« Auf Laubert schien diese Auskunft eher beruhigend zu wirken. Er zog seine Sicherheitsschuhe aus und schlüpfte in ein Paar Turnschuhe, dann griff er nach einem orangefarbenen Motorradhelm. »War's des jetzt? Ich müsst meiner Mudder daheim noch helfen, der Vadder hat's am Meniskus.«

»Kannten Sie Herrn Wollreis?«

»Wollreis – des ist der Bautyp, oder? Nein. Also: Ich kannte den nedd.«

»Wissen Sie, was Eisenhut ist?«

»Hä?«

»Eisenhut.«

Laubert starrte ihn an. »Eisenhut ... eine Art Stahlhelm, vielleicht? Eine Dings – Pickelhaube?«

»Es ist eine Pflanze. Eine sehr giftige Pflanze.«

»Ach so.« Ein Achselzucken. »Des mit dem Grünzeug ist eigentlich gar nedd so meins. Ich bin eher an den technischen Seiten der Landwirtschaft interessiert. Fragen S' mich was über den Fendt. Oder die Fräse. Oder …«

Oder den Dampfstrahler, dachte Kastner. Er nickte Laubert zu, der erleichtert den Helm auf seinen Kopf stülpte und aus dem Schuppen eilte.

Kastner bückte sich und stocherte im Staub hinter dem Blecheimer nach dem Kippenstummel. Es war der Rest eines sauber gedrehten Drei-Blättchen-Joints. Cannabis – der junge Herr Laubert war also Raucher.

»Herr Laubert? Einen kleinen Moment noch …«, rief er ihm nach.

Laubert, der seine alte Zündapp C50 schon zum Hoftor geschoben hatte, drehte sich um. Selbst durch das Helmvisier konnte Kastner sehen, dass er blass um die Nase war.

»Äh … Ja?«

»Etwas würde ich doch jetzt gerne noch wissen«, sagte Kastner und ließ den jungen Mann ein wenig zappeln, ehe er weitersprach: »Wer ist *Liesel*?«

Mit der vagen Information, die Liesel sei »eine ganz Hübsche« und gehöre »irgendwie« zur Familie des Bauern, machte Kastner schließlich Feierabend. Irmi, die vielleicht mehr gewusst hätte, war nicht mehr aufzufinden. *Die ist ja auch bloß zum Helfen da und geht irgendwann heim*, hatte Laubert noch erklärt, ehe er mit seinem knatternden Zweitakter erleichtert vom Hof gefahren war, und auch Meisner schien sich in Luft aufgelöst zu haben.

»Freiwillige Feuerwehr heute?«, riet Florin von seinem Hochbett herunter. »Die löschen zuerst mit vier, fünf Halben und haben danach den Brand.«

»Feuerwehr ist donnerstags«, stellte Dumitru klar, »und unser Bauer trinkt höchstens mal ein leichtes Hefeweizen.

Heute ist Biobauern-Stammtisch. In Schnepfenreuth? Oder in Höfles? Ich kann es Ihnen leider nicht genau sagen ...«

Nach einer längeren Wanderung zur Bushaltestelle *Berufsförderungswerk* wartete Kastner geduldig auf den Bus nach Thon. Um halb fünf spuckte das blaue Hochhaus eine munter plaudernde Horde mit Umhängetaschen, Regenjacken und Regenschirmen aus, die ihn ohne Berührungsängste in ihre Mitte nahm. Der 26er Bus kam bald darauf und öffnete alle Türen, um die Horde aufzusaugen. Kastner ergatterte einen Stehplatz neben dem Notsitz, und während von der Kapuze eines hinter ihm stehenden Herrn bis zur Haltestelle Thon Wasser in seinen Kragen tropfte, hatte er – bis zur Haltestelle Thon – Mühe, die junge Frau nicht anzustarren, die auf dem Notsitz saß und ihr Smartphone bearbeitete. Als Einzige trug sie weder Umhängetasche noch Regenjacke oder Regenschirm, sondern nur beige Shorts und ein nasses, weißes T-Shirt.

***

»Mannomann«, flüsterte Mirjam ihm zu, als er seine Wohnung betrat. »Hast du den Wodka? Das ist die volle Psychogruppe hier ... Ich kenne Gaby gar nicht wieder. Die kriegt doch sonst den Mund nicht zu, aber jetzt hat sie seit zwei Stunden außer ›Scheiße‹ nichts gesagt.«

Kastner drückte ihr den Schnaps in die Hand, noch ehe er seinen Regenschirm gegen den Türrahmen lehnte. Dies schien ein echter Notfall zu sein.

»Sie sind da drinnen«, hauchte Mirjam und zeigte auf die angelehnte Küchentür wie auf eine große Spinne, die aus eigener Kraft nicht mehr aus der Badewanne kommt.

»Alles wird gut, Hase«, sagte Kastner beruhigend. »Wir kriegen das hin.«

Dann betrat er seine Küche.

Gaby und Lea saßen nicht, sie vegetierten auf den Küchenstühlen.

»Kastner«, sagte Gaby tonlos zur Begrüßung. Sie starrte auf eines der blauen Tapetenblümchen und hatte ein neues Tattoo: Aus dem Ausschnitt ihres Matrosen-Tops wuchs eine rote Rose den kräftigen Hals hinauf, deren blauschwarzer Stiel den Namen *Rüdiger* formte. Lea, eine zierliche, dunkelhaarige Person mit einem verheulten Mausgesicht, saß neben ihr und hielt sich an einer Tasse Tee fest. Sie zitterte, als ob ihr kalt wäre – und sie war hochschwanger.

»Hallo Gaby, wie schön, dich zu sehen«, sagte Kastner und gab Küsschen. Dann reichte er Lea die Hand.

»Das ist mir wirklich verdammt peinlich«, sagte Lea, »dass ich hier so einfach reinplatze. Ich meine, Sie kennen mich ja gar nicht, und ich sitze hier in Ihrer Küche, aber Gaby hat gesagt, dass es okay wäre, und Mirjam war so freundlich …«

Kastner winkte ab und verteilte die Pizzakartons. »Wir sollten uns duzen«, schlug er vor, und mit Blick auf Leas Bauch: »Und wir sollten besser keinen Wodka trinken.«

Gaby löste ihren Blick von dem Blümchen. »Wenn ich jetzt keinen Wodka kriege, kauf ich mir ein Maschinengewehr«, wandte sie sachlich ein. »Oder ein paar Handgranaten. Einen verdammten Flammenwerfer. Wie kann einer nur so ein Alien sein?«

»Na also«, sagte Kastner. »Darauf kann man aufbauen, Ripley …«

Mirjam öffnete den Wodka erst gegen zwei Uhr morgens, als Lea sich auf der Wohnzimmercouch längst in den Schlaf geweint hatte.

»Prost, Schnecke. Prost, Kastner.«

»Prost, Hase«, sagte Kastner. »Prost, Ripley!«

Wenn er richtig gezählt hatte, war Rüdiger Alien III. Gaby Seiffert ließ sich mit zwei Arten von Männern ein – Schluffis und Aliens. Die Schluffis waren diejenigen, die sie selbst nach ein paar Wochen überhatte: Couchkartoffeln, Gartenzwergbesitzer und Vorabend-TV-Serien-Konsumenten, in Gabys grünen Augen also unglaubliche Langweiler. Die anderen waren *wahnsinnig interessante Typen*, die irgendwas mit Musik oder Kunst machten, jeden Abend durch Berliner Szenekneipen zogen und Gott und die Welt kannten. *Das ist der Mann, auf den ich gewartet habe,* hieß es dann, *ein brillanter Verstand, ein unglaublich empathisches Wesen, der beste Sex meines Lebens* ... Bis sich der so Gepriesene anderen Herausforderungen zuwandte und zum Alien wurde.

Gaby kippte den Wodka und schenkte sich gleich einen neuen ein. »Erst dieses ewige Hin und Her – *Sie ist schwanger, ich kann sie jetzt nicht verlassen; aber du bist die Frau, die ich liebe, was soll ich nur tun?* –, und dann, vor zwei Wochen, zieht er zu mir. Mit Sack und Pack, versteht ihr: Zahnseide, feuchtes Toilettenpapier, Alpenwiesenblütenhonig – was sollte ich da denken? Ich war auf Wolke sieben! Jede verdammte Nacht hat er sich von mir trösten lassen, weil er sich wie ein Arschloch benimmt, und am Ende stellt sich heraus, dass er schon längst was mit dieser blondierten Anwaltstussi am Laufen hatte – das ist *unfair*, findet ihr nicht? Das ist nicht okay!«

»Auf keinen Fall!«, stimmte Mirjam zu.

»Fies«, nickte Kastner und machte sich seine Gedanken. Wenn man Gaby mit Lea verglich und dann im Geiste noch eine *blondierte Anwaltstussi* danebenstellte, konnte man nur zu einem Schluss kommen: Rüdigers Frauengeschmack war extrem variabel.

Gaby kippte den zweiten Wodka und schlug mit der Faust auf den Küchentisch. »Und dann hat Lea bei mir angerufen und gefragt, ob ich wüsste, wo er ist – *es sei gar nicht seine Art, sich so lange nicht zu melden* –, versteht ihr? Der hat sich nicht mal abgemeldet bei ihr! Die wusste nicht mal, dass er und ich ... Na ja. So ein ... Monster!«

»Genau«, sagte Mirjam und füllte fürsorglich Gabys Glas.

»Unglaublich«, fügte Kastner an und kippte seinerseits ein Glas Wodka. »Aber inzwischen weiß Lea schon ...«

»Was?«, fuhr Gaby auf. »Natürlich weiß sie es! Bin ich vielleicht feige? Heiße ich Rüdiger? Von mir kann jeder jederzeit die Wahrheit erfahren. Und außerdem hätte es sich ja schlecht verheimlichen lassen«, fügte sie etwas leiser hinzu und zeigte auf das Rüdiger-Tattoo. Dann kippte sie ihren dritten Wodka.

Kastner nickte verlegen. Das Rüdiger-Tattoo, natürlich! Wie hatte er als Kommissar das übersehen können? Er lächelte Gaby bewundernd an. Frauen mit einem überlegenen Intellekt – und hatten nicht alle Frauen irgendwie einen überlegenen Intellekt? – faszinierten ihn.

»Und sie war dir nicht böse?«, fragte er neugierig.

»Kastner!«, seufzten Gaby und Mirjam unisono.

»Das nennt man weibliche Solidarität«, erklärte Mirjam und kippte ihren Wodka. »Gegen Aliens müssen wir Frauen zusammenhalten!«

»Natürlich«, sagte Kastner und beschloss, die Damen jetzt lieber allein zu lassen. Leicht schwankend ging er ins

Bad und putzte sich die Zähne. Der Gedanke an die weibliche Solidarität verfolgte ihn jedoch bis ins Bett – *Es kann also sein*, folgerte er, während er sich in die Bettdecke wickelte, *dass nächste Woche Gaby* und *Lea* und *die* blondierte Anwaltstussi *vor meiner Tür stehen* ... Wenn er Rüdiger richtig einschätzte, würde die weibliche Solidarität seinen Bekanntenkreis bald ungemein erweitern.

Mit diesem beunruhigenden Gedanken schlief er ein.

Das Geständnis*

Als sein Wecker um sieben Uhr morgens vibrierte, dachte er zunächst an einen schlechten Scherz.

»Was soll das?«, fragte er unwirsch in den jungen Tag.

Mirjam zog sich die Decke über den Kopf und knurrte böse.

Kastner fand, das sei eine adäquate Reaktion, und tat es ihr nach.

Um neun rief er im Dezernat an und ließ sich direkt mit Wismeth verbinden.

»Ja sagen Sie mal«, sagte Wismeth. »Wo sind Sie denn ständig? Warum ist ihr Handy aus? Sie können doch nicht ...«

»Das tut mir leid, Herr Wismeth. Ich verstehe vollkommen, dass die Erreichbarkeit Ihrer Mitarbeiter ...«

»Na, das freut mich ja! Aber Verständnis allein genügt nicht, Kastner.«

»Ich gehe der Spur zum Meisner-Hof nach. Gestern Nachmittag konnte ich ein paar ganz aufschlussreiche Gespräche führen, und während einer Befragung schalte ich das Mobiltelefon natürlich aus.«

»Ja, das ist wohl ...« Wismeth klang nicht überzeugt. »Und wo sind Sie jetzt? Wernreuther nervt mich seit halb acht, dass er Sie dringend sprechen muss.«

»Hm, das ... Also, ich habe verschlafen. Ich habe heute

* Regie: David Hugh Jones, 1999.

einfach verschlafen. Hier gibt es so eine Art familiären Notfall.«

»Wismeth schwieg.

»Herr Wismeth?«

»Mein Gott, Kastner – dafür ist das Wochenende da, für familiäre Notfälle! Also klären Sie mir jetzt mal diesen vertrackten Fall, am besten heute noch. Haben wir uns verstanden?«

»Natürlich«, sagte Kastner.

Aus dem Wohnzimmer drang Gabys sonores Schnarchen. Von Lea war nichts zu hören, aber Kastner erspähte im Vorübergehen ihren dunklen Schopf, der wie ein zerzauster Blumenstrauß aus seinem altehrwürdigen, grünen Bundeswehr-Schlafsack hing. *Das Ding hat eine ganz schlechte Aura*, behauptete Mirjam stereotyp jedes Frühjahr beim »Entrümpeln«. *Das Ding ist ein Schlafsack*, war dann seine ebenso stereotype Antwort. Mirjams Erwiderungen darauf spiegelten die zunehmende Vertrautheit ihrer Beziehung. Anfangs hatte sie gesagt: *Wenn du meinst, Kastner*, im Jahr darauf hatte sie es pragmatisch versucht: *Das war vielleicht vor dreißig Jahren einmal ein Schlafsack – wann hast du eigentlich das letzte Mal darin geschlafen?* Im letzten Frühjahr war sie schon etwas mehr aus sich herausgegangen: *Das Ding* atme aus jeder Faser Blut-und-Boden-Militarismus, hatte sie festgestellt, es symbolisiere den fragwürdigen Machismo frauenfeindlicher Männerbünde und einen aggressiven Imperialismus. Außerdem stinke es. Letzteres hatte Kastner argumentativ widerlegen können: Beim letzten Einsatz des Schlafsackes, einer Sonnwendfeier in den frühen 1990ern, hatte ein Feierkumpan seinen Mageninhalt darüber entleert – eine halb so schlimme Sache, da der Magen ausschließlich Landbier enthalten hatte; aber Kastner hatte *das Ding* dennoch in die Reinigung gegeben. Und seitdem hatte niemand mehr darin geschlafen, denn Übernachtungsgästen bot Mirjam lieber *ihren* Schlafsack an, ein fluffiges *Ding* aus Ballonseide mit 2 x 240 g/m^3 QualloFil als Füllung. Nun, im kommenden Frühjahr konnte er den Lea-Trumpf ausspielen – er war jetzt schon gespannt, was Mirjam darauf sagen würde.

Aus Rücksicht auf die schlafenden Gäste zog er die Küchentür hinter sich zu, ehe er sich einen doppelten Espresso und dazu ein Toast-Sandwich mit Schinken, Käse und Remoulade machte.

Dann dachte er über den Fall nach.

»Wernreuther.«

»Kastner«, sagte Kastner. »Wie schön, wenn Mitarbeiter auf ihrem Diensthandy erreichbar sind!«

»Ha. Ha. Das ist lustig, Kastner!«

»Gell? Also jetzt im Ernst: Hast du etwas über die Eigentümer der Grundstücke herausfinden können?«

»Na, du bist ein Spaßvogel! Also für die Erledigung dieses Jobs erwarte ich mir eine Beförderung, mindestens. Du kannst dir nicht vorstellen, was für absurde Telefonate ich gestern geführt habe – mit Datenverwaltung haben sie's wohl nicht so bei der Stadt.«

»Nein?«

»Nein! Die kramen dicke Ordner aus staubigen Regalen und blättern darin! Die Sachbearbeiter an sich sind durchaus kompetent – die können dir alles über die Projekte sagen, die sie selbst bearbeitet haben, jedes blutige Detail. Aber über die Projekte ihrer Kollegen wissen sie nichts. Stell dir vor: Die geben dir die Telefonnummern ihrer Kollegen und bitten dich, dort anzurufen. Wahlweise könntest du auch eine Woche warten, dann würden sie die gewünschten Informationen zusammensuchen – vorausgesetzt, der Dienststellenleiter erlaubt es ihnen. Ich habe Sätze gehört wie: *Kollege Meier hat seine Ordner vermutlich angelegt, bevor Trennblätter erfunden waren! Die von Ihnen gewünschte Information ist sicher da drin, aber ich kann sie leider nicht finden!*«

»Ach was!«, sagte Kastner. »Und? Was hast du herausgefunden?«

»Ich habe immerhin die Flurnummern von fünf der acht Bebauungspläne auf Bassenfredts Liste eruiert und vom Liegenschaftsamt eine Liste der Eigentümer bekommen.« Wernreuthers Kunstpause sagte Kastner, dass ein Treffer dabei gewesen sein musste. Er wartete geduldig.

»Und Bingo. Eine Reihenhaussiedlung, die Wollreis realisieren wollte – im Knoblauchsland.«

»Bingo heißt Meisner?«

»Bingo heißt Meisner.«

Nach einer Dusche und einem weiteren Espresso sah Kastner sich in der Lage, seinem neuen Hauptverdächtigen gegenüberzutreten. Er ließ sich von Wernreuther mit dem Ersatzstreifenwagen zu Hause abholen und nach Wetzendorf fahren.

»Den haben wir im Sack, oder?«, wollte Wernreuther unterwegs wissen. Der Regen hatte an Intensität wieder zugenommen, und die Scheibenwischer schlugen hektisch hin und her. Er meinte Meisner, aber Kastner nickte nur zerstreut. Ihn beschäftigten noch immer die weibliche Solidarität und Rüdigers flexibler Geschmack.

»Auf welchen Typ Frau stehst du eigentlich, Felix? Also

ich meine – Blondinen? Dunkelhaarige? Eher selbstbewusste Frauen oder so den Mäuschentyp?«

Wernreuther setzte den Blinker und bremste für ein Rentnerpaar, das sich überschwänglich bedankte. »Das ist jetzt aber sehr privat. Mein Typ – also so pauschal kann ich das nicht sagen. *Ob blond oder braun, ich liebe alle Frau'n …*« Er feixte.

»Ja, schon. Aber gibt es nicht doch irgendwelche Gemeinsamkeiten?«

»Na ja, eine gewisse Oberweite ist sicher hilfreich«, gab Wernreuther zu. »Und jetzt, wo du danach fragst: Knapp die Hälfte meiner Freundinnen hieß Karin. Die hatten sonst nicht viel gemein, aber sie hießen Karin. Meinst du so was?«

»Eigentlich nicht, aber das ist auch eine interessante Variante …«, sagte Kastner.

Wernreuther bog in die Schleswiger Straße ab und stöhnte, weil der grüne Kombi vor ihm sich an Tempo 30 hielt.

»Elisabeth Metzger«, sagte Kastner. »Oder *Liz*. Und jetzt eine Verwandte von Herrn Meisner namens Liesel. Heißt diese Biologin im Umweltamt nicht auch so ähnlich – Lisa?«

»Von was sprichst du?« Wernreuther setzte den Blinker und rauschte in einem gewagten Manöver an dem Kombi vorbei.

»Ich weiß auch nicht«, sagte Kastner. »Manchmal sieht man Muster, wo gar keine sind. Nur weil man danach sucht …«

»Also ich nicht«, stellte Wernreuther fest, während er nach links in die Wachtelstraße Richtung Wetzendorf abbog.

»Im Wollreis sei Schaggedd sull des gwäihn sei? Des kou nedd sei.« Meisner stand in Gummistiefeln und Regenmantel neben einem Stahltank und pumpte Heizöl in den Fendt.

»Leider ist es so. Wollreis hat dieses Jackett am Tag seines Verschwindens getragen, am 11. Juni. War er an diesem Tag hier bei Ihnen, auf dem Hof? Oder haben Sie ihn irgendwo getroffen?«

»In Wollreis? Naa. Sichernedd.«

»Herr Meisner – Sie besitzen ein Grundstück südlich von Großgründlach?«

»Drei«, korrigierte Meisner. »Des is äweng bläid weecher derer Fohrerei, obber dä Boudn is goud. Lehmicher Sand, kä Schdaunässn ...«

»Wollreis wollte auf einem dieser Grundstücke bauen. Vielleicht hat er am 11. Juni deshalb mit Ihnen sprechen wollen?«

»Naa. Des häddidoch gmerggd. Den Moo hobbi nonie droffn, Herr Gommissar. *Never ever*, däder Florin aff rumänisch soong. Weecherm Gründlacher Grundschdügg hoddämol anner vuderer Baufirma oogruufn, ä Hä Goschnigg. Äganser Beflissner, obber dou hobbiglei gsachd, dassinix vergaff.«

»Sie kannten Herrn Wollreis nicht persönlich? Sie haben ihn nie gesehen oder gesprochen?«

Meisner nickte nachdrücklich und klopfte gegen die Tankanzeige, deren Zeiger daraufhin einen Sprung in den grünen Bereich machte.

»Was haben Sie denn am 11. Juni gemacht, Herr Meisner?«

Da musste der Bauer nicht lange nachdenken. »Gärberd, hald. Oofang Juni, waddens, dou hommer in Lollo Rosso, däi Radiesler un däi Gulleraam gernd unä Blaugraud bflanzd, undä Heffner hoddmer in Dregger leiher mäin, wall im Fendt sei Hydrauligg marood woar ...«

»Genauer wissen Sie das nicht mehr?«, fragte Kastner

mit wenig Hoffnung. »Am 11. Juni – war einer Ihrer Arbeiter krank? Hatten Sie Besuch? Was haben Sie zu Abend gegessen?«

Meisner lachte fröhlich und zog den Tankstutzen aus dem Traktor. »Wos homnern Sie am 11. Juni gessen? Wissens des no?«

»Also ... Nein«, gab Kastner zu.

»Sehngs – un Sie sinnä jungä Schbund! Iich wass ofd neddamol mehr, wos ledzde Wochn gäim hodd. Obber meisdns gibds ä Scheim Broud middänä Worschd. Wenn die Irmi än Eindobbf machd, no schdelldsmer amol ä glaans Döbfler nieber; un wenn die Liesel vorbeischaud, machdsmer a amol wos Warms ...«

Da war sie wieder. Liesel ...

»Wer ist denn ...?«

»Die Liesel, dessis mei Enggälä«, erklärte Meisner nicht ohne Stolz.

Kastner hob unwillkürlich die Augenbrauen. »Ihr Engelchen ...?«

Um Meisners blaue Augen erschienen wieder Lachfältchen. »*Meine En-ke-lin*, Herr Gommissar. Sie sinngwiss nedd vu dou?«

»Nicht direkt«, sagte Kastner diplomatisch. »Und die Liesel, hat die auch Sachen in Ihrem Kühlraum untergestellt?«

»Des schdimmd«, nickte Meisner. »Wäis nieber aff Fädd zongis.«

»Was denn alles? Den Schreibtisch vielleicht?«

»Genau. Den Schreibtisch, än Gleiderschrangg, ä Gommodn, ä boar Gadonggs midd Bücher vo ihrm Schdudium, Düüdn ...«

»Plastiktüten? Alte Kleider? Waren das vielleicht Lisas

Plastiktüten, in denen Sie das Jackett für die Vogelscheuche gefunden haben?«

Meisner dachte nach. »Des kou scho sei. Obber gwieß is nedd – dou sinn aano Düüdn, in dennä Glamoddn vodder Marchered sin, odder vum Heinzi.«

»Vom Heinzi ...« Kastner nickte. Schreibtisch. Bücher. Studium. *Liesel* ...

»Was hat die Liesel denn studiert?«

»Biolochie«, sagte Meisner. Selbst jetzt war sein Blick noch völlig arglos. »Erschd wollds Gardenbau, obber weecher dem Numerus Glausus hodds dann Biolochie – des woar äsuä Losverfahrn, dou hodds glei än Dreffer ghabbt ... Dessis ä Gscheide, die Liesel, des hodds vu ihrm Vadder. Des woar ä Inschenör ...«

Kastner atmete tief ein und wieder aus.

Der Acker, der Kühlraum, die Reihenhaussiedlung – Wollreis' Jackett, der Eisenhut, eine Biologin ... Das alles fügte sich zusammen. Er stellte die entscheidende Frage:

»Wie heißt denn Ihre Enkelin mit Familiennamen, Herr Meisner?«

Meisner schraubte den Tankdeckel fest. »Wäi ihr Vadder hald. Des Maadler hoddja nunnä gheirerd, obwohls scho lang än Freind hodd. Dessis a ä Schdudierder. Ziechdhald zam, hobbigsachd, obber däi Jungä sin dou neddrechd schbondan ... *Förster, Lisa Förster*. Herr Gommissar – ich blauder ja gern midd Ihnä, obber mei Ärberd machd si ned vu selber.«

Wernreuther war sichtlich verstimmt, weil er im Wagen hatte warten müssen. Er murmelte etwas von Ausnutzung, während Kastner ihn auf den Nordring in Richtung Langwasser lotste.

»Wohin rasen wir denn bei dem Sauwetter?«, fragte er, aber Kastner antwortete nicht auf seine Frage.

»Blaulicht, bitte«, sagte er stattdessen.

Lisa Försters helle Haut wurde noch einen Ton blasser, als er sie mit den Indizien konfrontierte – ihre Verwandtschaft mit Meisner, Wollreis' Jackett im Kühlraum, ihre häufigen Besuche auf dem Hof. Sie bot ihm eine Tasse Cappuccino an, den sie in einer kleinen Teeküche am Ende des Flurs zubereitete, und den Besucherstuhl. Ihre leuchtend blauen Augen waren so sehr die von Bauer Meisner, dass Kastner sich einen Narren schalt. Das hätte ihm auffallen müssen.

»Ja, ich war immer mal wieder beim Opa. Man muss da ab und zu nach dem Rechten sehen, er wird halt langsam alt.«

Kastner löffelte den Milchschaum aus seiner Tasse, während Lisa Förster erzählte.

Sie war bei ihren Großeltern aufgewachsen. Ihr Vater, der Ingenieur, war beruflich viel im Ausland unterwegs, und ihre Mutter, Meisners einziges Kind, half derweil bei den Eltern auf dem Hof. Der Hof war seit Generationen im Familienbesitz, und Lisa wusste, was er ihrem Großvater bedeutete. Umso höher rechnete sie es ihm an, dass er sie nie bedrängte, ihn einmal zu übernehmen. Mit Ende vierzig wurde ihr Vater von seiner Firma *freigestellt*. Es war Meisner, der dafür sorgte, dass seine Enkelin weiterstudieren konnte.

»Das ist doch kein Leben«, sagte Lisa. »Meine Großeltern haben von Sonnenaufgang bis Sonnenuntergang geschuftet, nur um abends wie Steine ins Bett zu fallen und am nächsten Tag weiterzumachen. Und wofür? Damit ich studieren konnte, damit meine Mutter sich mal ein neues Kleid kaufen konnte, damit die Lehmanns und Heffners nicht ihr Gift auf seinem Grund und Boden versprühen konnten. ›Das macht die Welt krank‹, hat Opa gesagt, und er hat recht damit. ›Sie verseuchen das Grundwasser, sie erzeugen minderwertige Nahrung, sie laugen den Boden aus.‹ Ich weiß, dass er recht hat, ich habe diese Dinge schließlich studiert. Aber ich wollte nicht sein Leben führen! Ich wollte lernen, meinen Horizont erweitern, reisen, mich mit anderen Menschen austauschen. Und ja, ich wollte Geld verdienen, einen sicheren Arbeitsplatz haben, um fünf den Stift fallen lassen ... Ich will ja irgendwann mal Kinder haben, Erziehungszeit nehmen.«

Kastner nickte und schwieg. Offensichtlich wollte die junge Frau sich diese Dinge von der Seele reden.

Nach dem Tod von Lisas Mutter heiratete ihr Vater bald wieder – auf einer Fortbildung des Arbeitsamtes lernte er eine wohlhabende Witwe aus Bremen kennen und zog wenige Wochen später zu ihr.

»Ich hätte da mitgehen können«, sagte Lisa nachdenklich. »In Bremen kann man Meeresbiologie studieren, das hätte mich auch interessiert ... Aber ich konnte Papas Neue nicht leiden. Und der Opa war mir irgendwie näher – er hat so viel für mich getan, ich wollte ihn nicht allein lassen.«

Also war sie in Nürnberg geblieben, hatte sich einen Job und ein Zimmer in einer Studenten-WG gesucht und Meisner regelmäßig besucht.

»Nach dem Studium hatte ich Glück mit der Stelle im Umweltamt und bin nach Fürth in eine eigene Wohnung gezogen.«

»Vor dem Umzug haben Sie einige Sachen bei Ihrem Großvater untergestellt. Im Kühlraum.«

Lisa Förster nickte verhalten. »Den alten Kühlraum hat der Opa nur noch selten benutzt. Der steht sowieso voller Gerümpel.«

»Frau Förster, wir wissen, dass Wollreis' Jackett in diesem Kühlraum war. Und wir wissen, dass Wollreis eines der Grundstücke Ihres Großvaters für ein Bauvorhaben kaufen wollte. Das sind nur Indizien, aber sie könnten durchaus für eine Verurteilung ausreichen.«

»Eine Verurteilung? Wieso ... Wen wollen Sie denn verurteilen?«

»Ich will in dieser Sache niemanden verurteilen«, sagte Kastner. »Das ist nicht meine Aufgabe. Aber ein Richter könnte Ihren Großvater verurteilen, wenn es zum Prozess kommt. Alle Indizien sprechen gegen ihn, und er hatte sowohl ein Motiv als auch die Gelegenheit.«

Lisa Förster wurde noch blasser, als sie es ohnehin gewesen war. »Um Himmels willen, nein!«, sagte sie.

»Man wird eindeutige Beweise dafür finden, dass Wollreis am 11. Juni auf dem Hof war – im Kühlraum, im Haus«, behauptete Kastner. Den forensischen Misserfolg im Kühlraum verschwieg er wohlweislich. »Niemand stirbt, ohne Spuren zu hinterlassen – ein Haar, eine Hautschuppe, Speichel ... Das muss ich Ihnen als Biologin ja wohl nicht erklären. Und dann wird sich Ihr Großvater da nicht mehr rausreden können.«

»Aber der Opa hat überhaupt nichts damit zu tun! Nicht das Geringste!«

»Sie haben manchmal für Ihren Großvater gekocht, wenn Sie ihn besucht haben – damit er mal was Warmes hat, wenn er abends vom Acker kommt?«

Wieder ein verhaltenes Nicken. »Da hat er sich immer so gefreut. Es kocht ja keiner mehr für ihn, seit die Oma tot ist.«

»Haben Sie am 11. Juni auch etwas für ihn gekocht?«

Die junge Frau wandte den Blick zu der regennassen Scheibe ihres Bürofensters und starrte lange hinaus. Ihr

Telefon klingelte, aber sie hob nicht ab. Stattdessen griff sie nach der Maus auf ihrem Schreibtisch und schloss alle offenen Programme. Ein Vogel mit einem lustigen Schopf am Hinterkopf tauchte als Desktophintergrund auf, der Kastner vage bekannt vorkam – natürlich, es war der Bald-nicht-mehr-da-Kiebitz. Lisa Förster klickte auf den Button »Herunterfahren«, was der PC mit einer absteigenden Tonfolge quittierte, ehe der Bildschirm dunkel wurde.

Dann lächelte sie Kastner traurig an.

»Sie wissen doch genau, dass der Opa nichts getan hat. Er kann ja nicht mal eine Spinne erschlagen ... Der Wollreis hätte ihn gefressen wie ein Löwe ein Lamm.«

»Sie waren also am 11. Juni nachmittags auf dem Hof«, sagte Kastner.

Die Biologin widersprach ihm nicht.

»Und Sie haben ein Chili gekocht.«

Sie nickte, dann erzählte sie mit ruhiger Stimme, was am Nachmittag des 11. Juni geschehen war.

Sie hatte sich im Amt einen halben Gleittag genommen.

»Mein Opa freut sich immer, wenn ich vorbeischau und was für ihn koch, aber für ein Chili nach Art meiner Oma kann er sich regelrecht begeistern ... *Mei, die Marchered*, sagt er dann immer und hat einen Grund, in Erinnerungen zu schwelgen.«

Sie gab sich also Mühe mit dem Chili. Frische Tomaten und Zwiebeln hatte sie aus dem Vorratskeller geholt, die Wachtelbohnen wuchsen in dem kleinen Gemüsegarten, den ihre Großmutter angelegt hatte und um den die Irmi sich nun kümmerte. Die Bohnen wurden über dem Kachelofen in der Küche getrocknet und dann in einem luftdurchlässigen Gefäß aufbewahrt. Die Chilis hatte sie selbst aus Samen gezogen, auf ihrem Fürther Südbalkon, und für das Hackfleisch radelte sie bei Krautner in Höfles vorbei, der Hausschlachtung gehabt hatte. Oregano und Rosmarin wuchsen vor der Haustür.

Am späten Nachmittag stand Wollreis plötzlich vor der Tür.

Wollreis, der Bauunternehmer, stellte er sich vor und musterte sie von Kopf bis Fuß, als wäre sie nackt. Er habe von seiner Baustelle in Thon einen kleinen Spaziergang hierher gemacht, um mit Meisner zu sprechen ... Ob er zu Hause sei?

Sie verneinte. *Ich bin die Enkelin. Kann ich meinem Großvater etwas ausrichten?*

Wollreis zögerte.

Wollen Sie vielleicht einen Moment hereinkommen?, bot sie höflich an.

Wollreis schaute auf seine Uhr, dann wieder auf sie. *Warum nicht?*, sagte er und grinste.

Sie führte ihn in die gute Stube, und er sah sich fassungslos um. *Du liebe Güte. Ihr Großvater sollte sich wirklich schämen, eine hübsche junge Frau wie Sie so wohnen zu lassen. Das ist ja alles völlig heruntergekommen – schade um den Baugrund, könnte man sagen ...* Er lachte und zwinkerte ihr zu, als müssten sie in dieser Sache Verbündete sein.

Weil sie neugierig war, was Wollreis von ihrem Großvater wollte, lachte sie mit und beschloss, sich dumm und freundlich zu stellen. *Darf ich Ihnen etwas anbieten? Ein kühles Bier?*

Nach einem weiteren Blick auf seine Armbanduhr – und einem weiteren Blick auf sie – nahm er das Angebot an und ließ sich in einen Sessel fallen.

Worum geht es denn?, fragte sie, nachdem Wollreis sich eingeschenkt hatte. Er musterte sie prüfend und auch ein wenig lüstern, dann nahm er einen Schluck Bier und erzählte ihr, dass er einen von Meisners Äckern in Großgründlach brauche, um ein Reihenhausprojekt realisieren zu können. *Aber Ihr Großvater will einfach nicht verkaufen. Er ist ein bisschen stur, kann das sein, junge Frau?*, fragte er.

Sie lächelte komplizenhaft und nickte.

Das gefiel Wollreis. *Man könnte auch sagen, er ist so stur wie ein Stück hartes Brot*, sagte er, mutig geworden, und wischte sich den Bierschaum vom Mund. *Und auch nicht der Klügste. Oder glauben Sie, schönes Kind, dass die Landwirtschaft mitten in einer Großstadt Zukunft hat? Na sehen Sie ...*

Sie hatte sich zu seiner Frage gar nicht geäußert, aber er beugte sich zu ihr hinüber und tätschelte gönnerhaft ihr Knie. Dann senkte er vertraulich die Stimme, als wären sie gute Freunde, die keine Geheimnisse voreinander haben: Sie würde es doch sicher begrüßen, wenn Ihre Familie zu etwas Geld käme und sich eine angemessenere, modernere Unterkunft leisten könne – Urlaubsreisen, ein bisschen Luxus. Und sie sei doch auch der Meinung, dass sich die Zivilisation von der fehlenden Kooperationsbereitschaft ihres Großvaters nicht aufhalten lassen könne.

Hm, machte sie vage. *Aber was soll man tun, wenn er nicht verkaufen will?*

Wollreis lächelte selbstzufrieden. *Ich habe gerade vorhin mit Lehmann telefoniert. Lehmann – das sagt Ihnen vermutlich gar nichts, aber ich kann Ihnen versichern, dass Lehmann Ihren Großvater umstimmen wird.*

16:03 bis 16:12, Herr Lehmann. Kastner erinnerte sich an die Liste von Wollreis' Handyverbindungen. Warum war er dieser Sache nicht eher nachgegangen? Er wusste, warum, und er wusste, dass es ihm nicht zur Ehre gereichte: Er hatte sich gleich in die Witwe verbissen, und das hatte wohl seine Objektivität beeinflusst.

»Mir war sofort klar, wovon er spricht«, sagte die Biologin ruhig. »Wollreis hatte den Lehmann mit irgendwas in der Hand, und der hätte ohne mit der Wimper zu zucken dem Opa einen Pachtvertrag gekündigt. Oder das Zufahrtsrecht zu seinem Lauchacker – da gab es keine Grunddienstbarkeit oder so etwas. Und verkaufen konnte der Opa nicht, selbst wenn er das gewollt hätte: Als Biobauer braucht er doch mehr Fläche als die mit ihrem Turboglas!«

Sie schwieg eine Weile, ehe sie weitererzählte ...

Aus ihrem beruflichen Umfeld hatte sie gewusst, dass Wollreis selbstgefällig war, dass ihn nur das interessierte, womit sich Geld verdienen ließ. Aber im beruflichen Umfeld musste sie sich oft mit solchen Leuten arrangieren – es war etwas anderes, einen von ihnen nun im Wohnzimmer ihres Großvaters sitzen zu sehen und ihn damit prahlen zu hören, mit einem Anruf das Lebenswerk von Generationen zunichtemachen zu können.

Sie entschuldigte sich höflich für einen Moment und ging in die Küche, um das Chili umzurühren. Der blaue Eisenhut stand in einer Vase auf dem Küchentisch, zusammen mit einigen Margeriten und Borretsch. Die Irmi hatte den Strauß am Vortag geschnitten.

Sie nahm eine der kleinen Löwentatzenschüsseln ihrer verstorbenen Großmutter aus dem Büfett, füllte sie mit zwei Schöpfern Chili und streute ein paar Borretschblüten darüber. Es sah schön aus. Für das andere konnte sie nichts – es war der Eisenhut, der seinen eigenen Willen zu haben schien, der diesen Willen ihrer Hand förmlich aufzwang.

Das muss sehr schwer für einen erfolgreichen Geschäftsmann sein, mit Leuten wie meinem Großvater auszukommen, sagte sie, als sie zurückkam, und legte einen Hauch schüchterne Bewunderung in ihre Stimme.

Wollreis strahlte sie an, dann nickte er grimmig. *Darauf können Sie Gift nehmen, junge Frau. Ohne Ihrem Großvater zu nahetreten zu wollen: Es sind Ewiggestrige wie er, die ehrbaren Geschäftsleuten wie mir Steine in den Weg legen. Sie glauben nicht, was ich alles erlebe. Auch in der Natur geht es ja letztendlich ums Fressen oder Gefressenwerden, aber erklären Sie das mal einem Naturromantiker. Stellen Sie sich vor: Da scheißt so ein Kiebitz auf meine schönen Baugrundstücke und behindert dadurch die städtebauliche Entwicklung einer Großstadt! Ein Vogel!*

Feine Speicheltröpfchen flogen durch das Wohnzimmer. Wollreis hatte sich in Rage geredet.

Sie bot ihm das Chili an.

Schmeckt ganz hervorragend, sagte er nach den ersten Bissen. *Was ist das Blaue?*

Borretsch ... und Eisenhut, antwortete sie wahrheitsgemäß.

Sehr apart, nickte er. *Diese Naturkräuter kommen ja gerade wieder in Mode – früher hätte man wohl Unkraut dazu gesagt ...*

Mit großem Appetit verzehrte er das Chili, beklagte noch, dass er so etwas Deftiges zu Hause leider nicht bekäme; dann fiel er schon vom Stuhl.

»Das Sterben an sich war keine schöne Sache«, sagte Lisa Förster zu Kastner, »aber auf dem Land ist man nicht zimperlich.«

Danach zog sie sich Gummihandschuhe an, eine alte Kittelschürze, ein Kopftuch. Sie packte die Leiche bei den Füßen und zerrte sie über die Wohnzimmerschwelle bis zur Vorratskammer, dann die Rampe in den alten Kühlraum hinunter, deckte eine Plane darüber und kaschierte sie mit Holzkisten. Bis ihr Großvater vom Acker kam, hatte sie den Boden im Wohnzimmer nass aufgewischt und den Tisch in der Küche gedeckt.

Zwei Monate vergingen, in denen sie jeden Gedanken an Wollreis verdrängte. Bis ihr Opa eines Abends laut darüber nachdachte, seine nicht verkauften Möhren in dem alten Kühlraum einzulagern.

Lisa Försters Gesicht war jetzt grau, sie weinte. »Bis dahin war alles so unwirklich. Erst als ich wieder da hinuntergestiegen bin und die Plane beiseitegezogen habe, nachdem Opa im Bett war …«

Wollreis sah so frisch aus wie am Tag seines Todes – das Gesicht starr, verzerrt zu einer Maske des Schmerzes. Ihr wurde schlecht bei diesem Anblick, und zum ersten Mal überfiel sie eine atemlose Angst davor, entdeckt zu werden. Sie wollte mit all dem nichts zu tun haben – sie hatte mit all dem nichts zu tun! Ein Toter lag im Kühlraum ihres Großvaters, und er konnte dort nicht liegen bleiben.

Er musste weg.

Um keine Spuren zu hinterlassen, zog sie erneut Gummihandschuhe, Kittelschürze und Gummistiefel an. Sie wuchtete den schweren Körper mithilfe des Flaschenzugs auf eine Schubkarre, und beim dritten Anlauf gelang es ihr, ihn die Rampe hinaufzuschieben. Als Wollreis' helles Jackett im Mondlicht aufleuchtete, beging sie den verhängnisvollen Fehler: Sie zog es ihm aus und stopfte es im Kühlraum in irgendeine Tüte mit Altkleidern. Notdürftig kaschiert mit leeren Kartoffelsäcken schob sie den Toten über den Feldweg, den die hohen Glashäuser vor Blicken schützten. Sie schwitzte Blut und Wasser, vor Anstrengung und vor Angst, aber sie begegnete niemandem. Mit dem Spaten hob sie zwischen Reihen mit jungem Lauch eine tiefe Grube aus – der Boden war locker, ihr Großvater hatte ihn vier Wochen zuvor gepflügt – und kippte Wollreis' Leiche hinein; trat die Erde über ihm sorgfältig fest, ehe sie die jungen Lauchpflanzen wieder einsetzte. Am nächsten Tag verbrannte sie ihre Kleidung und die Gummistiefel zusammen mit Ernteresten – ein schönes, heißes Feuer, das außer Asche nichts übrig ließ – und bemühte sich, Wollreis endgültig zu vergessen.

»Darüber habe ich auch das Jackett vergessen«, sagte Lisa Förster und schüttelte über sich selbst den Kopf. »Es wäre so einfach gewesen, es mit den anderen Sachen zusammen zu verbrennen. Aber ich habe überhaupt nicht mehr daran gedacht.«

»Warum haben Sie die Leiche nicht mit dem Auto in irgendeinen entlegenen Wald gefahren? Es muss Ihnen doch klar gewesen sein, dass man sie auf dem Acker bald finden würde.«

»Ich habe weder einen Führerschein noch ein Auto, Herr Kastner. Und er war so schwer – ohne den Flaschenzug hätte ich ihn nicht einmal auf die Schubkarre heben können.«

Kastner nickte betreten.

In seinen Ohren klang Lisa Försters Geschichte nach einer Kurzschlusshandlung, nach einem Totschlag im Affekt; wie in Trance ausgeführt, nur laienhaft vertuscht und aus einem einzigen Grund begangen: aus Liebe zu ihrem Großvater.

Aber juristisch gesehen erfüllte ein Giftmord das Merkmal der Heimtücke – in einem Prozess würde man sie wegen Mordes verurteilen. Soweit er wusste, hatte Wollreis den Staatsanwalt geduzt, da würde es wenig mildernde Umstände geben ...

Der, den sie hatte schützen wollen, hatte sie unwissentlich verraten. Wenn Bauer Meisner seiner Vogelscheuche nicht ausgerechnet das Armani-Jackett angezogen hätte, es wäre ein schwieriger Fall geblieben. Vielleicht ein unlösbarer ...

Er stemmte sich aus dem Besucherstuhl und betrachtete Lisa Förster, die wieder zum Fenster hinaussah. Die junge Frau tat ihm leid.

Es gab so viele Verdächtige in diesem Fall. Es gab so viele Motive. Hingegen schien niemand Wollreis' Tod aufrichtig zu betrauern – und es gab nur ein einziges Beweisstück: das Armani-Jackett ...

Er dachte darüber nach, was es ohne dieses Geständnis wohl wert wäre.

Mit einem freundlichen Nicken verabschiedete er sich von Bauer Meisners Enkelin.

In der Tiefgarage des Umweltamtes wartete Wernreuther auf eine Erklärung für das Blaulicht.

Dank

Viele Menschen haben mich beim Schreiben dieses Buches unterstützt. Mein besonderer Dank gilt dem freundlichen Team vom *ars vivendi verlag*, insbesondere Dr. Felicitas Igel und Stefan Imhof. Ganz herzlichen Dank auch an

alle Freunde, Freundesfreunde und Krimifans, für ihre Stimme beim Online-Voting zum Fränkischen Krimipreis 2014,

Babsi Koch vom Nürnberger Kulturladen Almoshof, für die hervorragende Organisation meiner ersten öffentlichen Lesung in der Reihe »Tatort Knoblauchsland«,

alle ehemaligen Kolleginnen und Kollegen aus der Nürnberger Stadtverwaltung, für ihre wohlwollenden Kommentare zu meinen ersten, tapsigen Schritten als Autorin – und natürlich für ihren unermüdlichen Einsatz für eine etwas bessere Welt,

die AG Gast, für alles, was Leib und Seele zusammenhält,

Öma Reiche, Ida, Stefan und die »Wahlverwandtschaft« aus Beerbach-Eckental bzw. Gundelsheim-Entenhausen, für ihre nie wankende Unterstützung,

Beagle Jasper, für die gedankenklärenden Spaziergänge an der frischen Luft.

Last but not least danke ich meinem geschätzten Lektor Stephan Naguschewski, der nicht nur über eine weit fundiertere Kenntnis der deutschen Sprache verfügt als ich, sondern dessen konstruktive Aufmerksamkeit *Fränkisches Chili* wirklich besser gemacht hat. Falls sich trotzdem noch Fehler finden, gehen sie auf meine Kappe.